Merle Martens

Hörst du das Meer rauschen

Montlake

Das Buch

Ein Dinner bei Kerzenschein – Fee hat alles vorbereitet, um ihren Freund zu überraschen. Doch Tobias kommt nicht, denn er liegt mit gebrochenem Arm im Krankenhaus. Als Fee zu ihm eilt, sitzt an seinem Bett Händchen haltend eine andere Frau. Fee ist zutiefst enttäuscht. Aber das ist noch nicht alles: Ihre Oma Hanni ist verschwunden. Der einzige Hinweis ist eine Telefonnummer, die nach Juist führt. Kurz entschlossen reist Fee auf die kleine Insel in der Nordsee, um ihre Oma zu suchen. Doch Hanni hat ein Geheimnis und will gar nicht gefunden werden. Auf der Suche nach der geliebten Oma scheint auch für Fee das Glück plötzlich wieder zum Greifen nah.

Die Autorin

Merle Martens liebt den Norden, das Rauschen der Wellen, den warmen Sand unter den nackten Füßen im Sommer, die raue Brise im Herbst, die Stürme im Winter. Bei jedem Wetter unternimmt sie lange Strandspaziergänge. Hierbei kommen ihr die besten Ideen zu ihren Liebesromanen. Sie lebt mit ihrer Familie an der Nordseeküste, wo auch die meisten ihrer Romane spielen. Ihre Geschichten haben alle eins gemeinsam: Am Ende bleiben die Lesenden mit einem guten Gefühl zurück.

Merle Martens

Hörst du das Meer rauschen

Roman

Montlake

Deutsche Erstveröffentlichung bei
Montlake, Amazon Media EU S.à r.l.
38, avenue John F. Kennedy, L-1855 Luxembourg
April 2023

Umschlaggestaltung: bürosüd° München, www.buerosued.de
Umschlagmotiv: © Olga_C © Vladimirs Koskins © Natali Zakharova
© Marcin Krzyzak © Pawel Kazmierczak © Koretskyi © one AND only
© aksol / Shutterstock; © Helmut Hess / Getty
1. Lektorat: Marketa Görgen
2. Lektorat und Korrektorat: VLG Verlag & Agentur, Haar bei München,
www.vlg.de
Gedruckt durch:
Amazon Distribution GmbH, Amazonstraße 1, 04347 Leipzig /
Canon Deutschland Business Services GmbH, Ferdinand-Jühlke-Straße 7,
99095 Erfurt /
CPI books GmbH, Birkstraße 10, 25917 Leck

ISBN 978-2-49671-346-6
e-ISBN 978-2-49671-345-9

www.montlake.de

16. Dezember 1964

Liebste Hanni,
heute bin ich traurig. Ich habe Heimweh, sehne mich nach meinem Zuhause. Juist, meine wunderschöne Insel. Töwerland wird sie von uns Bewohnern genannt. Und auch für mich ist sie es: das Zauberland. Die schönste aller Nordseeinseln. Ihr wohnt ein Zauber inne und das spürt man mit jedem Schritt, den man auf der Insel geht. Wie durch Zauberhand verändert sie sich mit den Jahreszeiten, als wäre es ein völlig anderer Ort. Im Frühling, wenn die ersten Knospen sprießen und die Vögel beginnen, ihre Lieder zu singen, bereitet die Insel sich vor. Sie wacht auf und sieht voller Freude zu, wie der pompöse Sommer das Zauberland in warme Farben taucht. Goldgelbe Ackerdisteln blühen zwischen dem Strandhafer in den Dünen. Die kleinen weißen Blüten der Brombeerhecken leuchten mit den dunkelrosafarbenen der Heckenrosen um

die Wette. Der endlose feine Sandstrand wird Dich begeistern, die vom Wasser her wehende Brise Deinen Geist freipusten. Eine bessere Luftqualität wirst Du nirgends finden, Hanni. Im Herbst scheint die Insel wütend zu werden. Reibt sich auf. Stürme ziehen auf, die Bäume ducken sich im Wind. Vögel fliegen gen Süden und die Gischt wird vom tosenden Meer an den Strand gedrückt. Alles ist rau und doch so klar. Im Winter, wenn der erste Schnee fällt, verwandelt sich das Töwerland in eine zauberhaft funkelnde Eislandschaft. Es sieht aus wie im Märchen und so fühlt man sich dann auch. Manchmal ist es so kalt, dass der Strand gefriert. Weiß man nicht um die Umstände, so muss man auf Hilfe hoffen. Denn die zugefrorenen Zugänge kann man mit einfachem Schuhwerk nicht mehr erklimmen. So manche Besucher der Insel haben mehrere Stunden am Strand ausharren müssen. Ist man dagegen vertraut damit, was die Natur zu dieser Jahreszeit bereithält, ist ein Spaziergang der pure Genuss.

Es ist so weit, Geliebte, wir fahren Richtung Heimat. Pünktlich zum Jahreswechsel werde ich im Zauberland sein und wünsche mir nichts sehnlicher, als dass auch Du da sein wirst.

In Liebe und voller Vorfreude

Dein Jan

Fee

1.

Der Duft von Erdbeeren erfüllt den Raum. Ich gebe etwas Puderzucker und Limettensaft zu den tiefroten Früchten, püriere sie, tunke einen Löffel hinein und lasse ihn genüsslich im Mund verschwinden. Das Mus ist perfekt gelungen, nicht zu süß, nicht zu sauer, sehr aromatisch. Später werde ich etwas davon über die auf Teller gestürzte Pannacotta geben und ein paar Basilikumblättchen darauf streuen. Die Schälchen mit der gekochten Sahne stehen schon zum Festwerden im Kühlschrank.

Alles ist vorbereitet. Der Pizzateig wartet darauf, ausgerollt zu werden, in kleinen Schüsseln befinden sich die Zutaten zum Belegen. Der Ofen ist heiß, der Tisch auf dem Balkon für zwei Personen gedeckt.

Nur Tobi fehlt noch. Wir haben halb acht. Spätestens um sieben wollte er zurück sein. Stirnrunzelnd schaue ich auf mein Handy und überprüfe den Nachrichteneingang. Doch mein Freund hat sich nicht mehr gemeldet. Um sechzehn Uhr war er das letzte Mal online, wie ich in seinem WhatsApp-Profil feststelle. Das bedeutet, dass er wohl noch immer auf seinem Motorrad unterwegs ist und wieder mal die Zeit vergessen hat.

Seine chronische Unpünktlichkeit hat schon häufiger zu Diskussionen zwischen uns geführt. Aber heute ist unser vierter

Jahrestag und ich möchte mir nicht den Abend verderben lassen. Nach so langer Zeit weiß ich, wie Tobi tickt. Gleich wird er zur Tür reinschneien, sich durch das Haar streichen, zerknirscht das Gesicht verziehen, sich entschuldigen. Ich werde so tun, als würde mir sein Zuspätkommen nichts ausmachen. Und während er kurz unter die Dusche springt, werde ich unser Abendessen in den Ofen schieben. Oder ich warte damit und stelle mich zu Tobi unter das lauwarme Wasser, überlege ich, nehme eine der übrig gebliebenen Erdbeeren aus der Schüssel und beiße hinein.

Auch an unserem ersten gemeinsamen Abend habe ich für Tobi gekocht, ein Risotto. »Liebe geht durch den Magen«, hat er damals mit funkelnden Augen zu mir gesagt. Aber gutes Essen allein reicht nicht für eine dauerhaft glückliche Beziehung. Wir waren in den letzten Monaten beide viel zu sehr mit uns selbst und unseren Berufen beschäftigt. Unser Wir hat eine kleine Auffrischung nötig, besonders was unser Liebesleben betrifft. Und heute ist der perfekte Tag, damit zu beginnen.

Um mir die Zeit zu vertreiben, setze ich mich an den Tisch, blättere in der Kochzeitschrift, die ich heute gekauft habe, lasse mich von einem Rezept für Rhabarberkuchen und schließlich von einem für hausgemachtes Vanilleeis mit Meersalz ablenken. Alle paar Minuten schaue ich auf die Uhr, wobei sich meine Laune zunehmend verschlechtert. Bis ich es nicht mehr aushalte und ihn anrufe. Doch wie erwartet, nimmt er das Gespräch nicht an. Bestimmt fährt er noch immer irgendwo durch die Gegend.

»Idiot«, murmele ich vor mich hin, rolle den Hefeteig aus, bestreiche ihn mit Tomatensoße, streue Käse darüber, belege ihn mit den marinierten Kartoffelscheiben, den Feigen, dem Schinken. Dabei lasse ich das Fenster nicht aus den Augen. Direkt gegenüber befindet sich unsere Garage, in der Tobi sein Motorrad abstellen wird, wenn er wieder da ist.

* * *

Eine halbe Stunde später hat sich meine schlechte Laune gewandelt. Die Pizza backt bereits im Ofen und ich mache mir Sorgen, anstatt mich auf die Dusche mit Tobi zu freuen. Ein weiteres Mal versuche ich, ihn zu erreichen. Wieder springt nur die Mailbox an.

Um kurz nach neun klingelt endlich mein Handy. Doch es ist die Nummer von Tobis Mutter, die im Display aufleuchtet. Mein Magen zieht sich zusammen, mein Herz klopft einen Takt schneller. Sie ruft mich in der Regel nur ein Mal im Jahr an, wenn ich Geburtstag habe. Mit einem mulmigen Gefühl nehme ich das Gespräch an.

Und da sagt Jutta auch schon: »Fee, nicht erschrecken, Tobi hatte einen Unfall. Sein Zustand ist aber stabil.«

Mein Mund fühlt sich plötzlich staubtrocken an. Ich bekomme keinen Ton heraus. Genau davor habe ich mich immer gefürchtet und nun ist es passiert.

»Fee …«, sagt Jutta. Ihre Stimme klingt nun weinerlich. »Tobi hat mehrere Knochenbrüche und eine Schädelprellung davongetragen. Er liegt hier in Mülheim im Stadtkrankenhaus auf der Intensivstation. Wir sind da, Peter und ich.« Sie schweigt einen Moment. »Wie gesagt, sein Zustand ist stabil. Jetzt können wir nur hoffen, dass die Schädelprellung nicht zu einer Schwellung führt.«

Im Ofen färbt sich der Rand der Pizza braun. Ich straffe meine Schultern, räuspere mich. »In einer Viertelstunde bin ich da.«

»Du darfst aber momentan nicht zu ihm«, erwidert sie. »Immer nur eine Person und auch nur eine halbe Stunde. Peter ist gerade bei ihm. Wir melden uns, wenn es etwas Neues gibt.«

»Egal, ich komme auf jeden Fall«, sage ich. Es erscheint mir unerträglich, hier zu sitzen und weiter zu warten, jetzt in der Gewissheit, dass er nicht nach Hause kommen wird. »Ich möchte in seiner Nähe sein.«

»Fahr vorsichtig«, höre ich Jutta sagen, da gehe ich auch schon durch den Flur, nehme den Autoschlüssel von der Kommode, stürme aus der Wohnung und die zwei Etagen hinunter. Als ich die Autotür öffne, fällt mir die Pizza im Ofen ein. Ich renne zurück. Im Hausflur treffe ich auf Frau Krüger, die Nachbarin aus der Zweizimmerwohnung unten links.

»Können Sie mir einen großen Gefallen tun?«, frage ich, erkläre kurz, was passiert ist und bitte sie, den Ofen auszuschalten. Als sie zustimmt, löse ich den Wohnungsschlüssel vom Bund. »Legen Sie ihn einfach unter die Fußmatte. Danke!«

Kurz darauf starte ich den Wagen. Mein Kleid klebt an meinem Körper. Der Sommer hat noch nicht begonnen, die Temperaturen sind ungewöhnlich heiß für Mitte Mai. Seit Tagen steht die Luft still – und nun auch die Zeit.

* * *

Zum Glück finde ich am Krankenhaus sofort einen Parkplatz, um halb zehn betrete ich das Gebäude. Den Weg zur Intensivstation kenne ich genau. Vor einem Jahr lag meine Großmutter nach einem Unfall dort. Da ihr Gefährt keine PS hatte, hielt sie einen Fahrradhelm für unnötig. Sie hat uns allen einen großen Schreck eingejagt. Wir haben eine Woche um sie gebangt, aber sie hat es geschafft. Hoffentlich geht es für Tobi genauso gut aus. Ich nehme zwei Treppenstufen auf einmal und komme völlig außer Atem im Wartebereich an.

Jutta und Peter sitzen Hand in Hand auf den unbequemen Stühlen im Wartebereich.

»Wie geht es ihm?«, frage ich.

»Unverändert.« Seine Mutter steht auf, umarmt mich. »Der rechte Arm ist gebrochen, die Hand. Ein paar Rippen sind geprellt – und der Schädel. Zum Glück hat der Helm das Schlimmste verhindert, glücklicherweise ist es nicht zu einer bedrohlichen Schwellung gekommen, wie die Ärztin uns gerade mitgeteilt hat. Er bleibt zur Beobachtung erst einmal auf der Intensiv. Die OP hat er aber gut überstanden.«

»OP?« Meine Stimme zittert. Tränen schießen mir in die Augen.

Sie nickt. »Die rechte Hand. Der Bruch war etwas komplizierter.«

»Oh.« Er hat sich so auf das Billardturnier in Sheffield gefreut. In zwei Wochen wollte er fliegen. Aber nun gibt es Wichtigeres. »Ist er denn ansprechbar?«

»Sie lassen ihn schlafen, damit er sich erholen kann.« Peter steht auf und kommt zu uns. Er streicht mir über den Arm. »Möchtest du heute bei uns übernachten? Hier zu warten, hat wenig Sinn. Die Ärztin sagt, wir sollen uns morgen früh wieder melden.«

»Ich weiß nicht.« Unschlüssig starre ich auf die Tür der Intensivstation. »Meint ihr nicht, ich könnte ihn wenigstens ein Mal kurz sehen?«

»Das geht leider nicht«, sagt Jutta. »Du bist keine Angehörige. Und außerdem ...« Sie bricht mitten im Satz ab, schaut zu einer jungen Frau, die den Gang entlang auf uns zukommt. Sie hat dunkles kurzes Haar, ist schlank, trägt eine hellgraue Jogginghose und ein weißes T-Shirt. Ihr linker Arm ist verbunden und hängt in einer Schlaufe. Sie lächelt, wirkt aber unsicher. »Hi. Wie geht es ihm? Gibt es was Neues?« Dann sieht sie zu mir. »Hallo.«

Mein Kopf arbeitet auf Hochtouren. Die Frau kenne ich doch irgendwoher.

»Nein, nichts Neues«, sagt Jutta. »Danke, dass du nachfragst. Du solltest jetzt aber besser nach Hause fahren, Britt, das machen wir auch. Im Moment können wir nichts für Tobias tun, er braucht Ruhe. Und du sicher auch.«

Britt! Vor mir steht Tobias' Kollegin. Ich habe sie schon mal gesehen, als ich ihn von einem Betriebsfest abgeholt habe. Sie hat sich verändert, trägt das Haar nun kurz, schießt es mir durch den Kopf, deswegen habe ich sie nicht gleich erkannt.

»Ist gut«, sagt sie. »Bis dann.«

Irgendetwas stimmt hier nicht. Ich bekomme kein Wort heraus, schaue ihr nach, bis sie um die Ecke verschwunden ist. Dann dämmert es mir. »Saß sie mit Tobi auf der Maschine?«, frage ich, obwohl ich die Antwort schon ahne.

»Ja«, bestätigt Jutta. »Zum Glück hat sie sich nur am Arm verletzt. Sie hat eine Prellung und ein paar Schürfwunden davongetragen.«

»So, nun kommt endlich«, fordert Peter uns da auf. »Wir sollten nicht länger hierbleiben, ein bisschen Ruhe tut uns sicher allen gut. Fee, was ist mit dir? Begleitest du uns?«

In meinem Kopf spukt Britt herum. Was hatte sie auf Tobis Maschine zu suchen?

»Fee …«, sagt Jutta. »Das wird schon wieder. Du wirst sehen, morgen geht es Tobi schon viel besser.« Sie nickt, wie um sich selbst zu bestätigen. »Das habe ich im Gefühl. Aber vielleicht übernachtest du heute wirklich bei uns, was meinst du?« Sie lächelt mich aufmunternd an. »Du kannst in Tobis altem Kinderzimmer schlafen.«

»Nein, ich fahre lieber nach Hause.«

»Bist du sicher?«, fragt sie.

»Ja«, antworte ich. »Im Ofen steht noch das Abendessen, das ich für Tobi und mich vorbereitet habe. Und außerdem … ehrlich gesagt, wäre ich jetzt lieber allein.«

»Okay, das kann ich gut verstehen. Aber wenn etwas ist, wenn es dir nicht gut geht, kannst du jederzeit vorbeikommen«, sagt Jutta.

»Danke, das weiß ich doch. Und ihr ruft mich bitte an, wenn es Neuigkeiten von Tobi gibt. Ich stelle mein Handy heute nicht lautlos, wenn ich ins Bett gehe.«

»Selbstverständlich!«, versichert Peter. Er greift nach Juttas Hand und schwingt ihren Arm einmal kurz nach hinten, so wie Tobi das auch immer mit mir macht.

Gemeinsam verlassen wir das Krankenhaus.

Schau dir den Vater an, dann weißt du, wie der Sohn im Alter werden wird, hat meine Oma mal zu mir gesagt. Sie hatte recht. Peter und Tobi sind sich nicht nur optisch ähnlich. Beide sind sie fast einen Meter neunzig groß, haben volles dunkles Haar, nussbraune Augen und einen starken Bartwuchs. Beim Gehen schwankt der Oberkörper leicht hin und her. Und auch in ihrer Gestik ähneln sie sich. Ich hoffe nur, dass Tobi die Kurve bekommt und später nicht so viel trinkt wie sein Vater. Bei uns steht nur am Wochenende Bier auf dem Tisch, bei Peter jeden Abend, erst eins auf dem Esstisch, danach eins auf dem Couchtisch. Und manchmal auch zwei oder drei.

»Ich fahre«, sagt Jutta prompt, als wir den Parkplatz erreicht haben und Peter den Autoschlüssel aus der Hosentasche zieht.

»Blödsinn«, entgegnet er.

Doch Jutta bleibt eisern. »Ein Unfall am Tag ist genug.« Sie sieht zu mir. »Und du fahr auch vorsichtig nach der ganzen Aufregung.«

»Immer.« Ich umarme beide zum Abschied und bin froh, als ich in meinem Auto sitze. Sie sind auf ihre Art sehr nett und vor allem sehr gastfreundlich. Aber richtig warm geworden bin ich bisher nicht mit ihnen.

Während der Fahrt nach Hause spukt plötzlich Britt wieder durch meinen Kopf. Die neue Frisur steht ihr gut, sie betont ihr hübsches Gesicht. Als ich sie damals kurz kennengelernt habe, fand ich sie sehr sympathisch. Und im Grunde genommen hat sich das nicht geändert. Aber was hatte sie ausgerechnet an unserem Jahrestag auf Tobis Motorrad zu suchen? Und was noch merkwürdiger ist – warum hat er mir nicht gesagt, dass sie ihn begleitet? Sonst erzählt er doch auch immer, wenn er nicht allein losfährt. Ob er es mir absichtlich verschwiegen hat? Und wenn ja, warum?

2.

Meine Angst vor dem Motorradfahren habe ich nie überwinden können. In der Anfangszeit bin ich ein paarmal mit Tobi auf Tour gegangen, allerdings nur ihm zuliebe. Er hat bemerkt, wie ängstlich ich mich an ihn geklammert habe, und ist vorsichtig gefahren. Aber es hat nicht geholfen und wir haben beide eingesehen, dass es keinem etwas bringt, wenn ich hinter ihm sitze. Mir macht es Angst. Zu Recht, wie sich nun herausgestellt hat. Heute ist passiert, was ich immer befürchtet habe.

»Alles wird gut!«, sage ich laut zu mir selbst und steige aus dem Auto. Tobi wird wieder gesund. Und das mit Britt wird sich bestimmt auch klären.

Ich schließe die Haustür auf und steige die Treppen hoch. Erst oben fällt mir ein, dass ich Frau Krüger den Schlüssel für die Wohnung gegeben habe. Er liegt wie verabredet unter der Fußmatte. Nachdem ich die Tür von innen zugedrückt habe, stecke ich ihn ins Schloss, drehe ihn zweimal ganz um, schließe mich ein. Das habe ich schon ewig nicht mehr gemacht. Aber Tobi wird heute nicht nach Hause kommen und ohne ihn fühle ich mich unwohl in der Wohnung.

Ich bin viel zu ängstlich, denke ich, während ich meine Handtasche an die Garderobe hänge. Ich schlüpfe in meine roten Pantoffeln und grabe meine Füße in die kuschelig-weichen Plüschsohlen. Tobi hat sie mir letztes Jahr zu Weihnachten geschenkt. »Damit du deine Eisfüße warm halten kannst, auch wenn ich mal nicht da bin«, hat er mit einem Lächeln auf den Lippen gesagt. Seit wir vor zwei Jahren zusammengezogen sind, haben wir nicht eine Nacht getrennt voneinander verbracht. »Alles wird gut«, rede ich mir noch mal laut zu und schlurfe in die Küche.

Es riecht nach frisch gebackener Pizza. Frau Krüger hat nicht nur den Ofen ausgemacht, sondern auch das Blech auf das Glaskeramikkochfeld gestellt und es mit einem Bogen Backpapier abgedeckt. Außerdem hat sie das Geschirr gespült. Und auf dem Tisch liegt ein Zettel, auf dem sie ein paar Worte für mich hinterlassen hat.

Alles Gute für Deinen Freund. Ich bin da, wenn Du Unterstützung brauchst.
Die Nachbarin von unten links

Heute bin ich nah am Wasser gebaut. Ihre Hilfsbereitschaft rührt mich zu Tränen. Ich tupfe sie mit einem Stück Küchenrolle weg und starre auf das Pizzablech. Essen kann ich jetzt nichts. Tobis Unfall ist mir auf den Magen geschlagen. Und mein Mund fühlt sich noch immer staubtrocken an. Ich schenke mir ein großes Glas Wasser ein und gehe auf den Balkon.

Es ist Viertel vor elf am Abend und immer noch warm. Die kleinen Solarlampen, die ich in den mit Kräutern bepflanzten Blumentöpfen verteilt habe, leuchten in der Dunkelheit um die Wette. In den Gärten hinter dem Haus geben Grillen ein fulminantes Konzert. Dieser Abend hätte perfekt werden können. Romantisch, eines vierten Jahrestages würdig.

Da fällt mir der flackernde Lichtschein auf der Terrasse von Frau Krüger auf. Und dann höre ich ein leises Poltern. Ob die alte Dame noch wach ist?

»Frau Krüger«, rufe ich leise.

Kurz darauf steht sie in dem kleinen Garten, der zu ihrer Wohnung gehört, und schaut zu mir hoch. »Wie geht es ihm?«, fragt sie.

»Sein Zustand ist stabil, aber er wird noch auf der Intensivstation beobachtet«, rufe ich zurück.

»Kann man hier noch nicht mal in Ruhe sein Bier trinken«, ertönt da plötzlich eine polternde Stimme, die ich Herrn Moosbach zuordne, dem Nachbarn unter mir.

»Alter Stinkstiefel«, sagt Frau Krüger laut.

»Olle Plappertante«, kontert Herr Moosbach.

Ich muss tatsächlich ein wenig lachen. Wie sagt man so schön? Was sich liebt, das neckt sich. Die beiden mögen sich.

Herr Moosbach beugt sich über das Balkongeländer und schaut zu mir hoch. »Was ist passiert?«

»Ihr Freund hatte einen Unfall«, antwortet Frau Krüger für mich.

»Verdammt!« Er schüttelt den Kopf. »Mit dem Motorrad?«

»Ja«, antworte ich.

»Scheißdinger«, sagt er.

»Komm runter, Liebes!«, ruft Frau Krüger da.

Zu Tobis Eltern habe ich gesagt, dass ich lieber allein sein möchte. Doch nun erscheint mir die Gesellschaft meiner Nachbarn verlockend. Ich mag die beiden, wenn unsere Bekanntschaft auch bis vor Kurzem sehr oberflächlich war. Hin und wieder ein Gespräch im Hausflur, mal ein längerer Tratsch beim Wäscheaufhängen im Trockenraum, mehr habe ich in den letzten zwei Jahren von den beiden nicht mitbekommen. Das hat sich erst vor einem Monat geändert, nach dem Nachbarschaftsfest auf der Straße, bei dem ich mit ihnen an einem Tisch gesessen habe. Tobi war an diesem Abend nicht dabei. Er war irgendwo zum Feiern mit seinen Kollegen unterwegs. Britt mit ihrem Kurzhaarschnitt blitzt wieder in meinen Gedanken auf. Ein wenig Ablenkung wird mir guttun.

»Ich komme!«, rufe ich.

Aus der Küche nehme ich die Pizza mit. Vielleicht hat Frau Krüger Lust auf ein Stück. Im Hausflur treffe ich auf Herrn Moosbach. Sein schütteres graues Haar hat er wie immer mit Seitenscheitel über seinen kahlen Schädel frisiert. Er trägt ein ärmelloses weißes Rippenshirt zu einer dunkelblauen Jogginghose. Seine Füße stecken in weißen Badelatschen. In der Hand hält er eine Flasche Schnaps.

»Wird schon wieder werden«, sagt er.

»Das hoffe ich.«

Erst als Frau Krüger uns die Tür öffnet, fällt mir ein, dass ich zwar den Schlüsselbund mitgenommen habe, der Wohnungsschlüssel aber abgelöst auf der Kommode liegt.

»Mist!«, entfährt es mir. »Ich habe den Schlüssel oben liegen lassen.«

»Dann schläfst du im Gästezimmer«, sagt Frau Krüger ganz selbstverständlich. »Aber jetzt steh da nicht wie angewurzelt rum, kommt erst mal rein.«

Tobis Eltern haben einen Ersatzschlüssel. Und im Krankenhaus müsste der von Tobi sein, es sei denn, sie haben seine Sachen mitgenommen, überlege ich, während ich hinter den beiden durch den Flur und das Wohnzimmer auf die Terrasse gehe.

»Setzt euch.« Frau Krüger schaut auf die Flasche in Herrn Moosbachs Hand. »Ich hol dann mal drei Pinnchen.«

»Für mich nicht«, sage ich.

Doch das scheinen meine Nachbarn nicht registriert zu haben oder sie haben es bewusst überhört. Frau Krüger stellt auch mir ein Gläschen vor die Nase. Herr Moosbach schenkt ein.

»Und es ist wirklich kein Problem, wenn ich hier übernachte?«, frage ich.

»Papperlapapp!«, sagt Frau Krüger.

»Sehe ich auch so«, stimmt Herr Moosbach zu und hebt sein Glas.

Ich greife nach meinem, das bis zum Rand mit einer klaren Flüssigkeit gefüllt ist.

»Auf die baldige Genesung deines Freundes«, sagt Frau Krüger.

»Danke!« Notfalls bestelle ich mir ein Taxi, falls ich heute doch noch mal ins Krankenhaus muss, denke ich. Hoffe aber, dass es gar nicht erst so weit kommen wird, weil Frau Krüger recht hat und alles gut gehen wird.

Der Schnaps brennt in meinem Hals. Während meine Nachbarn ihn auf ex wegkippen, brauche ich drei Anläufe, bis ich das Glas geleert habe.

»Danke für Ihre Hilfe«, sage ich an Frau Krüger gewandt. »Das mit dem Spülen wäre aber wirklich nicht nötig gewesen.«

Sie wedelt mit der Hand durch die Luft. »Ach was, das habe ich doch gern gemacht. Aber du solltest endlich mal aufhören, mich zu siezen, sonst fühle ich mich älter, als ich bin. Ich bin die Hilde.«

»Sie ist achtundsiebzig«, sagt Herr Moosbach trocken. »Sie ist alt. Und ich heiße Otto.«

»Man ist immer so alt, wie man sich fühlt«, kontert Hilde und lächelt schelmisch.

»Ich hätte dich auf Anfang siebzig geschätzt, Hilde«, werfe ich ein. Und das meine ich wirklich so. Ihr kurz geschnittenes Haar trägt sie blond gefärbt. Der weiße Ansatz am Scheitel fällt kaum auf. Ihre Gesichtszüge sind fein, die Haut leicht gebräunt. Dadurch kommen die hellen blauen Augen gut zur Geltung. Sie trägt ein schwarzes Shirt mit Wasserfallausschnitt und dazu weiße Caprihosen.

»Danke, Liebelein.« Sie sieht zu Otto. »Apropos so alt, wie man sich fühlt – was macht denn deine Hüfte? Warst du endlich beim Arzt?«

»Autsch!« Er verzieht das Gesicht. »Volltreffer.«

Ich lausche einen Moment dem Schlagabtausch der beiden, bis Otto auf das Pizzablech zeigt. »Ist die nur zum Anschauen da?«

»Natürlich nicht«, antworte ich. »Allerdings würde sie aufgewärmt besser schmecken.«

»Ich stell sie in den Ofen.« Hilde steht auf, trägt das Blech in die Küche, holt Teller, Besteck und Servietten. Eine Viertelstunde später ist alles fertig und es stehen auch eine Flasche Chianti und drei Weingläser auf dem Tisch.

Es ist zehn nach elf. Ich sitze bei Mondschein mit meinen Nachbarn auf der Terrasse, trinke Chianti und esse die Pizza, die ich für Tobi gebacken habe, während er mit mehreren Brüchen und dem Verdacht auf Hirnschwellung auf der Intensivstation liegt.

* * *

Das Vibrieren meines Handys reißt mich aus dem Schlaf. Ich öffne die Augen und schaue mich um. Fast habe ich vergessen, dass ich in Hildes Gästezimmer untergekommen bin. In meinem Kopf pocht es. Ich hätte den Alkohol nicht trinken dürfen. Ich weiß doch, dass ich die meisten Rotweinsorten nicht vertrage. Obwohl es nur ein Glas war und ich auch keinen zweiten Schnaps getrunken habe, brummt mir der Schädel. Vorsichtig hebe ich ein Bein nach dem anderen aus dem Bett und setze mich auf. Hinter meiner Stirn wummert es immer stärker. Ich massiere mit zwei Fingern meine Schläfen und blinzle. Wo habe ich bloß mein Handy hingelegt?

Ich entdecke es neben meinem Kleid. Die Nachricht ist von Jutta. Mein Herz beginnt schneller zu schlagen. Wäre etwas

Schlimmes passiert, hätte sie mich angerufen, denke ich noch, da lese ich auch schon:

> Gerade habe ich mit der Ärztin im Krankenhaus telefoniert. Tobias ist wach, ihm geht es gut. Sie haben ihn schon auf die normale Station verlegt. Wir fahren etwa in einer Stunde zu ihm.

Erleichtert atme ich auf.

Gut!!! Dann bin ich auch da, antworte ich und schicke noch schnell eine Nachricht hinterher:

> Kannst du bitte den Schlüssel zu unserer Wohnung mitbringen? Ich habe mich ausgesperrt und bei einer Nachbarin geschlafen.

Ach herrje, antwortet Jutta. Ja, bringe ich mit. Bis gleich.

* * *

»Guten Morgen, Liebelein«, begrüßt mich Hilde, als ich ins Wohnzimmer komme. Sie sitzt am Esstisch und gibt gerade etwas Milch in eine Tasse. »Kaffee?«

»Guten Morgen, Hilde.« Ich lächle sie an. »Zu einer Tasse Kaffee am Morgen würde ich niemals Nein sagen.«

»Dann los, setz dich zu mir«, sagt sie, verschwindet in der Küche und stellt mir kurz darauf eine dampfende Tasse vor die Nase.

»Vielen Dank! Auch dafür, dass ich hier übernachten durfte.«

»Du sollst dich doch nicht ständig bedanken. Das war selbstverständlich. Es war gut, dass du gestern nicht allein warst. Auch wenn mir Ottos Schnaps sehr zugesetzt hat, war es doch ein wirklich netter Abend unter Nachbarn. Gibt es denn schon etwas Neues von Tobias?«

Ich nicke glücklich. »Er ist wach, seine Mutter hat sich eben bei mir gemeldet. Ich werde gleich zu ihm fahren.«

»Oh, das ist aber eine wunderbare Nachricht.« Sie sieht mich an und sagt in bestimmenden Tonfall: »Aber erst einmal stärkst du dich. Was hältst du von Rührei? Oder magst du ein süßes Frühstück?«

»Beides, aber ich habe momentan überhaupt keinen Hunger«, antworte ich.

»Otto hat leckere Marmelade gekocht, mit den ersten Erdbeeren aus seinem Schrebergarten. Es ist besser, wenn du etwas im Bauch hast. Wenigstens ein halbes Brötchen?«

»Du hast mich überzeugt«, sage ich und nippe an meinem Kaffee. »Oh, der ist gut!«

»Von Hand gebrüht.« Sie steht auf und kommt kurz darauf mit einem beladenen Tablett wieder, auf dem neben den Frühstückszutaten nur ein Teller steht.

»Du nicht?«, frage ich.

»Ich bin schon um halb sechs aufgestanden und habe etwas gegessen. Im Alter braucht man nicht mehr so viel Schlaf. Normalerweise liege ich schon um fünf Uhr wach. Manchmal merke ich eben doch, dass ich keine junge Frau mehr bin.« Sie lächelt. »Der Körper lügt nicht.«

»Dafür siehst du aber sehr frisch aus.« Ich fahre mir durch das zerzauste Haar. »Im Gegensatz zu mir.«

»Ach was.« Sie mustert mich. »Wie alt bist du? Mitte zwanzig?«

»Neunundzwanzig«, antworte ich. »Ich weiß, ich sehe jünger aus. Letzens hat mich eine Kassiererin sogar nach meinem Ausweis gefragt, weil eine Flasche Wein unter meinen Einkäufen war.«

»Das liegt an deiner schönen glatten Haut und deinen weichen Gesichtszügen. Im Alter wirst du dich darüber freuen«, sagt Hilde. »Hast du dir schon mal überlegt, dir das Haar dunkler zu färben? Vielleicht in einem Rotton, der würde gut zu deinen grünen Augen passen.« Sie lächelt. »Du weißt ja, ich war mal Friseurin. Sag Bescheid, wenn ich dich etwas aufhübschen darf.«

»Rot?« Mein Haar ist dunkelblond und seitdem ich vor drei Jahren entschieden habe, es wachsen zu lassen, habe ich nicht mehr mit Farbe nachgeholfen. Tatsächlich denke ich aber seit ein paar Wochen über eine Veränderung nach »Was hältst du von ein paar helleren Strähnen?«

Hilde schüttelt vehement den Kopf. »Bloß nicht. Du hast wundervolles gesundes Haar.« Sie betrachtet mich eingehend. »Nur ein Hauch von Kupfer vielleicht oder ein warmer Cognacton. Außerdem würde ich es etwas kürzen, sodass es gerade eben auf die Schultern fällt. Den Pony würde ich wachsen lassen, ein Seitenscheitel passt sicher gut zu deiner eher runden Gesichtsform.«

Rundungen gehören auch an anderen Stellen zu meinem Körper, vor allem an den Hüften. Tobi mag sie, wie er, zumindest früher, oft betont hat. Und auch meine schönen Augen, langen Wimpern und vollen Lippen – der perfekte Kussmund. »Cognac und ein paar Zentimeter weniger, das hört sich gut an.« Ich nicke. »Warum nicht?«

»Schön, dann kannst du ab Montagnachmittag einfach bei mir vorbeikommen. Ich besorge die Farbe.« Sie mustert mich erneut. »Links im Badezimmerschrank liegen jede Menge Kämme und Bürsten. Du darfst sie gern benutzen.«

»Fein. Danke.«

Eine Viertelstunde später habe ich mir die Zähne mit dem Zeigefinger geputzt, die Haare gekämmt und fahre in meinem zerknitterten Kleid ins Krankenhaus.

3.

Als ich ankomme, bin ich schon wieder nass geschwitzt. Irgendwann muss ich mir doch einen neuen Wagen mit Klimaanlage zulegen, denke ich und suche im Handschuhfach nach einem Haargummi. Ich klappe die Sonnenblende herunter, fahre mir mit den Fingern noch einmal durch meine Mähne und binde sie zu einem hohen Dutt zusammen. Tobi ist wach! Ich lächle in den Spiegel. Gleich kann ich ihn in meine Arme schließen.

Da ich in der Aufregung vergessen habe, Jutta nach der Zimmernummer zu fragen, gehe ich zu der Mitarbeiterin an der Information. Sie zwirbelt eine ihrer braunen Locken zwischen zwei Fingern hin und her und kaut auffällig intensiv auf einem Kaugummi herum.

»Guten Morgen, können Sie mir sagen, in welchem Zimmer ich Tobias Haferkamp finde?«

»298«, antwortet sie wie aus der Pistole geschossen. »Gerade hat schon jemand gefragt.«

Tobis Eltern, denke ich, nehme den Fahrstuhl in die zweite Etage, klopfe an die Tür, warte kurz, und als niemand reagiert, öffne ich und gehe hinein.

Tobi ist wach, aber er ist nicht allein. Britt sitzt im Schneidersitz auf dem Besucherstuhl an seinem Bett. Sie lacht leise. Unschlüssig bleibe ich in der Tür stehen. Sie sind so vertieft ineinander, dass sie mich noch nicht wahrgenommen haben. Die Vertrautheit zwischen den beiden versetzt mir einen kleinen Stich ins Herz.

Es ist Tobi, der mich schließlich doch bemerkt. »Fee«, sagt er mit kratziger Stimme.

»He, du.« Ich gehe zu ihm und küsse ihn sanft auf die Stirn. Er sieht blass aus. »Was machst du denn für Sachen?«

»Mich aus Doofheit mit der Maschine hinlegen«, antwortet er.

»Gut, dass dir nichts Schlimmeres passiert ist.« Ich drehe mich zu Britt und versuche, mir die tausend Fragezeichen im Kopf nicht anmerken zu lassen. »Hallo.«

»Hi.«

Sie rutscht auf dem Stuhl herum, entknotet ihre Beine, setzt sich aufrecht hin und schlingt ihre Finger ineinander. Es ist nicht zu übersehen, dass sie sich unwohl fühlt.

Ich schenke ihr mein bestes unechtes Lächeln, das ich hinbekomme. »Du hast nur eine Prellung und ein paar Schürfwunden abbekommen?«

»Ja, halb so schlimm.«

Ich nicke, noch immer lächelnd, und setze mich zu meinem Freund an die Bettkante. »Wie geht es dir? Konntest du heute schon mit der Ärztin reden?«

»Noch nicht. Morgen ist die nächste Visite, bis dahin muss ich mich gedulden, aber es scheint wohl alles den Umständen entsprechend gut auszusehen. Ich bin sehr müde und habe Schmerzen, aber ich hatte wirklich riesiges Glück.«

»Du kannst dir nicht vorstellen, wie froh ich bin, dass dir nicht mehr passiert ist.« Ich drehe mich zu Britt: »Das gilt natürlich auch für dich.«

»Danke«, haucht sie.

Ich greife nach Tobis linker Hand. Die rechte ist bandagiert und liegt auf einer Erhöhung. »Tut es sehr weh?«

»Ich lass euch dann wohl mal allein«, sagt Britt da plötzlich und steht auf.

»Bleib doch«, erwidere ich freundlich. »Ich finde sehr nett, dass du nach Tobi siehst, danke.«

»Fee hat recht, bleib doch noch«, sagt Tobi.

Sie streicht sich verlegen durch das Haar. Mein Freund hingegen benimmt sich wie immer, abgesehen von der Tatsache, dass er verletzt im Krankenbett liegt. Erleichterung macht sich in mir breit.

Doch dann steht sie auf. Auf ihrem schwarzen Shirt springt mir der Aufdruck »Brot kann schimmeln. Was kannst du?«, ins Auge. Das gleiche Shirt hat Tobi vor ein paar Monaten von einem Auftritt seines Lieblings-Comedians mitgebracht, zu dem ich ihn nicht begleiten konnte. Ich hatte einen sehr kurzfristigen Auftrag für eine Buchcovergestaltung erhalten und eine Nachtschicht eingelegt. Ich muss gestehen, dass mir das sogar ganz gut gepasst hat. Über Mario Barths Witze konnte ich noch nie lachen. Die Situation jetzt ist allerdings auch nicht komisch. War sie der »Kollege«, der für mich eingesprungen ist?

»Leider habe ich noch etwas Wichtiges zu erledigen«, sagt sie. »Ciao, ihr beiden.« Und schon huscht sie zur Tür hinaus.

Ich ignoriere das mulmige Gefühl, das sich in meiner Bauchgegend ausbreitet, und streiche mit dem Daumen über Tobis Handrücken. Jetzt ist nicht der richtige Zeitpunkt für eine Diskussion über eine Kollegin, die offensichtlich auf meinen Freund steht. »Sag mal, was genau ist eigentlich passiert? Wie ist es zu dem Unfall gekommen? Deine Mutter hat gesagt, du bist weggerutscht. Wie denn genau?«

Tobi verzieht den Mund. »In einer Kurve. Es lag Sand auf der Fahrbahn, den wohl ein Lkw verloren hatte. Es ging alles so schnell, Fee …« Er hebt seine verletzte Hand. »Ich hoffe echt, dass da alles wieder richtig zusammenheilt. Aber ich werde auf jeden Fall eine ganze Weile Spaß damit haben. Das ist so was von ärgerlich.«

»Das wird wieder. Das ist die Hauptsache.«

»Ich bin ein Idiot!«

Das finde ich allerdings auch, denn immerhin war es unser Jahrestag, an dem er unbedingt mit dem Motorrad losmusste. Und zwar in weiblicher Begleitung. »Du hattest echt einen verdammt wachsamen Schutzengel, Tobi.« Ich lege eine kleine Pause ein. »Und Britt auch.«

»Ja, den hatten wir wohl«, sagt er und schaut mit zusammengekniffenen Augen aus dem Fenster. Er sieht plötzlich sehr ernst, fast schon böse aus.

»Ist alles okay?«, frage ich.

»Ja, eigentlich schon, du hast ja recht.« Er hebt noch einmal kurz seine verletzte Hand an. »Ich hasse mich nur gerade selbst. Das Turnier kann ich jetzt vergessen, das habe ich vergeigt.«

»Das stimmt.«

»Du weißt, wie wichtig mir das war. Seit Monaten habe ich mich darauf vorbereitet. Und jetzt das. Hoffentlich kann ich den Flug und das Hotel noch stornieren.«

»Vielleicht kannst du ja als Zuschauer dabei sein«, schlage ich vor.

»Das fehlt mir noch.« Er schließt genervt die Augen.

Da klopft jemand an die Tür.

»Herein!«, ruft Tobi und seine Eltern betreten das Zimmer.

»Tobi-Schatz«, platzt es aus Jutta heraus. »Gott sei Dank!«

Ich stehe auf, damit sie zu ihrem Sohn ans Bett können. Die Erleichterung steht den beiden ins Gesicht geschrieben. Zwar freue ich mich mit ihnen, höre aber nur am Rande zu, worüber die drei sich unterhalten. Es ist mir schwergefallen, so zu tun, als wäre es das Normalste der Welt, Britt an Tobis

Krankenbett sitzen zu sehen. Und das Barth-Shirt will einfach nicht aus meinem Kopf. Hat Tobi von einem Kollegen oder von einer Kollegin gesprochen, als er mir gesagt hat, dass er für die Karten eine Ersatzbegleitung gefunden hat? Manchmal höre ich nicht richtig zu, wenn ich gerade am PC sitze und in ein Projekt vertieft bin. Das hat auch schon zu anderen Missverständnissen zwischen uns geführt.

»Fee, schau mal, fast hätte ich ihn auch vergessen«, sagt Jutta und reißt mich aus meinen Gedanken. Sie drückt mir unseren Ersatzschlüssel in die Hand.

»Hast du ihn mal wieder in der Wohnung liegen lassen?«, fragt Tobi und seine Augen funkeln dabei. In sein verschmitztes Lächeln habe ich mich damals sofort verliebt.

»Mal wieder? Es war nur das eine Mal. Und das auch nur, weil du deine Aktentasche vergessen hattest.« Ich habe sie ihm hinterhergetragen, er brauste mit dem Auto davon. Und ich stand ohne Schlüssel da – im Pyjama. Mein Handy hatte ich auch nicht dabei. Und zu meiner Schande muss ich gestehen, dass ich seine Handynummer nicht auswendig kannte, um ihn erreichen können. Ich bin also in meinem blau-weiß karierten Schlafoutfit und Pantoffeln bis zu der Agentur in der Innenstadt gelaufen, in der er als Programmierer arbeitet. Damals waren wir gerade frisch in die Wohnung eingezogen – und sehr verliebt. »Ich habe bei Hilde geschlafen«, erkläre ich. »Frau Krüger von unten.«

Er lacht und legt seine gesunde Hand auf die Rippen. »Autsch. Die Schmerzmittel lassen nach.« Kurz darauf gähnt er. »Seid mir nicht böse, aber ich denke, ich muss jetzt etwas schlafen.«

»Mach das«, sagt Jutta. »Welcher Schrank ist deiner?« Sie hebt einen Stoffbeutel hoch. »Ich habe dir ein paar ältere Shirts und eine Jogginghose mitgebracht, die ich von dir im Kinderzimmer gefunden habe. Und Unterwäsche von Papa. Ihr habt ja etwa die gleiche Größe.« Sie geht zum Schrank. »Deine Schmutzwäsche nehme ich auch schon mal mit.«

»Der Helm ist nicht mehr zu gebrauchen«, murmelt Tobi. »Und ich schätze, die Jacke ist auch hinüber.«

Zum Abschied küsse ich ihn auf den Mund. »Nachher komme ich noch mal und bringe dir deine eigenen Klamotten.«

»Danke.«

Er schläft schon, als wir das Zimmer verlassen wollen und ein älterer Herr in einem Krankenbett hereingeschoben wird. Sein linkes Bein ist bis über das Knie eingegipst.

»Gute Besserung«, sage ich leise und der Mann lächelt matt.

Vor der Tür atmen wir drei fast gleichzeitig auf.

»Noch mal gut gegangen«, sagt Tobis Mutter. »Ich hoffe, er lässt es jetzt bleiben.«

Das sehe ich ähnlich, allerdings weiß ich, wie viel Tobi das Motorrad bedeutet und dass er sehr darunter leiden würde, wenn er nicht mehr fahren könnte. Freiwillig würde er nie darauf verzichten, da bin ich mir sicher. »Was ist eigentlich mit der Maschine?«, frage ich.

Jutta seufzt. »Lässt sich wohl reparieren.« Sie hält die Motorradjacke hoch und mustert sie. »Die hat nicht viel abbekommen. Sie muss nur gewaschen werden.«

»Das kann ich machen. Auch die anderen Klamotten.«

Sie drückt mir einen Beutel in die Hand, legt Jacke und Hose über meinen Arm.

Die beiden haben in der anderen Richtung geparkt. Wir verabschieden uns und ich sehe ihnen einen Moment lang nach, wie sie Hand in Hand zu ihrem Wagen gehen.

Wieder zu Hause stelle ich mich erst einmal unter die Regenbrause, die wir im Winter für die Dusche angeschafft haben. Mit geschlossenen Augen genieße ich für ein paar Minuten das lauwarme Wasser, das sanft über meinen Kopf den Rücken hinunterläuft. Tobi wird sicher noch ein paar Tage im

Krankenhaus bleiben müssen. Ich bin allein. Normalerweise mag ich Ruhe und genieße die Stille, wenn er nicht zu Hause ist. Heute fehlt mir die laute Musik, mit der er mich nervt, wenn ich nach seinem Feierabend noch am PC sitze, um einen Flyer, eine Grußkarte oder ein Buchcover zu entwerfen. Seitdem ich mich entschieden habe, meinen Beruf als Grafikdesignerin in einer Werbeagentur an den Nagel zu hängen, um als Freelancerin tätig zu sein, ist meine Arbeit kreativer geworden. Auch die freie Zeiteinteilung mag ich sehr, obwohl ich nun einige Stunden mehr in der Woche arbeiten muss, um finanziell über die Runden zu kommen. Aber im Moment sieht es sehr gut aus. Ein großer Verlag ist auf mich zugekommen und hat gleich mehrere Cover für eine geplante Reihe in Auftrag gegeben. Die nächsten Wochen sind gerettet. Heute ist allerdings Ruhetag, auch für mich. Ich habe mir angewöhnt, an Sonntagen den PC auszulassen. Es ist To-Fee-Zeit. Aber Tobi ist nicht da.

Kurz überlege ich, heute ausnahmsweise zu arbeiten, entscheide mich aber dagegen. Einfach mal nichts tun wird mir guttun. Ich stelle die Dusche aus, trockne mich ab, bürste mein Haar, schlüpfe in ein trägerloses Shirt und in Tobis Boxershorts. Er hat sie mir überlassen, nachdem ich sie getragen und dadurch den Bund geweitet habe, wie er sehr charmant festgestellt hat. Warum er so schlank ist, verstehe ich nicht. Er futtert für zwei und nimmt nicht zu. Ich genehmige mir gefühlt immer nur eine halbe Portion, komme aber einfach nicht von meinem Gewicht runter, weil ich einen Hang zu Süßem habe.

Jetzt im Moment steht mir der Sinn nach Eis. Ich hole eins aus dem Gefrierschrank und setze mich damit auf den Balkon, die Beine auf dem kleinen Hocker abgelegt, den ich erst letztens beim Sperrmüll ergattert, abgeschliffen und mit brombeerfarbenem Acryllack angepinselt habe. Er passt wunderbar zu den anderen Fundstücken, die sich auf dem Balkon tummeln, den lindgrünen Blumenkästen, dem taubenblau gebeizten Tisch, der hellgrauen

Kräutertreppe, den bunten Teelichtern und Lichterketten. Hier habe ich eine bunte Oase geschaffen – das Gegenstück zu unserer Wohnung, die mit den geradlinigen Möbeln und zurückhaltenden Farben sehr minimalistisch wirkt. Ich mag beides, vor allem aber den Stilbruch, den ich auf dem Balkon ausleben durfte, nachdem ich Tobi damit gedroht hatte, ansonsten eines Tages eine der Wohnzimmerwände farbig zu gestalten.

Die Sonne scheint. Ein paar Hummeln brummen um die Elfenblumen in einem der runden Pflanzkübel herum.

»Sie tanzen im Wind dem Frühling entgegen«, hat meine Freundin Carla zu mir gesagt, als sie mir die Staude Ende März zum Geburtstag geschenkt hat. Sie hatte recht, denke ich, und dass ich ihr noch gar nichts von Tobis Unfall erzählt habe. Ich greife zum Telefon, und als sie nicht rangeht, schicke ich ihr eine Nachricht.

> Tobi hatte gestern einen Motorradunfall. Es geht ihm so weit gut. Hand gebrochen und schon operiert, Rippen geprellt. Jetzt zu den schönen Dingen: Die Sonne malt wieder Sommersprossen auf meine Nase. Und hier auf dem Balkon findet gerade ein Elfenblütenhummeltanz statt.

Sommersprossen habe ich das ganze Jahr über. Durch Sonne verstärkt sich die Farbintensität und sie werden mehr. Ich sende die Nachricht ab, beuge mich nach vorn, nehme ein kurzes Video auf und schicke es hinterher. Danach rufe ich kurz meine Mutter an, um sie auf den neuesten Stand zu bringen, und verspreche ihr, morgen Abend mal wieder bei ihr und meinem Vater vorbeizuschauen. Ich darf mir aussuchen, was ich dann essen möchte, wünsche mir eine große Portion Spargel, Petersilienkartoffeln, gebräunte Butter und dazu ein kleines

Schnitzel. Dann halte ich mein Gesicht in Richtung Himmel und schließe die Augen.

Das Klingeln an der Tür weckt mich. Ich bin eingeschlafen. Es ist Hilde. »Wie geht es ihm?«

»Gut. Aber er hat mir einen ganz schönen Schrecken eingejagt.« Ich deute mit dem Kopf hinter mich. »Magst du reinkommen?«

»Ein anderes Mal gern. Jetzt bin ich zum Kaffee verabredet.« Sie drückt mir das Pizzablech in die Hand. Es glänzt vor Sauberkeit. »Die Kombination mit Kartoffeln, Feigen und Schinken war sehr lecker. Ungewöhnlich, aber gut! Und der Teig war auch sehr gut, schön knusprig, obwohl er aufgebacken war.«

»Ich knete etwas Weichweizengrieß in den Teig«, verrate ich.

»Oh, danke für den Tipp.«

»Ich danke dir, Hilde. Für alles.«

Sie lächelt. »Gute Nachbarschaft ist wichtig. Sich kümmern ist wichtig.«

»Das stimmt.«

Sie ist noch erstaunlich flink auf den Beinen. Ich schaue ihr nach, wie sie die Treppe nach unten flitzt, und nehme mir vor, mich zu revanchieren, wenn sich die Gelegenheit dazu bietet.

4.

Heute ist Sonntag, aber Otto, der unter uns wohnt, ist es egal, an welchem Wochentag ich die Waschmaschine anschmeiße – solang es nicht vor neun Uhr am Morgen ist, wie er sagt.

Ich fülle die Trommel, gebe Pulver hinein, drücke den Startknopf und kümmere mich danach um Tobis Motorradkleidung. Tobi ist Experte darin, Papiertaschentücher oder auch mal Geldscheine in seiner Kleidung zu vergessen, wenn ich nicht aufpasse. Ich schaue nach, bei wie viel Grad sie gewaschen werden darf, und leere die Taschen.

Tatsächlich finde ich einen Euro, einen zerknitterten Kassenzettel – und einen kleinen gelben Notizzettel. Er ist zusammengefaltet. Normalerweise schnüffle ich nicht in Tobis Sachen herum, aber das mit schwarzem Kugelschreiber darauf gezeichnete Herz lässt mir keine Wahl. Ich falte ihn auf.

»Es war wunderschön!«, steht in geschwungener Handschrift darauf geschrieben, darunter ein einzelner Buchstabe mit Punkt dahinter – »B.«.

Mein Magen zieht sich zusammen. Ich lasse mich an der Wand hinab auf den Boden gleiten. Mit ausgestreckten Beinen, den Rücken an die kühlen Fliesen gelehnt, starre ich auf die Waschmaschine, in der sich meine Kleidung gemeinsam mit Tobis in der Trommel dreht. Britt erscheint vor meinem inneren Auge, wie sie an seinem Bett sitzt, lachend, gemeinsam mit ihm. Mein Herz weigert sich zu akzeptieren, was so offensichtlich ist. Mein Hirn dagegen sagt mir, dass sich diese Nachricht nicht auf das Motorradfahren bezieht. Noch einmal schaue ich auf den Zettel, auf das kleine schwarze Herz und die Worte, die meine Welt gerade aus den Angeln gehoben haben. *Es war wunderschön!*

Betrügt Tobi mich?

Der Kassenzettel drängt sich in meine Gedanken. Ich streiche ihn glatt und schaue nach, wo und was Tobi besorgt hat.

Er war gestern im Supermarkt, wie ich kurz darauf feststelle. Dort hat er Nugatpralinen, Kekse und einen Piccolo eingekauft.

Für unseren Jahrestag, schießt es mir hoffnungsvoll durch den Kopf. Er weiß, dass ich bei Nugat nicht widerstehen kann.

Und wenn nicht?

Ohne weiter darüber nachzudenken, gehe ich in sein Arbeitszimmer und mache etwas, für das ich mich schon im nächsten Moment selbst nicht mehr leiden kann. Ich ziehe eine Schreibtischschublade nach der anderen auf und schaue hinein. Danach nehme ich mir die Kommode vor. Aber ich finde nichts. Weder seine Einkäufe, von denen ich hoffte, er habe mich damit überraschen wollen, noch weitere Beweismittel, die für einen Seitensprung sprechen würden.

Unentschlossen bleibe ich in seinem Zimmer stehen. Ich kenne Tobis Passwort für das Notebook. Und wenn er das für den E-Mail-Account nicht geändert hat, könnte ich mich auch dort mal umschauen. Aber will ich das wirklich? Was, wenn Tobi es herausfindet, und sich dazu noch herausstellt, dass meine Sorgen überflüssig waren?

»Das kannst du echt nicht bringen, Fee«, sage ich leise zu mir selbst. »Das verzeiht er dir nie. Und du dir auch nicht.«

Da ertönt »Dir gehört mein Herz« aus dem Disneyfilm »Tarzan« aus dem Wohnzimmer. »Hör auf zu weinen und nimm meine Hand …« Normalerweise singe ich die ersten Zeilen mit, wenn der Klingelton ertönt, den ich Carla zugeordnet habe. Aber im Moment ist mir eher nach Heulen zumute.

Ich schaffe es gerade noch rechtzeitig, das Gespräch anzunehmen.

Meine Freundin begrüßt mich gut gelaunt mit den Worten: »Elfenblütenhummeltanz an einem Sommersprossensonnentag, rate mal, wer dich gern mag.«

Ihre Wortspielereien mochte ich schon immer. Heute habe ich damit angefangen, als ich ihr die Nachricht geschickt habe. Aber mehr als ein »Hi« bekomme ich jetzt nicht heraus.

»So schlimm?«, fragt Carla sofort. »Was ist passiert? Geht es Tobi schlechter?«

»Nein. Aber ich habe in seiner Motorradjacke einen kleinen Zettel gefunden. Darauf hat eine gewisse B. ein kleines Herz gemalt und daruntergeschrieben, dass ›es‹ wunderschön war. Und seine Kollegin Britt hat heute Morgen an Tobis Bett gesessen, als ich ihn im Krankenhaus besucht habe. Ihr Arm ist verbunden, weil sie mit Tobi auf der Maschine saß, als der Unfall passierte.« Ich seufze. »Sag mir, dass ich mir umsonst Sorgen mache. Aber vorher musst du wissen, dass ich auch einen Kassenzettel gefunden habe, auf dem Nugatpralinen und ein Piccolo stehen.«

Carla hat mir ruhig zugehört, ohne mich zu unterbrechen. Jetzt sagt sie: »Fahr zu ihm und frag ihn. Mach es nicht am Telefon und schon gar nicht per WhatsApp. Schau ihm in die Augen, während du ihm den Zettel unter die Nase hältst.«

»Er liegt im Krankenhaus«, sage ich.

»Perfekt, dann kann er nicht weglaufen.«

»Aber er hat Schmerzen. Ihm geht es nicht gut. Der Unfall, die Operation … Er musste in den letzten Stunden viel durchmachen. Und wenn ich damit vielleicht noch etwas Schlimmeres auslöse, werde ich es mir niemals verzeihen.«

»Du hast mir gerade erzählt, dass diese B Punkt an seinem Bett saß und die beiden miteinander gelacht haben. So schlecht kann es ihm also nicht gehen. Frag ihn! Und zwar heute noch.«

Ich erinnere mich daran, wie vertraut sie miteinander wirkten. Ich schnaufe. »Du hast recht. Es ist auf jeden Fall besser, wenn ich Gewissheit habe – so oder so.«

»Wir haben halb drei. Gegen fünf kommt meine Ablösung. Heute Abend und morgen habe ich frei. Spätestens um sieben bin ich bei dir.«

»Du kommst?«

»Natürlich, was denkst du denn? Ich lass dich doch jetzt nicht allein.«

»Also denkst du auch, dass da was mit Britt läuft?«, frage ich.

Sie schweigt einen Moment, bevor sie antwortet: »Du wirst dich heute Abend auf jeden Fall schlecht fühlen. Entweder weil du ihm nicht getraut hast oder weil es stimmt. Oder weil er alles abstreitet und du ihm trotzdem nicht glaubst. Außerdem bin ich deine Freundin, ich brauche keinen Grund, um bei dir zu sein. Ich komme also.«

»Danke.«

Vor einem Jahr ist Carla wegen ihres Jobs als Sozialarbeiterin in die Eifel gezogen, wo sie in einem umgebauten Bauernhof nach einem besonderen Konzept eine Wohngruppe mit Kindern betreut. Sie wird etwa eineinhalb Stunden unterwegs sein, bis sie bei mir in Mülheim ist, aber sie würde auch zehn Mal so lang fahren, wenn es nötig wäre. Und so würde ich es auch für sie machen. Bei dem Gedanken geht es mir gleich ein wenig besser.

Ich atme tief durch. Sie hat recht, ich sollte Tobi fragen, was das alles zu bedeuten hat. Aber ich muss es nicht überstürzen und sollte nicht Hals über Kopf losfahren. Ich brauche einen klaren Verstand. Wer weiß, keimt die leise Hoffnung in mir auf, vielleicht mache ich mir ganz umsonst Sorgen und es gibt eine gute Erklärung für all das.

* * *

Kaum bin ich zur Tür raus, piept mein Handy in der Tasche. Tobi hat mir geschrieben.

> Maus, gerade konnte ich doch mit der Ärztin sprechen. Es sieht gut aus, ich habe keine schlimmeren Verletzungen, das mit der Hand wird auch wieder, aber ich muss noch ein paar Tage im Krankenhaus bleiben. Voraussichtlich eine Woche. Kannst du mir bitte ein paar Sachen mitbringen: 7 Boxershorts, 7 Paar Socken, T-Shirts, zwei Schlafanzüge und meinen grünen Lieblings-Jogginganzug. Danke und bis später.

Hinter den Text hat er ein lachendes Emoji gesetzt, kein Küsschen, kein Herz, wie er es sonst immer macht.

»Danke und bis später. Idiot!«, sage ich laut zu mir selbst und zögere noch. Aber dann drehe ich doch um und packe die Sachen für ihn zusammen.

* * *

Er schläft. Und er ist nicht allein auf dem Zimmer. Im Nachbarbett liegt der ältere Mann mit dem Gipsbein.

»Hallo«, sage ich leise. An den anderen Patienten habe ich nicht gedacht. Das macht es unmöglich, jetzt mit Tobi zu sprechen. Das sollte ich erst tun, wenn wir ungestört sind. Fast fühle ich mich erleichtert. Doch das ändert sich, als mein Freund die Augen öffnet und sagt: »He, da bist du ja schon.« Er fährt das

Kopfteil des Bettes nach oben, sodass er aufrecht sitzt. »Hast du vielleicht auch etwas Essbares mitgebracht? Das Mittagessen war fürchterlich.«

»Die Pizza für unseren Jahrestag ist leider alle.« Ich setze mich auf den Stuhl und lächle zuckersüß. »Aber wenn du mir verrätst, wo du die Pralinen, die Kekse und den Piccolo versteckt hast, fahre ich noch mal zurück und hole die Sachen. Ich habe den Kassenzettel gefunden, als ich die Taschen deiner Jacken vor dem Waschen geleert habe. Dann können wir gleich auf unsere vier Jahre und den glimpflichen Ausgang deines Unfalls anstoßen.«

Er wird tatsächlich rot. »Ach so, ja. Das war allerdings ein Geschenk für jemanden aus dem Büro.«

»Tobi …« Ich spreche sehr leise und hoffe, dass der Bettnachbar nichts mitbekommt, aber ich muss es einfach wissen. »Bitte sei mir nicht böse, wenn ich das frage. Ich hoffe, du verstehst, dass ich etwas irritiert bin. Aber warum steckte in der Tasche auch ein Zettel, auf dem eine gewisse B. dir mitteilt, dass ›es‹ wunderschön war?« Ich lege das Beweisstück vor ihn auf die Bettdecke.

»Ach, Fee …«

Carla hat gesagt, ich soll Tobias in die Augen schauen. Aber das muss ich gar nicht. Ich höre es am Tonfall seiner Stimme. Die beiden dahingehauchten Wörtchen reichen aus, um die ganze Tragweite zu verstehen. Und doch hoffe ich noch immer. »Sag mir bitte, dass es nicht wahr ist. Dass du nicht …« Meine Stimme bricht, ich kann, ich will nicht glauben, dass das wahr ist.

Er fährt sich mit der linken Hand durchs Haar und schweigt betreten.

Es stimmt also.

»Seit wann?«, frage ich. Es fällt mir schwer, Haltung zu bewahren, und ich bin froh, dass ich es schaffe, meine Stimme fest klingen zu lassen. Jetzt bloß nicht losheulen, nicht hier!

»Es hat vor ein paar Wochen angefangen. Aber wir haben nur einmal …«

»Ihr hattet Sex?«, frage ich. »Wann?«

»Vor drei Tagen«, sagt er. Und er beteuert, dass es ihm unendlich leidtue. Dass er es mir sofort beichten wollte, aber nicht ausgerechnet einen Tag vor unserem vierjährigen Jubiläum. Und dass er sich sicher sei, dass es ein einmaliger Ausrutscher gewesen ist.

Aber darauf antworte ich nicht mehr. Ich stehe auf und gehe. Wortlos.

»Fee«, sagt Tobias. »Jetzt warte doch mal. Lass uns reden. Wir sollten …«

Erst als ich aus dem Krankenhaus raus bin, schießen mir die Tränen aus den Augen. In mir toben die Gefühle. Niemals hätte ich damit gerechnet, dass Tobi mich betrügen könnte, mich dermaßen hintergehen. Seit ein paar Wochen, sagt er … Aber mir gegenüber hat er sich nichts anmerken lassen. Er hat mir etwas vorgemacht, mich belogen. Wut flammt in mir auf.

Auf dem Weg zum Auto fällt mir auf, dass ich die Reisetasche wieder mitgenommen habe. Ich widerstehe dem Impuls, sie einfach in die große Mülltonne zu werfen, an der ich vorbeigehe. Es ist meine Tasche, ich werde sie brauchen, wenn ich ausziehe.

5.

»Ich hätte nie gedacht, dass Tobi so etwas machen würde. Wir wollten heiraten, Kinder. Irgendwann, wenn es sich mit meiner Selbstständigkeit eingespielt hat. Aber ausgerechnet jetzt, wo es tatsächlich anfängt, gut zu laufen, steigt er mit dieser Britt ins Bett.« Ich schiebe mir eins der Schokoküsschen in den Mund, die Carla mitgebracht hat, und nuschle: »So ein Arsch! Er ist es nicht wert, dass ich um ihn weine.«

Seitdem ich wieder zu Hause bin, habe ich keine Träne mehr vergossen. Ich fühle mich seltsam leer, bin wütend, sehr enttäuscht, aber die große Traurigkeit will sich nicht einstellen. »Und dann will er mich auch noch für doof verkaufen, indem er behauptet, es sei ein einmaliger Ausrutscher gewesen, kauft aber Sekt und Pralinen für das Date mit ihr.«

»Abgebrüht«, sagt Carla. »Wie sieht jetzt der Plan aus? Er ist für eine Woche im Krankenhaus. Wirst du hier wohnen bleiben und ihn rausschmeißen oder räumen wir die Bude leer?«

»Die kann ich mir allein nicht leisten.« Ich verspeise noch ein Schokoküsschen und nippe an meinem Glas Wein. »Leider. Gerade habe ich angefangen, mich mit den Nachbarn anzufreunden.«

»Gut, also ziehst du aus.« Sie zieht die Stirn kraus. »Obwohl du ihn eigentlich hochkant rausschmeißen müsstest. Du könntest erst mal für eine Weile zu uns kommen. Auf Dauer wird das zu eng, aber ich könnte mich mal umhören, ob in der Nähe eine Wohnung frei ist.«

»Ich soll in die Eifel ziehen?«

»Warum nicht? Du kannst doch überall arbeiten. Lars ist tagsüber weg, dann hast du deine Ruhe.« Sie lächelt. »Und du wärst in meiner Nähe.«

»Das wäre schön, da hast du recht«, sage ich. »Eifel, na gut. Allerdings will ich weg sein, bevor Tobi aus dem Krankenhaus kommt.« Ich sehe mich im Wohnzimmer um. »Die Möbel sind schön. Aber mein Herz hängt nicht an ihnen. Am besten wäre, wenn ich mich finanziell mit ihm einige und übergangsweise erst mal zu meinen Eltern ziehe. Auch wenn mir der Gedanke gar nicht gefällt, scheint es mir doch die vernünftigste Lösung zu sein. Die Couch in eurem Wohnzimmer ist zwar sehr gemütlich, aber bei meinen Eltern habe ich immerhin ein eigenes Zimmer.«

»Wir finden schnell was bei uns in der Nähe«, sagt Carla. »Aber lass dich bloß nicht von Tobi über den Tisch ziehen. Ich kenn dich doch, am Ende gehst du und zahlst ihm auch noch etwas dafür.«

»Ganz sicher nicht!« Auf das nächste Schokoküsschen verzichte ich. Mir ist schlecht. Außerdem bin ich plötzlich müde. Ich gähne laut und stecke Carla an.

»Soll ich bei dir im Bett schlafen? So wie früher.« Sie grinst. »Ich habe extra nur ein Glas Wein getrunken, damit ich nicht schnarche.«

Auf Tobis Seite … »Ja, aber wir müssen das Bett neu beziehen.«

* * *

Mitten in der Nacht wache ich auf. Wind ist aufgekommen und pustet durch das offen stehende Fenster die leichte Gardine in den Raum. In der Ferne leuchtet der Himmel grünlich auf. So wie es aussieht, ist ein Gewitter im Anmarsch. Ich greife nach meinem Handy, das auf dem Nachttischchen liegt, um nach der Uhrzeit zu schauen. Dabei fällt mir auf, dass mir jemand eine Nachricht geschickt hat. Ich öffne den Posteingang und schüttele den Kopf, weil die Mitteilung von Tobi ist.

> Es tut mir leid, Fee. Du kannst dir gar nicht vorstellen, wie sehr ich es bereue. Ich hoffe, du verzeihst mir und gibst uns noch eine Chance.

»Ganz sicher nicht«, sage ich leise.

»Was?«, fragt Carla neben mir.

»Oh, sorry, ich hab dich geweckt.«

»Nö. Ich war schon wach, wollte dich aber nicht stören.« Sie setzt sich im Bett auf. »Nachricht von Arschi?«

»Er fragt, ob ich uns noch eine Chance gebe.«

»Was antwortest du?«

»Nichts.«

»Sehr gut, Nichtbeachtung ist die beste Strafe. Was anderes hat er nicht verdient.«

Ich schaue noch einmal auf das Handy. »Er hat die Nachricht um drei Uhr geschickt. Sonst schläft er immer tief und fest. Vielleicht hat er Schmerzen.«

»Gut so!«, sagt Carla und steht auf. »Du weißt, dass ich eine sehr friedfertige Person bin, aber ich habe heute schon den ganzen Tag das Bedürfnis, Arschi den Finger zwischen die Rippen zu bohren – die geprellten. Ich würde ihn nicht verletzen wollen, das hat er ja netterweise selbst zustande gebracht. Aber es würde mir Spaß machen, ihn ein wenig jammern zu hören.«

Ich lege das Handy grinsend zurück auf den Nachttisch. »Du kannst so richtig schön fies sein.«

»Das war doch harmlos. Was ich wirklich denke, sage ich dir lieber nicht. Ich hol mir was zu trinken.« Sie geht aus dem Zimmer, da klingelt mein Handy. »Geh bloß nicht dran, wenn es Arschi ist!«, ruft sie aus dem Flur.

Er ist es. Es ist vier Uhr am Morgen und Tobi ruft mich an. Bestimmt hat er gesehen, dass ich seine Nachricht gelesen habe, denke ich und stelle das Telefon kurzerhand lautlos.

Da ertönt ein Knall. Ich zucke zusammen und schaue zum Fenster. Schon als ich klein war, habe ich mich vor Blitz und Donner gefürchtet. Da halfen alle Erklärungen meiner Eltern nichts. Das hat sich bis heute nicht geändert. Ich ziehe meine Beine an und schaue zum Fenster, kann mich aber nicht überwinden, aufzustehen und es zu schließen.

Das übernimmt Carla für mich, als sie zurückkommt.

»Warum bin ich nur so ein Angsthase?«, frage ich. »Ich fürchte mich vor dem Motorradfahren, vor dem Alleinsein, vor Gewitter, vor Spinnen.« Ich seufze. »Und vor Zahnausfall.«

Carla fängt an zu kichern. »Hast du gerade Zahnausfall gesagt?«

»Ja, ich habe irgendwann letzte Woche davon geträumt. Seitdem will ich die ganze Zeit einen Termin beim Zahnarzt ausmachen. Aber du weißt ja …«

Sie grinst. »Fee ließ sich nicht in den Mund schauen.«

»Genau.«

Alle haben sich von Dr. Mertens untersuchen lassen, der in unserer Schule Zahnprophylaxe betrieben hat. Und alle haben einen Zettel mit nach Hause bekommen, auf dem stand, ob ein Zahnarztbesuch vonnöten oder alles in Ordnung sei. Nur bei mir stand etwas anderes darauf, weil ich stoisch mit zusammengepressten Lippen den Kopf geschüttelt habe.

»Was stimmt denn mit mir nicht?«, frage ich.

»Du bist perfekt!« Carla nimmt ihr Handy und setzt sich im Schneidersitz aufs Bett. »Ich schau mal nach, was die Traumdeutung zu deinem Zahnausfall sagt …« Sie kneift die Augen etwas zusammen und hält das Telefon beim Lesen ein Stück von sich weg.

»Du solltest endlich mal einen Sehtest machen«, sage ich. »Du brauchst eine Brille!«

»Okay. Aber nur, wenn du zum Zahnarzt gehst«, sagt sie und konzentriert sich aufs Lesen. »Wenn dir im Traum die Beißerchen ausfallen, hast du Verlustängste«, erklärt sie schließlich. »Wahrscheinlich hast du schon vorher gespürt, dass Tobi auf dieser Britt ausrutschen wird.«

»Kann sein.« Ich seufze. »Wir haben uns in den letzten Monaten voneinander entfernt, haben nichts mehr miteinander unternommen, hatten keinen Sex mehr.«

Sie legt ihr Handy weg und sieht mich ernst an. »Du weißt, dass ich Tobi eigentlich ganz nett finde. Aber er ist nun mal ein Egoist. Bei ihm kommt zuerst er, dann er und dann wieder er. Und dann kommen die anderen. Das wird sich nicht ändern. Du hast einen Besseren verdient. Du hast den Besten verdient!«

»Danke.« Lauter Donner lässt mich wieder zusammenzucken. »Gut, dass du hier bist.«

»Weißt du noch, wie deine Mutter bei Gewitter immer völlig panisch durch die Wohnung gerannt ist, um die Stecker zu ziehen, an denen die Elektrogeräte hingen?«

»Klar«, antworte ich.

»Deine Angst hast du ihr zu verdanken, da bin ich mir sicher. Deine Mutter war generell immer sehr vorsichtig. Ich werde nie vergessen, wie sie immer am Schultor gestanden hat, um uns abzuholen.«

Ich lasse mich im Bett zurücksinken. »Wenn wir es ihr nicht verboten hätten, hätte sie es auch in der Fünften noch gemacht.«

Carla lacht. »Als wir in der Zehnten waren, fanden wir es wieder cool, wenn sie uns mit dem Auto rumkutschiert hat. Weil wir faul waren.«

»Stimmt!«, sage ich. Da erscheint auch schon das Bild vor meinem inneren Auge: Carla und ich, nebeneinander auf der Rückbank im Auto meiner Mutter. »Wir hatten beide zu der Zeit die Haare gefärbt, du blau, ich grün.« Ich rolle mich zur Seite, lege meine Wange auf meinen Arm und sehe sie an. »Hab ich dir schon gesagt, wie froh ich bin, dass du meine Freundin bist? Danke, dass du heute bei mir bleibst.«

Sie legt sich in die gleiche Position wie ich, sodass wir uns anschauen können. »Du hast schon so unfassbar viel für mich getan. Ich bin froh, wenn ich dir etwas davon zurückgeben kann.«

»Dito!«

Gemeinsam haben wir schon einiges miteinander durchgestanden – den viel zu frühen Tod ihrer Mutter, die Arbeitslosigkeit meines Vaters, finanzielle Engpässe, Krankheiten … und Liebeskummer.

»Schon verrückt, oder? Wir schaffen es nie, beide gleichzeitig Single zu sein«, sage ich. »Du ziehst bei deinem Freund ein und ich nur zwei Monate später bei meinem aus.«

Sie seufzt. »Lars war nicht geplant.«

»Britt auch nicht.« Ich lächle. »Du und Lars, das passt. Ich mag ihn.«

»Er ist einer von den Guten«, sagt Carla. »Ich mag ihn sehr.«

Die beiden arbeiten zusammen. Aber anders als Tobi und Britt waren sie Singles, als sie sich ineinander verliebt haben. Es donnert wieder, aber bei Weitem nicht mehr so laut. Es hört sich so an, als würde das Gewitter weiterziehen. Ich gähne und schaue auf die Uhr. »Halb fünf – noch drei, vier Stunden Schlaf wären nicht schlecht.«

»Ja«, sagt Carla und gähnt auch. »Schlaf gut, Sommersprossensonnenfee, und träum von schönen Hummelelfentänzen.«

»Schlaf gut, Karatetigerin.« Sie hat schon als Mädchen gelernt, sich zu verteidigen, während ich mir die Füße beim Ballett wundgetanzt habe. Es waren die Gegensätze, die uns aneinander gefallen haben, als wir in der ersten Klasse plötzlich Sitznachbarinnen wurden. Und dann haben wir festgestellt, dass wir doch jede Menge gemeinsam hatten.

Sie seufzt. »Der Kampfsportverein fehlt mir. Und du mir natürlich auch.«

»Vielleicht ziehe ich ja bald in die Eifel.«

»Das wäre schön«, nuschelt sie. »Gute Nacht.«

Ich drehe mich auf den Rücken, schließe die Augen und lausche dem Atem meiner Freundin.

Da sagt sie plötzlich: »Morgen machst du einen Termin bei deiner Zahnärztin aus und ich einen für den Sehtest. Sonst wird das nie was. Danach gehen wir durch die Wohnung und du schreibst eine Liste der Gegenstände, die dir wichtig sind und die du mitnehmen möchtest, und eine von den Sachen, die du Tobi überlassen willst. Dann rechnen wir, damit Tobi dich nicht übers Ohr haut.«

»Abgemacht. Guter Plan.«

Den Abend mit meiner besten Freundin zu verbringen, hat gutgetan. Doch während sie schon selig vor sich hin träumt, kann ich nicht einschlafen. Ich bin neunundzwanzig Jahre alt und muss morgen meine Eltern anrufen, um ihnen mitzuteilen, dass ich zum Spargelessen komme und vorerst nicht wieder gehen werde.

Wenn ich gewusst hätte, dass ich mir eine eigene Wohnung suchen muss, hätte ich niemals meinen festen Job aufgegeben. Ich bin davon ausgegangen, dass das mit Tobi ein ganzes Leben hält. Den Ausrutscher, wie er es nennt, kann ich ihm vielleicht irgendwann verzeihen. Aber vergessen können werde ich ihn nicht.

»Du und ich, Fee, wir beide«, hat er oft gesagt.

Uns beide gibt es nicht mehr. Wie aus dem Nichts laufen Tränen aus meinen Augen. Plötzlich ist sie da, die Traurigkeit. Mein leises Schluchzen weckt meine Freundin. Sie kuschelt sich an meinen Rücken, nimmt meine Hand und hält sie ganz fest.

»Es tut so weh«, sage ich.

»Ich weiß, Fee. Und ich weiß auch, dass es vorbeigehen wird. Wir müssen da jetzt einfach durch.«

Es wird schon hell, als uns doch noch die Augen zufallen und wir einschlafen.

6.

Als ich aufwache, liegt Carla nicht mehr neben mir. Sie klimpert in der Küche mit Geschirr herum. Ich nehme mein Handy vom Nachttisch, stelle überrascht fest, dass es schon halb elf ist und dass mehrere Leute versucht haben, mich telefonisch zu erreichen. Eine unbekannte Nummer befindet sich in meiner Anrufliste, Tobi hat um neun angerufen, seine Mutter um zehn und meine nur fünf Minuten später. Zwei Nachrichten sind auch bei mir eingetroffen. Tobi bittet mich darum, noch einmal zu ihm zu kommen, um zu reden. Oder wenigstens ans Telefon zu gehen, wenn er anruft. Und Jutta fragt, ob sie später vorbeischauen und Tobis Kleidung holen könne, die er dringend brauche. Sie wisse nicht, was zwischen uns vorgefallen sei, hoffe aber, dass sich alles klären werde, weil sie mich sehr gern habe.

Sehen will ich sie nicht, weder Tobi noch Jutta. Ich könnte die Tasche bei Hilde oder Otto deponieren, überlege ich und bin froh, dass Jutta keinen Ersatzschlüssel mehr hat, um einfach in die Wohnung zu stiefeln, wie sie es schon mal gemacht hat, als sie Tobi mit einem hausgemachten Sauerbraten überraschen wollte, den sie auf den Küchentisch gestellt hat. Ich habe damals einen Riesenschrecken bekommen, weil ich in der Nacht lang gearbeitet und mich mittags hingelegt hatte, um ein wenig zu schlafen. Den Braten auf den Tisch zu stellen, war eine Sache, aber warum sie unbedingt in unsere Kommode schauen musste, habe ich bis heute nicht verstanden. Und auch nicht, warum sie mich nicht direkt gesehen hat, denn ich lag immerhin auf der Couch, neben der sie stand.

»Frühstück.« Carla kommt mit zwei Tellern ins Schlafzimmer und stellt sie aufs Bett. Sie hat uns Schnittchen gemacht, so wie meine Mutter sie früher immer für uns zubereitet hat, belegte Doppeldecker-Brote, in Dreiecke geschnitten. Dazu etwas Gemüse: Tomatenviertel, Gurkenscheiben, Möhrenstreifen. »Kaffee kommt auch sofort.« Sie sieht skeptisch auf das Handy in meiner Hand. »Hat er sich noch mal gemeldet?«

Ich nicke. »Und Jutta will seine Sachen holen. Ich hab die Tasche ja gestern mit zurückgenommen.«

Ihre Augen blitzen. »Du könntest Juckpulver mit reinschmuggeln. Weißt du noch?«

Ich muss lachen. Wir haben damals den Hagebuttenstrauch im Garten meiner Großeltern geplündert, um aus den Früchten die Körner rauszupulen. Die haben wir dann getrocknet, in kleine Tüten gepackt und noch etwas Pfeffer dazugegeben. Das fertige Juckpulver haben wir bei unseren Freunden und Freundinnen in der Schule gegen Sammelbilder, Aufkleber und andere Kleinigkeiten eingetauscht. Das Geschäft florierte, bis jemand aus der Klasse so blöd war, das Zeug ausgerechnet unserem Klassenlehrer in den Kragen zu schütten. »Ich gehe ja immer noch davon aus, dass es Michael Stadler war«, sage ich. Den Ärger haben damals allerdings wir bekommen. Die Aktion hat uns jeweils drei Arbeitsstunden im Biogarten der Schule eingebrockt. Den Hagebutten, die dort wuchsen, durften wir uns nicht nähern.

»Einen kleinen Denkzettel hat Arschi schon verdient«, sagt Carla.

»Er liegt im Krankenhaus. Und wenn er zurückkommt, bin ich nicht mehr da. Das ist Denkzettel genug.« Ich beiße in ein Schnittchen. »Mein selbst gebackenes Brot wird er auf jeden Fall vermissen. Das ist echt gut. Die Küchenmaschine nehme ich definitiv mit. Und auch die Backformen und die guten Töpfe, die ich gekauft habe.«

»Lass uns gleich die Liste schreiben.«

Ich greife zu der großen handgetöpferten Kaffeetasse. »Die Becher hast du mir geschenkt, die nehme ich auch mit.«

»Gibt es hier im Schlafzimmer was, an dem dein Herz hängt?«

»Meine Daunendecke für den Winter«, antworte ich spontan und lasse meinen Blick durch den Raum schweifen. »Das Kopfkissen, die kuschelige Wolldecke, meine Wärmflasche. Und natürlich meine Kleidung. Der Schrank ist eingebaut, an der Kommode hänge ich nicht, der Sessel ist von Tobi, den hat er aus seiner alten Wohnung mitgebracht.«

»Gut, so machen wir das gleich auch mit den anderen Zimmern.«

* * *

Nur eine Stunde später haben wir eine Bestandsaufnahme der Wohnung gemacht und sitzen auf dem Balkon.

»Ich hoffe, dass Tobi sich bereit erklärt, sich finanziell mit mir zu einigen«, sage ich. Wenn es nach mir ginge, würde ich nur die Möbel aus meinem Arbeitszimmer mitnehmen, die vom Balkon einschließlich der Accessoires und einen Großteil der Koch- und Backutensilien aus der Küche. »Vielleicht ist es am besten, wenn ich doch noch mal zu ihm ins Krankenhaus gehe.« Bei dem Gedanken zieht sich mein Magen zusammen. »Wobei ich darauf absolut keine Lust habe. Mir wäre es am liebsten, wenn ich ihn erst einmal nicht sehen müsste, bis ich das alles einigermaßen verarbeitet habe.«

»Ruf ihn an«, schlägt Carla vor.

Ich seufze. »Ja.« Prompt klingelt mein Telefon, das ich vor mich auf den Tisch gelegt habe. »Meine Mutter«, stelle ich fest und gehe ran. »Hallo, Mama.«

»Hallo, Schatz«, sagt sie. »Sag mal, hat Oma sich zufällig bei dir gemeldet?«

Der sorgenvolle Ton meiner Mutter beunruhigt mich. »Nein, wieso?«

Sie atmet tief durch. »Sie ist verschwunden und Opa weiß nicht, wohin.«

»Was heißt das, sie ist verschwunden? Seit wann?«

»Seit gestern Nachmittag. Opa sagt, sie hätte ihm einen Zettel hinterlassen, auf dem stand, dass sie weg ist und nicht wiederkommt.«

Mein Hals schnürt sich zu. »Quatsch, so was würde Oma doch nie machen. Ging es ihr denn irgendwie schlecht, ist sie krank?«

»Nein, keine Sorge, das nicht«, erklärt Mama. »So, wie es aussieht, hat deine Oma deinen Opa verlassen.«

Ich atme erleichtert auf. »Okay, ich dachte schon, es sei etwas Gesundheitliches. Aber bitte was? Oma will Opa verlassen?«

»Oh Gott, nein! Gesundheitlich ist alles okay. Dein Opa sagt, sie habe ihm beim Mittagessen mitgeteilt, dass sie ihn verlassen werde. Er hat es nicht ernst genommen und ist wie jeden Sonntag zu seiner Schachrunde gegangen. Als er zurückkam, lag der Zettel auf dem Tisch, auf dem stand: ›Ich bin dann mal weg. Warte nicht. Ich komme nicht wieder‹.«

»Krass«, sagt Carla leise neben mir und sieht mich mit großen Augen an. Meine Mutter spricht sehr laut, anscheinend hat meine Freundin alles gehört.

»Vielleicht ist sie zu Gerda«, überlege ich laut.

»Die habe ich schon angerufen. Sie behauptet, nichts von der ganzen Sache zu wissen.«

»Würde Carla auch machen.«

Meine Freundin nickt. »Liebe Grüße.«

»Liebe Grüße von ihr, Mama. Carla ist gerade bei mir.«

»Oh, das ist ja schön, dann grüße mal von mir zurück.« Einen Moment sagt niemand von uns etwas. Ich für meinen Fall bin so überrascht, dass ich die Informationen erst mal verdauen muss. Und meine Mutter denkt nach. Das erkenne ich daran, dass sie mit den Fingern irgendwo gegen Holz tippt. Wahrscheinlich sitzt sie allein in ihrem Klassenzimmer am Pult. »Könntest du bei deinem Opa vorbeifahren und schauen, wie es ihm geht? Vielleicht erzählt er dir ja, was vorgefallen ist. Ich vermute mal, dass er ganz schönen Mist gebaut hat. Es passt gar nicht zu Oma, dass sie einfach so verschwindet.«

»Ja, kann ich machen. Was sagt denn Papa dazu?«

»Der geht davon aus, dass seine Mutter spätestens heute Abend wieder da ist und sie seinem Vater einfach mal ein wenig Druck machen wollte. Er kann sich nicht vorstellen, dass sie ihn wirklich verlassen hat. Dein Opa sieht es genauso. Spätestens heute Abend sei sie wieder da, hat er gesagt.«

»Und was denkst du, Mama?«

Sie schweigt einen Moment. Dann sagt sie: »Sie hätte schon viel früher ihre Koffer packen und gehen müssen. Ich hoffe, sie hat es diesmal tatsächlich in die Tat umgesetzt. Das bleibt aber bitte unter uns.«

»Klar!«, stimme ich sofort zu. Mein Opa ist kein einfacher Mensch. Er nörgelt ständig und an jedem herum, besonders an Oma. Dass meine Mutter sogar so weit geht, dass Oma ihn längst hätte verlassen müssen, überrascht mich jedoch. »Erzählst du mir, warum du das denkst? Gibt es da was, was ich nicht weiß?«

»Jede Menge. Aber ist es nicht normal und vielleicht auch besser, wenn Kinder nicht alles über ihre Eltern und Großeltern wissen?«

»Stimmt«, sage ich. »Genauso wie es besser ist, wenn Eltern nicht alles über ihre Kinder wissen.«

Neben mir grinst Carla breit.

Meine Mutter lacht. »Wann fährst du zu deinem Opa?«, fragt sie.

»Am besten jetzt gleich«, antworte ich.

Als ich das Gespräch beendet habe, frage ich Carla: »Kommst du mit?«

Mein Opa mochte sie schon immer gern. Sie spielt Schach, und zwar sehr gut. Er hat es uns beigebracht, als wir noch Kinder waren. Dabei hat er zu seinem Entzücken festgestellt, dass meine Freundin großes Talent hat, was man von mir nicht behaupten kann.

»Irgendwas passiert irgendwie immer«, sage ich, als wir nebeneinander auf dem Balkon stehen und ein Glas Wasser trinken. »Erst spinnt Tobias rum und jetzt meine Oma.« Ich runzele die Stirn. »Obwohl ich mir sicher bin, dass meine Oma einen sehr guten Grund dafür hat, dass sie einfach verschwunden ist.«

»Machst du dir Sorgen?«, fragt Carla.

Ich fühle kurz in mich hinein. »Nein, du kennst sie doch. Sie ist stärker als mein Opa, obwohl oder gerade, weil sie weicher ist als er. Sie kommt klar, sie weiß genau, was sie tut. Und im Gegenteil zu meinem Opa hat sie ein gut funktionierendes soziales Umfeld. Ich könnte mir vorstellen, dass sie vorübergehend bei einer ihrer Freundinnen aus dem Lesekreis untergekommen ist. Dann ist da auch noch ihr Kegelclub. Und natürlich ihre beste Freundin Gerda, wobei sie so clever sein wird, dort nicht hinzugehen, weil mein Opa sie sofort bei ihr vermuten wird. Es wundert mich nur, dass sie uns, also meinen Eltern und mir, nicht Bescheid gesagt hat.«

»Das ist allerdings merkwürdig«, stimmt Carla zu. »Aber Sorgen mache ich mir auch nicht. Ich bin mir sicher, dass sich bald alles aufklären wird. Und ich bin neugierig darauf, was dein Opa erzählen wird.«

»Nichts, wie ich ihn kenne«, sage ich.

Da erscheint plötzlich Otto wild gestikulierend im Garten. »Hilde ist gestürzt«, ruft er. »Es geht ihr gar nicht gut.«

»Wo?«

»In der Küche. Sie liegt auf dem Boden. Ich mach euch auf.«

»Hast du den Rettungsdienst gerufen?«, rufe ich, während Carla schon losrennt.

»Sie wollte keinen«, brüllt Otto.

Ich stürme hinter Carla her.

* * *

Hilde liegt auf dem Rücken. »Gut, dass du da bist«, sagt sie. »Und Verstärkung hast du auch gleich mitgebracht. Otto hat sich nicht getraut, mir aufzuhelfen.«

Wir gehen beide neben ihr in die Hocke.

»Hallo, ich bin Carla«, stellt sich meine Freundin vor. »Was ist denn passiert?«

In dem Moment fällt mir der umgekippte Stuhl und daneben der Putzeimer auf. Der Lappen liegt neben Hilde. »Du bist doch nicht etwa beim Fensterputzen vom Stuhl gefallen?«

Sie macht ein zerknirschtes Gesicht. »Doch.«

»Wo tut es denn weh?«, fragt Carla.

»Der Knöchel links. Und mir wird schwindelig, wenn ich versuche, mich aufzusetzen.«

»Und der Kopf?«, frage ich.

Sie bewegt ihn vorsichtig hin und her. »Ist noch dran. Ich glaube, mir ist vor Schmerzen schlecht.«

»Okay, ich rufe einen Rettungswagen«, sagt Carla.

Er ist zehn Minuten später da. Und nach weiteren zehn Minuten wird Hilde auf einer Trage aus dem Haus transportiert.

»Kannst du mir ein paar Sachen ins Krankenhaus bringen, Liebes?«, fragt sie, bevor sie in den Wagen gehievt wird. »Du weißt ja, was man so braucht. Such einfach was aus.«

»Natürlich, das mach ich doch gern«, sage ich. Da fällt mir mein Opa wieder ein.

Und Carla geht es auch so. »Wäre es dir recht, wenn ich dir die Sachen bringe, Hilde? Fee muss sich um ihren Opa kümmern.«

»Natürlich.« Hilde richtet den Oberkörper etwas auf. »Was ist mit ihm?«, fragt sie, doch der Rettungssanitäter schüttelt den Kopf. »Wir haben keine Zeit für Kaffeeklatsch. Irgendwo liegt gleich der oder die Nächste auf dem Boden und wartet auf Hilfe.«

»Erzähl ich dir ein anderes Mal, Hilde.« Ich winke zum Abschied, da wird auch schon die Tür mit einem Rumms zugeschoben.

Neben Carla und mir steht Otto. »Nimmst du mich mit ins Krankenhaus, Carla?«, fragt er. Er ist ganz blass um die Nase.

»Geht es dir auch nicht gut?«, frage ich besorgt.

»Ich will wissen, was mit ihr ist«, sagt er. »Mir hat sie vorhin erzählt, dass ihr schon schwindelig geworden ist, als sie auf dem Stuhl stand.«

»Warum hast du das vorhin nicht gesagt?«, frage ich.

»In der Aufregung vergessen. Deswegen will ich ja gleich hinterher.«

»Okay«, entscheidet Carla. »Fee und ich suchen ein paar Sachen zusammen.« Sie scannt Otto von oben bis unten ab.

Wie immer trägt er die blaue Jogginghose und das Rippshirt. »Du ziehst dich um. Oder willst du so gehen?«

Er grinst. »Optisch würden wir beide momentan was hermachen.«

Carla trägt einen meiner kurzen Sommerpyjamas. Er ist cremeweiß mit dunkelblauen Blümchen.

Ich trage das Gegenstück in Blau mit cremeweißen Sternchen. »Geduscht haben wir auch noch nicht.«

Carla wuschelt sich durch das kurze braune Haar. »Okay, also erledigen wir alles ganz in Ruhe. Ich hole dich um zwei Uhr ab, Otto.«

Auf dem Weg nach oben fällt mir mein untreuer Ex-Freund wieder ein. »Sie bringen Hilde ins Stadtkrankenhaus. Nimmst du Tobis Tasche mit?«

»Darf ich meinen Finger zwischen seine Rippen bohren?«

»Ja«, sage ich. »Und grüß ihn dabei ganz lieb von mir.«

7.

»Hast du was von ihr gehört?«, fragt Opa.

»Nein.« Ich umarme ihn kurz. »Aber darf ich erst mal reinkommen?«

»Natürlich.« Er tritt zur Seite. Wie immer sieht er aus wie aus dem Ei gepellt, trägt ein weißes kurzärmeliges, faltenfreies Hemd, beigefarbene Bundfaltenhosen und dazu dunkelbraune Lederslipper, die er sich extra für das Haus angeschafft hat. »Möchtest du etwas trinken, Kaffee vielleicht? Dann könntest du mir einen mitmachen.«

Im Filter befindet sich feuchtes Kaffeepulver. Die Menge hätte für mindestens zwei Kannen gereicht. Ich entsorge ihn und sage: »Pro Tasse ein gehäufter Teelöffel. Und das Wasser etwas abkühlen lassen, bevor du es in den Filter gießt, sonst schmeckt er bitter.«

Er setzt sich an den Küchentisch, während ich den Kaffee zubereite, in Tassen fülle und in Opas Tasse neben der Milch auch einen Löffel Zucker rühre, so wie Oma das immer für ihn macht.

»Bitte.« Ich stelle ihm seine Bestellung vor die Nase.

Er nickt, was ich als Dankeschön verstehe. »In der Vorratsdose sind Madeleines, die hat deine Oma am Mittag noch gebacken, bevor sie sich davongemacht hat.«

»Sie hat vorher noch gebacken?« Ich habe ganz genau gehört, was Opa da gesagt hat. Aber glauben kann ich es nicht. Es sei denn, er hat sich wirklich ein dickes Ding geleistet. »Was ist denn eigentlich passiert?«

Er zuckt mit den Schultern. »Deine Oma meint, sie müsse es noch mal wissen, das ist passiert. Ich dachte, der Spuk wäre vorbei, nachdem sie irgendwann ihre Wechseljahre hinter sich gebracht hatte. Dass so was auch noch mal im hohen Alter passieren kann, ist mir neu.«

Meine Großeltern sind mittlerweile über ein halbes Jahrhundert miteinander verheiratet. So viel gemeinsame Zeit verbindet, da trennt man sich doch nicht einfach so.

»Habt ihr euch gestritten?«, hake ich nach. Irgendwas muss da doch vorgefallen sein.

»Nur das Übliche.« Opa schüttelt den Kopf. »Alte Kamellen. Deine Großmutter ist wie ein Elefant, sie vergisst nie etwas. In der Beziehung gleicht ihr Frauen euch alle. Und irgendwann kommt ihr um die Ecke und tischt längst vergangene Geschichten wieder auf, und zwar in allen Einzelheiten.«

Also ist doch irgendetwas vorgefallen. »Wie alt ist denn die alte Geschichte?«, frage ich, obwohl mir klar ist, dass Opa darauf nicht antworten wird.

Sein Gesichtsausdruck wird hart. »So alt, dass sie vor Gericht schon verjährt wäre, wie die meisten Verbrechen. Nicht aber bei deiner Großmutter. Sie trägt einem jeden Ausrutscher nach.«

Ich horche überrascht auf. Ausrutscher … »Sag bloß, du hast Oma betrogen«, entfährt es mir und im nächsten Moment will ich mir schon auf die Zunge beißen.

Opa steht wortlos auf und holt die Dose mit den Madeleines. »Sie waren noch lauwarm, als ich gekommen bin. Wenn deine Oma eins kann, dann backen, das muss ich ihr zugestehen. Und was die andere Sache betrifft, so ist das allein etwas zwischen ihr und mir. Das geht euch nichts an. Davon mal ganz abgesehen, wird sie sowieso bald wieder vor der Tür stehen. Ich gebe ihr maximal drei Tage, mehr auf gar keinen Fall. Wo soll sie denn hin? Allein kommt sie niemals klar. Und finanziell schon gar nicht. Sie wird es bereuen, ganz sicher. Und dann kann sie froh sein, wenn ich sie überhaupt wieder zurücknehme.«

Mir bleibt das Madeleine fast im Hals stecken. Es ist sicher verletzte Eitelkeit, die da gerade in meinem Opa aufkeimt. Er, der immer alles unter Kontrolle hat, der Bestimmer, ist verlassen worden. Oma war immer viel zu nett zu ihm. Sie hat ihn all die Jahre von vorn bis hinten bedient. Ich hätte ihm Salz statt Zucker in die Tasse rühren sollen, schießt es mir durch den Kopf. »Oma wird klarkommen«, sage ich und kann mir die nächste Frage nicht verkneifen. »Aber was ist mit dir?«

Opa ist zwar arbeiten gegangen und hat das meiste Geld nach Hause gebracht. Aber Oma war auch nicht untätig. Sie hat halbtags in einer Buchhandlung gearbeitet. Und die restliche Zeit hat sie sich um alles gekümmert – um den Garten, das Haus, um mich und auch um Carla. Er hingegen hat noch nie die Waschmaschine bedient, geschweige denn ein Bügeleisen. Oma hängt ihm die Hemden nicht nur in den Schrank, sie hängt morgens sogar eins wieder raus. Und Socken packt sie auch gleich dazu. Sie hat ihn verwöhnt. Mit Haushalt hatte er bisher nichts zu tun und das wird sich sicher nicht ändern. Er schafft es ja noch nicht mal, Essen aufzuwärmen, ohne es anbrennen zu lassen.

»Sie kommt zurück«, sagt er stoisch.

Oma hat Madeleines gebacken, bevor sie gegangen ist. Das spricht dafür, dass sie ihren Weggang nicht geplant hat. »Hast du denn eine Ahnung, wo sie sein könnte?«

»Wo soll sie schon sein? Bei Gerda, nehme ich an.« Er sieht mich mit seinem Kommissarblick an. »Es sei denn, sie ist doch bei deiner Mutter oder bei dir untergekommen.«

»Ach, Opa!« Ich schüttele den Kopf. Als Kind habe ich mich manchmal sehr unwohl gefühlt, wenn er seinen Beruf sozusagen auch zu Hause ausgeübt hat. Ich war zwar stolz auf ihn, weil er Verbrecher verhaftet hat, aber ich wusste nie, ob Opa mir nur eine ganz normale Frage stellte oder es auf ein Verhör hinauslief, wenn er sich nach der Schule, meinen Hausaufgaben, Freundinnen und später dann nach Jungs erkundigt hat. »Ich mach mir Sorgen um Oma. Hör gefälligst auf, so garstig zu sein!«

»Ja, fang du auch noch an«, sagt er mit einem ironischen Tonfall in der Stimme. »Der Apfel fällt nicht weit vom Stamm, wie man so schön sagt. Du bist wie sie.«

»Ich weiß, ich habe ihr irisches Blut geerbt«, erwidere ich.

»Stimmt, das hatte ich vergessen, das kommt bei dir auch noch erschwerend dazu.«

»Wow, Opa, du bist echt verdammt gut drauf. Kein Wunder, dass Oma ihren Koffer gepackt hat«, kontere ich. »Apropos, wie groß war denn der Koffer? Und was hat sie eingepackt? Hast du mal in ihrem Kleiderschrank nachgeschaut?«

»Was sollte das bringen? Das Ding platzt aus allen Nähten. Es könnte die Hälfte fehlen, es würde mir nicht auffallen.« Er zuckt mit den Schultern. »Ich bin mir aber sicher, es fehlt nix, die Koffer sind alle noch da. Nur die kleine Reisetasche ist weg. Sie ist bald zurück. Sie will mich damit nur unter Druck setzen. Ich soll ihr nachreisen und sie bitten, zurückzukommen. Aber auf solche Spielchen lasse ich mich nicht ein.«

»Wie könntest du ihr nachreisen, wenn du gar nicht weißt, wo sie hin ist – mit ihrer kleinen Reisetasche?«, frage ich und betrachte meinen Opa skeptisch. Weiß er vielleicht doch mehr, als er zugibt?

Mein Opa streicht mit der Hand über sein immer noch volles Haar, das er zu einem akkuraten Seitenscheitel frisiert trägt. Er steht morgens länger im Bad als Mama und ich zusammen. Es dauert, bis er sich aus dem Ei gepellt hat.

»Sie weiß, dass ich sie finden würde, wenn ich wollte«, sagt Opa. »Immerhin gehörte es früher zu meinem Beruf, nach Personen zu fahnden.«

»Okay, dann warten wir also, bis sie wieder da ist«, sage ich lapidar. »Oma ist weg und wir warten.«

Mein Opa nickt. »Übrigens ist es nicht gerade rücksichtsvoll von ihr, euch nicht darüber zu informieren, wo sie ist. Ihr Handy hat sie auch nicht mitgenommen. Das hat sie demonstrativ auf der Kommode im Flur liegen gelassen, ausgeschaltet. Sie kann sich doch denken, dass ihr euch Sorgen macht.«

Und er kann mir nicht weismachen, dass er sich keine macht. Gerade will ich etwas erwidern, da klingelt sein Handy, das auf dem Tisch vor ihm liegt. Er hat ein brandneues Modell, während Oma sich mit einem alten Tastenhandy zufriedengibt. Es wundert mich nicht, dass sie es nicht mitgenommen hat. Es könnte sein, dass sie es einfach vergessen hat. Oma telefoniert am liebsten altmodisch über das Festnetztelefon.

Opa nimmt sein klingelndes Smartphone schnell hoch, aber ich habe trotzdem gesehen, dass eine Mobilfunknummer im Display angezeigt wurde und keiner seiner gespeicherten Kontakte. »Das ist wichtig, da muss ich eben rangehen.« Er steht auf und geht durch das Wohnzimmer in den Garten, damit ich nicht höre, was er da zu besprechen hat.

Ich räume die Tassen in die Spülmaschine, da fällt mein Blick auf den Telefonhörer des Festnetzanschlusses, der auf der Arbeitsplatte liegt. Mir fällt ein, dass meine Eltern vor Jahren mal herausgefunden haben, dass Carla und ich nicht bei unserer

Freundin Lina, sondern bei einem Freund feiern waren, weil sie seine Nummer in der Anrufliste entdeckt haben.

Da habe ich einmal was Verbotenes gemacht und wurde sofort erwischt, denke ich, als ich zum Hörer greife. Ausgerechnet an dem Abend hat Linas Mutter bei uns angerufen, weil Lina – die angeblich bei mir übernachtet hat, ihren Haustürschlüssel vergessen hatte.

Ich schiele durch das Fenster kurz rüber zu Opa. Er ist vertieft in sein Gespräch. Schnell checke ich die eingegangenen Anrufe, stelle fest, dass Gerda gestern angerufen hat, meine Mutter und ich. Nichts Ungewöhnliches also. Aber als ich die Wahlwiederholungstaste drücke, springt mir sofort eine Nummer ins Auge, die am Sonntagmittag gewählt wurde.

»04935 …«, sage ich leise. »Das muss irgendwo im Norden sein.« Ich widerstehe dem Impuls, jetzt sofort dort anzurufen, und tippe die Nummer flott in die Suchleiste meines Handys ein.

Gerade als Opa zurückkommt, habe ich herausgefunden, dass die Vorwahl von Juist stammt.

»Was ist, warum schaust du so überrascht?«, fragt Opa.

»Eine Nachbarin ist heute gestürzt, Carla hat sie ins Krankenhaus begleitet. Ich habe nachgesehen, ob es Neuigkeiten gibt.«

»Ach, was macht Carla denn?«, fragt Opa. »Wie gefällt es ihr in der Eifel?«

Er hat bisher kein einziges Mal gefragt, wie es Tobi geht, obwohl er mitbekommen hat, dass er einen Unfall hatte. Für unsere Nachbarin interessiert er sich erst recht nicht. Und mich hat er auch schon Ewigkeiten nicht mehr gefragt, wie es mir geht. Aber er will wissen, was Carla macht. Immerhin eine, die es geschafft hat, sein Herz zu erweichen, denke ich lächelnd.

»Der Job gefällt ihr sehr gut. Und die Gegend, in der sie jetzt wohnt, auch«, sage ich. »Ich soll dich lieb von ihr grüßen.

Sie wollte eigentlich mitkommen, aber dann ist, wie gesagt, meine Nachbarin gestürzt. Sie liegt im selben Krankenhaus wie Tobi.«

»Die Eifel ist landschaftlich gesehen sehr schön«, sagt Opa.

»Ich habe mich von Tobi getrennt«, erwidere ich. »Gestern.«

Jetzt habe ich endlich seine Aufmerksamkeit. »Warum das denn?«, fragt er und schüttelt den Kopf. »Er ist doch sehr nett.«

»Ja, auch zu anderen Frauen. Er hat mich betrogen«, antworte ich und schaue meinem Opa direkt in die Augen.

Doch er reagiert nicht auf meine Information. »Nimm die Madeleines mit, wenn du gehst«, sagt er.

Er hat Omas Mandelküchlein sowieso nicht verdient. Ich klemme mir die Blechdose unter den Arm und verabschiede mich.

»Stinkstiefel!«, sage ich laut im Auto. Meine Mutter hat recht. Ich frage mich, wie Oma es so lang mit ihm ausgehalten hat.

* * *

Mittlerweile ist es halb vier. Carla hat sich noch nicht gemeldet, wie mir ein schneller Blick auf das Handy zeigt.

> Alles okay mit Hilde? Von Oma nichts Neues. Ich fahre jetzt zu meinen Eltern, wir sehen uns gleich dort,

schreibe ich.

Meine Eltern sind beide im Lehrberuf tätig, Mama in der Realschule, Papa im Gymnasium. Sie sind in der Regel spätestens um vier zu Hause. Und für den Notfall besitze ich immer noch einen Schlüssel, der an meinem Bund baumelt. Heute bin ich froh, dass beide noch nicht da sind, als ich das Haus betrete. Ich brauche etwas Zeit für mich, um nachdenken zu können.

Dass Oma irgendwo herumschwirrt, ohne jemandem zu sagen wo, beunruhigt mich nun doch. Es passt einfach nicht zu ihr. Und Opas Verhalten eben war auch sehr eigenartig. Irgendwas ist da vorgefallen. Über die Ehe meiner Großeltern habe ich mir bisher nie Gedanken gemacht, obwohl Oma mir oft leidgetan hat. Opa ist schroff und hat so eine Art, Oma von oben herab zu behandeln. Aber sie hat es immer gelassen genommen und ich bin davon ausgegangen, dass sie damit klarkommt und drübersteht, weil eigentlich sie die Stärkere ist. Ich kenne sie fast nur mit einem Lächeln auf dem Gesicht. Es ist genau diese stille Überlegenheit, die ich an ihr bewundere. Sie hat es nicht nötig, mit ihren Stärken zu prahlen, so wie Opa es macht. Besonders wenn es ums Autofahren geht, benimmt er sich, als wäre er der Erfinder des Automobils höchstpersönlich. Oma hat keinen Führerschein. Er fährt sie, aber wenn es möglich ist, nimmt Oma lieber den Bus oder das Rad, weil sie ihn nicht gern darum bittet. Schon gar nicht, wenn sie mal nicht zum Arzt oder in den Supermarkt muss, sondern was Schönes unternehmen will. Dann hat Opa nämlich prompt einen Termin im Schachclub, sein Rücken kneift oder er lässt sich einen anderen Grund einfallen, sie nicht durch die Gegend kutschieren zu müssen, wie er es nennt. Mir kam es bisher immer so vor, als wären das Machtspielchen, die er mit ihr abzieht. Deswegen habe ich Oma angeboten, sie jederzeit dorthin zu bringen, wo sie hinwill, egal wann. Ich habe mich oft über Opas Verhalten geärgert, aber Oma hat sich nie aufgeregt, zumindest nicht offensichtlich. Und nun hat sie ihre Reisetasche gepackt und ist weg.

Schade, dass sie mich diesmal nicht gebeten hat, sie zu fahren, denke ich, dann wüsste ich jetzt, wo sie steckt.

8.

Mein Vater kommt zuerst zurück. Ich bin auf der Terrasse in der Nachmittagssonne eingenickt und wache auf, als er »Hallo, Schatz«, sagt. Er beugt sich zu mir runter und drückt mir einen Kuss auf die Stirn. »Ich mache mir einen Cappuccino, für dich auch einen?«

Immerhin weiß er, wie man ihn zubereitet, denke ich, schüttle aber den Kopf. »Koffein hatte ich bei Opa schon.«

»Er hat Kaffee gekocht?«

»Pff«, mache ich.

»Und was sagt mein Herr Vater so?«, fragt er, während er in die Küche geht. »Sicher, dass du nichts möchtest? Ich kann dir auch einen Eiskaffee mit Vanilleeis anbieten.«

»Habe ich da Eiskaffee gehört?«, ruft meine Mutter plötzlich. »Für mich auch, bitte.«

»Du bist schon da«, stelle ich fest, als sie die Terrasse betritt.

»Ja, du hast tief und fest geschlafen, ich wollte dich nicht wecken.«

Ich strecke mich. Da klingelt es. »Das ist Carla. Ihr habt doch bestimmt genügend Spargel für eine Person mehr.«

Mein Vater öffnet ihr die Tür.

Kurz darauf sitzen wir zu viert um den Tisch.

»Erst du, Carla«, sage ich.

»Mit Hilde ist alles so weit in Ordnung«, erzählt sie. »Sie hat einen Bänderriss, keinen Bruch. Wo der Schwindel herkam, wissen sie nicht. Sie vermuten aber, dass es schlicht die Hitze und zu wenig Flüssigkeit war. Die Tasche habe ich auch bei Arschi abgeliefert. Und nein, ich habe meine Finger nicht zwischen seine Rippen gebohrt, ich konnte mich gerade so zurückhalten. Viel geredet habe ich mit ihm nicht. Er hat gesagt, dass er ein Idiot ist. Ich habe ihm gesagt, dass das stimmt. Er hat gesagt, dass ich wohl kein gutes Wort bei dir einlegen werde, und auch da habe ich ihm recht gegeben. Er leidet und tut sich selbst leid, weil er so böse war, dich zu betrügen. Das heißt, er dreht sich mal wieder nur um sich selbst.«

Die linke Augenbraue meiner Mutter schnellt nach oben. »Gehe ich recht in der Annahme, dass es sich bei Arschi um Tobi handelt? Er hat dich betrogen?«

Daran, dass Carla hier bei meinen Eltern über meinen untreuen Freund sprechen könnte, habe ich in der ganzen Aufregung nicht gedacht. Sie wusste nicht, dass ich ihnen noch nichts von meinen Plänen erzählt habe.

»Ja. Kann ich vorübergehend bei euch einziehen?«, frage ich.

Meine Mutter streicht mir über den Arm. »Natürlich kannst du zu uns kommen, jederzeit. Du weißt doch, wir sind immer für dich da.«

Mein Vater braucht etwas länger. »Ihr habt euch getrennt?«

»Sozusagen. Ich werde auf jeden Fall ausziehen, solang er noch im Krankenhaus liegt. Am liebsten erst mal zu euch, später vielleicht in die Eifel«, erkläre ich.

»Sag Bescheid, wenn du Hilfe brauchst. Dann leihe ich mir einen Lieferwagen«, sagt Papa, wie immer sehr pragmatisch. Aber im Moment bin ich dankbar dafür, konkrete Hilfe ist mir lieber, als bemitleidet zu werden.

»Danke.« Ich atme einmal tief durch. »Mehr darüber erzähle ich euch später. Jetzt zu Oma. Und Opa …«

* * *

»Alte Geschichten, meint Opa?«, fragt mein Vater stirnrunzelnd. »Damit kann er nur die Sache mit dieser Frau damals gemeint haben. Das ist jetzt allerdings gut fünfundzwanzig Jahre her, da war er knapp über fünfzig. Das dürfte doch eigentlich kein Thema mehr sein.«

»Also doch. Ich habe es schon fast vermutet. Erzählt hat er darüber nichts, ist ausgewichen.« Ich schaue von meinem Vater zu meiner Mutter. »Und, verratet ihr es mir jetzt? Nach Tobis Beichte kann mich so schnell nichts mehr schocken.«

»Ach, Opa hatte da mal so einen kleinen Kurschatten, als er wegen seines Burn-outs eine Auszeit nehmen musste«, erzählt mein Vater. »Aber er hat immer behauptet, es sei nie bis zum Äußersten gekommen, es sei eine rein platonische Liebe gewesen.«

»Ja, klar«, sagt Carla neben mir.

»Mir gegenüber hat er von einem Ausrutscher gesprochen«, sage ich. Somit säßen Oma und ich im selben Boot.

Meine Mutter räuspert sich. »Lore hat ihre Gründe, da bin ich mir sicher.«

»Bist du dir sicher oder weißt du es?«, hake ich nach.

»Also in der Beziehung stehst du deinem Großvater in nichts nach, Fee«, erklärt sie. »Du wärst auch eine gute Kommissarin geworden.«

»Bloß nicht!« Ich lege den Kopf schief und mustere sie. »Du weißt es also. Und da du nichts darüber erzählen willst, wissen wir anderen, dass es stimmt. Wir müssen also nicht weiter um den heißen Brei reden. Opa hat Oma betrogen. So ein Arsch!«

»Na!«, schimpft Mama.

»Du bist in deiner Schule schlimmere Ausdrücke gewohnt«, kontere ich.

»Ich auch.« Carla grinst breit. »Viel schlimmere.«

»Ich unterbreche eure Diskussion über Fäkalsprache nur ungern«, mischt mein Vater sich ein. »Aber ich bleibe dabei. Die Sache ist fünfundzwanzig Jahre her. Ich bin mir sicher, dass das nicht der Grund für das Verhalten meiner Mutter ist.«

»Du bist dir sicher oder du weißt es?« Ich lächle schelmisch. Die Taktik hat bei Mama gerade auch funktioniert.

»Sie hat es gewusst, obwohl er es stoisch geleugnet hat. Und sie hat ihm verziehen. Das weiß ich, weil ich sie damals zu dieser Frau gefahren habe, um die es ging. Wir saßen beide im Auto und haben gesehen, wie mein Vater das Haus verlassen hat. Was sich darin abgespielt hat, kann ich nicht beurteilen. Wie gesagt, er hat es geleugnet.«

»Johannes.« Meine Mutter sieht ihn mit großen Augen an. »Davon hast du mir nie erzählt!«

»Ich kann dichthalten. Das habe ich meiner Mutter versprochen. Sie wollte nicht, dass du auch mit reingezogen wirst, weil sie sicher war, dass du ihn das spüren lassen würdest. Dass du es wusstest, wundert mich. Wann hast du es rausgefunden? Und wie?«

»Das ist schon Ewigkeiten her. Es muss ein paar Wochen nach der Kur gewesen sein. Ich habe damals die Blumen im Garten gegossen, als deine Eltern im Urlaub waren. Da hat plötzlich das Telefon geklingelt. Ich habe mich mit meinem Nachnamen gemeldet und eine Frau hat mir mitgeteilt, dass sie die Geliebte meines Mannes gewesen sei. Ich habe im ersten Moment einen gewaltigen Schrecken bekommen. Dann ist mir klar geworden, wen sie damit meinte. Ich habe ihr gesagt, da sie in Bezug auf die Geliebte in der Vergangenheitsform gesprochen habe, könne sie in Zukunft auf solche Anrufe verzichten.«

»Das hast du mir nie erzählt«, sagt mein Vater. »Schau an.«

»Ich wusste nicht, ob es stimmt. Und deine Eltern schienen mir nach dem Urlaub sehr glücklich zu sein. So kannte ich sie nicht. Also habe ich beschlossen, es für mich zu behalten.«

Papa lächelt. »Habe ich dir heute schon gesagt, dass ich dich liebe?«

Carla seufzt wohlig. »Und habe ich euch schon gesagt, wie schön es ist, dass ich Teil dieser Familie sein darf, wenn auch nur als Freundin eurer Tochter? Es macht echt Spaß, euch zuzuhören.«

Meine Mutter sieht Carla ernst an. »Du bist nicht nur die Freundin unserer Tochter, du bist wie eine Tochter für uns.«

»Danke, das tut gut«, sagt Carla. »Darf ich dann jetzt auch sagen, was ich von der ganzen Sache halte?«

Wir schauen sie alle an.

»Ihr wisst, dass ich Siggi mag. Und er mich. Aber ich habe mich oft gefragt, wie Hannelore es mit ihm aushält. Ich denke, sie hatte nicht den Mut dazu, ihn zu verlassen. Und jetzt war das Maß vielleicht einfach voll. Sie ist Mitte siebzig, noch fit. Vielleicht will sie ja noch etwas mehr Spaß haben im Leben. Verdient hätte sie es. Seid mir nicht böse, wenn ich das so direkt sage. Siggi ist despotisch, rechthaberisch, viel zu verwöhnt. Ich hoffe, sie ist irgendwo hingefahren, wo es richtig schön ist.«

»Oh Mann! Da sagst du was.« Ich haue mir mit der flachen Hand gegen die Stirn. »Beinahe hätte ich das Wichtigste vergessen. Ich habe den Festnetzanschluss gecheckt, als ich bei Opa war. In der Anrufliste vom Sonntagnachmittag wurde eine Nummer angezeigt mit einer Vorwahl, die ich irgendwo in Richtung Norden eingeordnet habe.« Ich sehe triumphierend in die Runde. »Sie gehört zu Ostfriesland – zur Insel Juist!«

Alle schauen mich mit großen Augen an. Doch dann schüttelt Papa den Kopf. »Ich kann mir nicht vorstellen, dass meine Mutter ausgerechnet dorthin gefahren ist. Sie mag die Nordsee nicht. Obwohl sie näher liegt, haben wir immer an der Ostsee

Urlaub gemacht, als ich noch ein Kind war. Und als wir drei, du, Mama und ich, später regelmäßig nach Norderney gefahren sind, hat sie uns nie besucht, obwohl wir sie jedes Mal eingeladen haben.«

»Vielleicht hat Siggi die Nummer gewählt«, überlegt Mama laut. »Zu wem gehört sie denn auf Juist?«

Ich zücke mein Handy. »Das weiß ich noch nicht. Wartet …« Alle Augen sind auf mich gerichtet, als ich den Lautsprecher einschalte und die Nummer wähle.

»Moin, das Nordseehotel Tommke auf Juist. Sie sprechen mit Jana Hark, was kann ich für Sie tun?«

»Guten Tag …« Ich brauche einen Moment, um mich zu sortieren, schließlich sage ich: »Würden Sie mich bitte mit Frau Hannelore Bergmann verbinden?«

»Zimmernummer?«

»Oh, die weiß ich nicht. Aber sie ist meine Großmutter und ich würde sie gern sprechen.«

»Einen Moment bitte …«

Das war einfach, denke ich, doch da sagt die Frau: »Tut mir leid, eine Hannelore Bergmann hat bisher nicht eingecheckt. Sind Sie sicher, dass sie bei uns untergekommen ist?«

»Eigentlich schon«, flunkere ich. »Vielleicht kommt sie ja noch.«

»Nicht zu uns, der Name ist nicht im System.«

»Dann habe ich mich wohl doch geirrt, aber vielen Dank fürs Nachschauen.«

»Gern. Auf Wiederhören.«

»Hätte ja sein können«, sage ich enttäuscht in die Runde.

»Sie meldet sich, da bin ich mir sicher«, sagt meine Mutter und schüttelt gleich darauf den Kopf. »Nein, diesmal weiß ich es nicht, ich vermute es aber. Alles andere würde nicht zu ihr passen.«

»Stimmt.« Mein Besuch bei Opa fällt mir wieder ein. »Sie hat ihr Handy auf der Kommode liegen lassen!«

Mein Vater steht sofort auf. »Gestern hatten wir einen Anruf mit einer unbekannten Nummer.« Er geht in den Flur und kommt mit dem Telefonhörer wieder. »Es ist allerdings eine Handynummer. 0176 …333«, liest er vor.

»Die kommt mir bekannt vor.« Ich überlege einen Moment, nehme mein Handy, schaue nach. »Die habe ich auch in der Liste. Ich habe nicht zurückgerufen, weil ich dachte, der- oder diejenige wird sich noch mal melden, wenn es wichtig ist. Und da wusste ich auch noch nicht, dass Oma stiften gegangen ist. Wollt ihr oder soll ich?«

»Du«, sagen Mama und Papa gleichzeitig.

»Na dann …« Ich atme tief durch und rufe an.

Die Mailbox springt an. »Moin«, verkündet Oma mit fröhlicher Stimme, »hier ist Lore. Macht euch keine Sorgen. Ich bin auf dem Weg ans Meer. Das Handy lasse ich aus. Wann ich zurückkomme, weiß ich noch nicht. Aber keine Sorge.« Sie lacht. »Wenn ich mich verzaubern lasse und für immer bleibe, sage ich rechtzeitig Bescheid. Hab euch lieb. Ich melde mich bei euch.«

»Hammer!« Ich stelle das Telefon laut und spiele die Nachricht ein weiteres Mal ab. »Also, Oma hat auf jeden Fall einen Komplizen oder eine Komplizin. Sie hat ein neues Handy und irgendjemand muss ihr gezeigt haben, wie man die Mailbox bespricht.«

»Bestimmt Gerda«, sagt Mama. »Und was das Meer betrifft, denke ich, dass Lore vielleicht doch nach Juist ist. Die Insel wird auch Töwerland genannt, was so viel wie Zauberland bedeutet.«

»Wer weiß, vielleicht gibt es da einen Bezug aus der Vergangenheit. Ich meine, dass mein Vater da mal so was während eines Streits erwähnt hat.« Papa zieht die Stirn in Falten, denkt nach. »›Dann geh doch zurück auf deine Insel‹, hat er gesagt. Ich erinnere mich deshalb noch so genau, weil Oma kurz danach den Unfall mit dem Fahrrad hatte. Ihr wisst ja, dass die beiden sich vorher gestritten haben.«

Carla streckt ihren Arm über den Tisch. »Ich habe Gänsehaut.«

»Ich auch!«, sage ich und halte meinen daneben.

»Wir könnten meinen Vater fragen«, schlägt Papa vor.

Mama, Carla und ich schütteln synchron die Köpfe.

»Bloß nicht!«, sagt Mama. »Dann reist er Lore hinterher.«

Ob Oma sich darüber freuen würde, mich zu sehen, überlege ich.

Carla denkt mal wieder ähnlich. »Fahr du, Fee!«, sagt sie. »Mach's wie deine Oma, pack deinen Koffer und ab auf die Insel. Nur für drei, vier Tage. Das wird dir guttun, auch wenn du sie vielleicht gar nicht findest. Tank Sonne auf, atme frische Meeresluft ein, lass dich verzaubern, so wie deine Oma. Und wenn du zurückkommst, haben wir immer noch genügend Zeit, die Bude leer zu räumen, bevor Arschi aus dem Krankenhaus kommt.«

»Das halte ich für eine gute Idee«, sagt Mama. »Das mit Juist. Und dass du ein paar Sachen aus der Wohnung mitnehmen willst, auch. Lass dich bloß nicht von Tobi einlullen, wenn es darum geht, die Möbel aufzuteilen. Er denkt in der Regel zuerst an sich. Ich würde ihm zutrauen, dass er versucht, dich über den Tisch zu ziehen. Und du bist altruistisch genug, dich darauf einzulassen.«

»So nett und selbstlos, wie ihr alle immer sagt, bin ich gar nicht«, erwidere ich trotzig und fühle mich fast wie ein kleines Kind.

»Bleib dir selbst treu, Fee«, sagt Papa. »Du bist genau richtig so, wie du bist.«

Carla drückt mir einen Kuss auf die Wange. »Auf jeden Fall. Und außerdem bin ich ja auch noch da. Und? Wann fährst du?«

Wir haben Mitte Mai, die Sonne scheint, ich bin beruflich flexibel, ich bin ungebunden, frei! Warum also nicht? »Morgen kläre ich erst einmal die Sache mit Tobi. Außerdem will ich auch nach Hilde schauen und muss mich um ein paar berufliche Dinge kümmern. Und übermorgen fahre ich nach Juist«, sage ich und drücke die Wahlwiederholungstaste.

Noch einmal rufe ich im Nordseehotel an. Die Frau, mit der ich eben schon gesprochen habe, meldet sich wieder. »Hallo, Fee Bergmann hier noch mal. Ich habe gerade spontan entschieden, ein paar Tage nach Juist zu kommen. Ist zufällig ab Mittwoch noch ein Zimmer verfügbar?«

»Einen Moment bitte … für wie lange? Und werden Sie in Begleitung anreisen?«

»Bis einschließlich Samstag«, entscheide ich spontan. Verlängern kann ich dann immer noch. »Ein Einzelzimmer bitte.«

»Kann ich gern für Sie reservieren.«

»Prima, haben Sie vielen Dank.« Ich gebe ihr meine Daten durch und verabschiede mich.

Alle schauen mich an.

»Ich zahl das Hotel«, sagt mein Vater. »Es ist immerhin meine Mutter, die stiften gegangen ist und die du suchen gehst.«

Ich lächle breit. »Wer sagt denn, dass ich nicht auch stiften gehe? Wie war das noch gleich? Was hat Oma auf ihre Mailbox gesprochen?«

Macht euch keine Sorgen. Ich bin auf dem Weg ans Meer. Das Handy lasse ich aus. Wann ich zurückkomme, weiß ich noch nicht. Aber keine Sorge. Wenn ich mich verzaubern lasse und für immer bleibe, sage ich rechtzeitig Bescheid.

Hanni

9.

Nichts ist, wie es einst war. Ich bin nicht mehr die junge Frau, die voller Hoffnung ihrer großen Liebe folgt. Ich bin alt und schaue auf ein Leben zurück, das nicht mehr meins ist. Das Gepäck wiegt schwer in meiner Hand, das alte Leder ist zerschlissen, so wie ich. All die Zeit habe ich den Koffer auf dem Dachboden aufgehoben. Er hat auf mich gewartet, bis ich dazu bereit war, noch einmal die Reise anzutreten, zu der ich einst als junge Frau aufgebrochen bin. Über fünfzig Jahre ist es her, und nun stehe ich wieder hier und stelle lächelnd fest, dass ich zwar alt und müde, aber immer noch genauso entschlossen bin wie damals. Dabei habe ich einen alten, zerschlissenen Koffer voller Erinnerungen.

»Es wird Zeit, Hanni!«, sage ich laut zu mir selbst und gehe los, folge dem Strom der Menschen, die ihr Gepäck zu einem der vielen Container bringen, die dann mit der Fähre zur Insel transportiert werden.

»Ich helfe Ihnen«, sagt ein junger Mann zu mir und wuchtet den Koffer für mich in eins der mittleren Fächer. Er zwinkert mir zu: »Nummer 34b, nicht vergessen.«

»Danke«, sage ich. Dass ich zwar nicht genügend Kraft für Gewichtheben, aber durchaus noch sehr helle im Kopf bin, behalte ich für mich.

Auf dem Weg zur Fähre denke ich darüber nach, ob es eine gute Idee war, endlich zu meinem grauen Haar zu stehen und nicht mehr mit Farbe nachzuhelfen. Aber immerhin springt eine junge Frau sofort auf, als ich das Außendeck betrete und mich suchend umsehe.

»Hier, bitte, setzen Sie sich«, sagt sie.

»Vielen Dank.« Ich schaue ihr nach. Ihr offenes Lächeln und die Sommersprossen erinnern mich an Fee. Auch meine Enkeltochter wäre aufgestanden, um ihren Platz anzubieten. Ich hoffe, dass es ihr gut geht und sie sich nicht allzu große Sorgen macht.

Ein Ruck geht durch die Fähre, die Motoren dröhnen auf. Über mir schreit eine Möwe und danach ein Mädchen. Der räuberische Vogel hat der Kleinen ihr Brötchen gemopst. Ich schließe die Augen, halte mein Gesicht der Sonne entgegen und spüre trotz des Lärms um mich herum eine lang vermisste Stille in mir. Ich bin auf dem Meer.

* * *

Tatsächlich bin ich eingenickt und habe die Hälfte der Überfahrt verschlafen, wie ich feststelle, als ich durch laute Stimmen wach werde. Ein Mann und eine etwa Fünf- bis Sechsjährige setzen sich auf zwei frei gewordene Stühle neben mich. Beide haben das gleiche, etwas struppige blonde Haar, das bei der Kleinen mal durchgebürstet werden müsste, wie ich finde.

Doch genau das Gegenteil passiert. Der Mann wuschelt mit seiner großen Hand durch ihren Schopf. »Ich bin stolz auf dich, Bri.«

Sie zieht eine Schnute. »Trotzdem gehe ich da nie wieder hin.«

Er stupst sie liebevoll in die Seite. »Und dabei hat sich der Zahnarzt solche Mühe gegeben, dich zum Lachen zu bringen.«

»Pff!«, macht sie. »Er wollte doch nur, dass ich keine Angst mehr habe. Ich habe ihn voll durchschaut.« Sie kreuzt die Arme vor der Brust und wiederholt mit Nachdruck. »Da geh ich nie wieder hin!«

Ich werfe ihr einen verstohlenen Blick zu. Das Mädchen ist bildschön, auch wenn sie nun einen trotzigen Blick aufsetzt und mit zusammengekniffenen Augen auf die Nordsee sieht. Das füllige blonde Haar mit dem leichten Rotstich, das bis weit über ihre Schultern fällt, die helle Haut und die zarten Sommersprossen lassen mich ein weiteres Mal an meine Enkeltochter denken. Ich sehe Fee als kleines Mädchen vor mir, mit geröteten Wangen, ernstem Gesicht und höre sie sagen: »Oma, egal, was du mir bietest. Wenn er noch mal zu uns in die Schule kommt, werde ich den Mund auch nicht aufmachen. Ich habe keine Angst, ich mag ihn nur einfach nicht.«

»Wenn du immer fleißig deine Beißerchen putzt, müssen wir erst nächstes Jahr wieder hin«, sagt der Mann.

»Vergiss es«, entgegnet sie. »Und jetzt sag ich nichts mehr!«

»Abgemacht, dann kann ich mich endlich ausruhen und muss mir dein Geheule nicht mehr anhören.« Er sieht kurz zu ihr rüber. »Mal sehen, wer es länger aushält. Wer zuerst spricht, hat verloren.« Er kreuzt nun ebenfalls die Arme vor der Brust und streckt seine Beine lang aus. Die vielen Lachfältchen um seine Augen und sein Schmunzeln sprechen für ihn. Man sieht ihm an, wie sehr er das Kind mag.

Als er den Arm um ihre Schultern legt, schiebt sie ihn trotzig weg. Dabei fällt mir das Tattoo auf seinem Oberarm auf. Es ist eine kleine filigrane Elfe, die so gar nicht zu dem ansonsten eher robust wirkenden Mann passt, den ich auf ungefähr Ende dreißig schätze.

Das Mädchen sieht zu ihm und zieht eine Grimasse.

Als ich das sehe, muss ich lachen. »Haben Sie irische Wurzeln?«, frage ich.

Er schüttelt den Kopf.

Es reizt mich, sein Schweigegelübde, das er eben abgegeben hat, zu brechen. »Wegen der kleinen Elfe auf ihrem Arm. Und ich nehme an, dass Bri die Abkürzung von Brianna ist.«

Er schüttelt den Kopf, dann nickt er.

»Sie sind also kein Ire, aber der Name Brianna ist richtig?«

Er nickt wieder.

»Wussten Sie, dass das die männliche Form des Namens Brian ist und dass Brian Boru der letzte wahre Ard Ri Irlands war?« Ich beuge mich vor, sodass das Mädchen mich sehen kann. »Ard Ri bedeutet Hochkönig. Wusstest du das?«

Sie schüttelt den Kopf.

»Das wird ein schweres Duell zwischen euch beiden.« Ich hole das Buch aus der Tasche, das ich für die Reise mitgenommen habe. Schon seit Wochen habe ich vor, es zu lesen. Aber mir fehlte die Muße. Hier auf der Fähre, mit dem Wind, der mir um die Nase pustet, und dem salzigen Geschmack der Nordsee auf der Zunge, scheint mir der richtige Moment gekommen zu sein, damit anzufangen. Ich setze meine Brille auf und versinke im ersten Kapitel.

Neben mir schweigen Vater und Tochter. »Wie lang werden wir noch unterwegs sein?«, frage ich laut.

»Knapp eine Viertelstunde«, antwortet er.

Brianna fängt an zu kichern. »Du hast verloren.«

Er sieht zu mir und lächelt spitzbübisch. »Sie sind schuld.«

Ich lache. »Das sehe ich anders. Brianna hätte die Frage sicher auch beantworten können, aber sie hat geschwiegen.«

»Genau! Was habe ich gewonnen?«

»Hatten wir denn einen Einsatz?«

»Na klar, ohne macht es doch keinen Spaß.«

»Was hältst du von einem Eis?«

Sie nickt. »Abgemacht, vom Wagen direkt am Hafen vor dem Nationalpark-Haus. Mama isst bestimmt auch eins.«

Er sieht zu mir. »Was ist mit Ihnen? Sie sind herzlich eingeladen.«

»Das ist sehr nett, lieben Dank, aber ich werde direkt ins Hotel gehen.« Und dann ans Wasser, denke ich, immer zuerst ans Meer.

»Wo sind Sie untergekommen?«, fragt er.

»Im Nordseehotel Tommke.«

»Das ist nicht weit, da kannst du zu Fuß hingehen und das Gepäck mit dem Handwagen ziehen«, erklärt Brianna.

»Das werde ich.« Ich schaue über das Wasser in Richtung Insel, die vor uns liegt. »Früher fuhr eine Eisenbahn über das Watt. Als ich hier war, mussten wir von der Fähre runter und in den kleinen Zug steigen, der über das windgepeitschte Wasser fuhr.«

»Die Inselbahn«, sagt der Mann. »Die gibt es seit 1982 nicht mehr.« Er knufft Brianna in die Seite. »Ich wurde drei Jahre später geboren. Wie alt bin ich?«

»Viel älter als ich«, antwortet sie. »Und jünger als …«

»Oh, das tut mir leid, ich habe mich gar nicht vorgestellt.« Einen Moment zögere ich, doch dann verkünde ich: »Ich heiße Hanni, Hanni McGuinness.«

»Ich bin Mattes Fisser«, sagt er. »Und die kleine Motte neben mir ist die zauberhafte Brianna.« Er sieht über das Wasser nach Juist. »So wie unser Töwerland, gerade mal siebzehn Kilometer lang und fünfhundert Meter breit. Und doch der zauberhafteste Ort der Welt, nicht wahr, Bri?«

Sie nickt ehrfürchtig. »Töwerland bedeutet Zauberland. Wir wohnen da.«

»Ein sehr schöner Ort, um dort zu leben«, sage ich und kämpfe gegen die aufkeimende Wehmut an. Die Zeit lässt sich nicht zurückdrehen.

Um uns herum werden die Passagiere unruhig. Sie bewegen sich von ihren Plätzen in Richtung Ausgang.

»Das ist immer so«, stellt Brianna fest. »Alle wollen die Ersten sein.«

Wir bleiben sitzen. Ich schaue gebannt in Richtung Hafen und auf die weiße spitzkegelige Gitterkonstruktion, die immer näher kommt. »Was hat es mit dem weißen Gerüst auf sich?«, frage ich.

»Das ist ein Aussichtsturm«, antwortet Brianna. »Von da oben kann man weit über das Watt sehen.«

»Oh, das klingt spannend.«

Kurz darauf legen wir auch schon mit einem Rumms am Kai an. Die anderen Passagiere steigen aus und wir auch.

»Heute als Passagier an Bord, Mattes?«, fragt ein Mitarbeiter der Inselfähre, der den Ausstieg der Fahrgäste begleitet.

»Heute bin ich an anderer Stelle im Dienst«, antwortet Mattes.

Über die Landungsbrücke verlassen wir die Fähre. Ich spüre wieder festen Boden unter den Füßen.

»Holst du bitte für Frau McGuinness einen Handwagen, Bri?«, fragt Mattes Fisser. »Einen vom Tommke.«

»Na klar, was für einen denn sonst!« Sie stürmt sofort los.

»Welchen Container haben Sie? Wir helfen Ihnen mit dem Koffer.«

»Ach was, das ist doch nicht nötig.« Ich schaue zu dem Platz, auf den die Wagen mit den Containern gezogen werden, und mir wird klar, dass ich tatsächlich die Nummer vergessen habe. »Das bekomme ich allein hin, mein Gepäck ist nicht sehr schwer.«

»Sicher?«

Ich nicke. Da kommt Brianna mit dem Handwagen zurück. »Vielen Dank, das ist sehr lieb von dir.« Ich schaue zu Mattes Fisser. »Darf ich mich dafür an den Kosten für das Eis beteiligen?«

»Beim nächsten Mal.« Er zwinkert mir zu. »Die Insel ist klein. Hier sieht man sich mindestens zweimal.«

»Dann vielen Dank für die nette Gesellschaft«, sage ich. »Ich werde die Augen nach Ihnen aufhalten. Und nach dir auch, Brianna.«

Die Kleine sieht sich suchend um. »Mama ist nicht da, sie hat es mal wieder nicht geschafft.«

»Sie arbeitet, Bri, das weißt du doch.« Er hält ihr die Hand hin. Sie legt ihre hinein. Langsam gehen sie in Richtung Nationalpark-Haus, vor dem der Eiswagen steht. Da kommt plötzlich eine Frau mit lockigem rotem Haar um die Ecke. Es leuchtet in der Sonne und wippt bei jedem ihrer Schritte auf und ab. »Bri, Mattes!«, ruft sie. Kurz darauf liegt sich die hübsche Familie in den Armen. So sieht pure Freude aus, denke ich. Hand in Hand gehen sie weiter, die Kleine in der Mitte. Ich atme tief ein und wieder aus, beobachte einen Moment das Treiben am Hafen. Urlauber packen ihr Gepäck in Handwagen, um sie zu ihren Feriendomizilen zu ziehen, so wie ich das gleich machen werde. Andere lassen es bequemer angehen, steigen in eine der Pferdekutschen, die schon bereitstehen. Wieder andere sind auf Rädern unterwegs. Autos gibt es hier nicht, auf Juist sind nur lebende PS unterwegs. Gut so, denke ich, hier brauche ich keinen Führerschein und bin auf niemanden angewiesen, wenn ich mich von A nach B bewegen will.

Ich straffe die Schultern und gehe zu den Containern. Doch leider fällt mir noch immer nicht ein, welche Nummer auf dem Ding stand. Also setze ich mich auf eine Bank und warte. Erst nachdem die meisten Urlauber ihr Gepäck abgeholt haben und es etwas übersichtlicher wird, suche ich nach meinem Koffer.

Ich finde ihn in Nummer 34b, schaffe es ganz allein, ihn in den Handwagen zu wuchten, und mache mich auf den Weg. Bis zum Hotel ist es nicht weit. Ich gehe die Bahnhofstraße entlang, vorbei an mehreren kleinen Geschäften, die ich mir an einem der nächsten Tage in Ruhe anschauen werde. Schließlich biege ich links ab auf die Wilhelmstraße. Der Handwagen ruckelt auf dem Klinkerpflaster, aber er lässt sich leicht ziehen.

Der Himmel ist blau. Ich höre Kinderlachen und das Klappern von Pferdehufen. Es riecht nach dem Mist, den die Haflinger beim Ziehen der Kutschen auf der Straße hinterlassen. Der Geruch steigt beißend in meine Nase. Die Sonne scheint, bald wird die Hinterlassenschaft getrocknet sein und ich mich daran gewöhnt haben.

Ein Glücksgefühl erfasst mich. Ich bin angekommen, ich bin tatsächlich auf Juist!

10.

»Frau McGuinness, herzlich willkommen im Nordseehotel Tommke.« Die Frau am Empfang lächelt mich an. »Schön, dass Sie da sind. Hatten Sie eine gute Überfahrt? Sie sind doch mit der Fähre gekommen, oder?«

»Es war sehr angenehm, vielen Dank.«

Sie sieht in ihrem PC nach. »Wir haben Zimmer 222 für Sie reserviert, das ist in der zweiten Etage, den Gang links entlang.« Sie lächelt. »Eine Schnapszahl, das Zimmer wird Ihnen Glück bringen.«

»Vielen Dank.« Ich fülle den Meldebogen aus. Beim Unterschreiben zögere ich einen Moment. Es ist fast genau fünfundfünfzig Jahre her, dass ich das letzte Mal mit meinem Mädchennamen unterschrieben und dann das flotte McGuinness gegen das triste Bergmann getauscht habe. Es geht mir erstaunlich gut von der Hand, wie ich nur kurz darauf feststelle. Ich lächle in mich hinein. Hanni McGuinness ist zurück.

Die Hotelangestellte erklärt mir noch einige Details das Hotel betreffend. Ich erfahre, wo es Frühstück gibt, dass ich einen Tisch reservieren sollte, wenn ich hier zu Abend essen möchte, und auch für Massagen und andere Angebote aus dem

Wellnessbereich eine rechtzeitige Terminvereinbarung sinnvoll ist.

»Einen schönen Aufenthalt wünsche ich Ihnen, Frau McGuinness«, sagt sie schließlich.

»Den werde ich haben, lieben Dank.« Zeit nur für mich allein!

* * *

Ich brauche einen Moment, bis ich verstehe, wie ich mit der Karte, die ich erhalten habe, die Tür öffnen kann. Doch schließlich schaffe ich es und betrete das Zimmer. Es ist klein, aber gemütlich eingerichtet, mit einem französischen Doppelbett, einem kleinen Sekretär, einem Schrank und einem taubenblauen Sessel, der farblich zur Tagesdecke passt. Kurz erscheint Sigfried vor meinem inneren Auge, sein skeptischer prüfender Blick beim ersten Betreten eines Hotelzimmers, sein Schimpfen, wenn etwas nicht nach seinem Gusto ist. Aber das Bild schüttele ich schnell wieder ab. Es ist Zeit, endlich wieder nach vorn zu schauen. Ein paar Jahre habe ich noch, so Gott will. Und die sollen schön sein.

Übermütig lasse ich mich rücklings auf das Bett fallen und schaue auf die weiß getünchte Decke über mir. Ist es zu fassen? Heute werde ich das erste Mal in meinem Leben allein in einem Hotelzimmer schlafen, das ich selbst und nur für mich gebucht habe.

* * *

Aber noch ist es nicht so weit. Es ist drei Uhr am Nachmittag. Ich bin auf Juist. Und ich war noch nicht am Meer. Das Watt am Hafen und hinter dem Hotel zählt nicht, auch wenn es sehr schön ist. Ich möchte die Wellen rauschen hören und wenigstens eine kleine Runde baden gehen. Flink nehme ich meinen Badeanzug aus dem Koffer. Er war das erste Kleidungsstück, das ich eingepackt habe. Schick ist er nicht. Für das wöchentliche Planschen im Schwimmbad, das sich Seniorinnengymnastik nennt, hat das dunkelblaue altertümliche Teil jedoch allemal gereicht. Ich will schließlich keinen Schönheitswettbewerb mehr gewinnen. Aber etwas netter dürfte er schon aussehen. Ich beschließe, gleich morgen einen neuen zu kaufen, packe meine Tasche und verlasse das Zimmer.

Der erste Weg führt mich zu einem Fahrradverleih.

Die hochmodernen E-Bikes, die wir uns zu Hause angeschafft haben, nutzen wir so gut wie nie. Sie stehen die meiste Zeit in der Garage. Sigfried fährt generell nicht gern und ich lieber ohne Motor. So mache ich es auch hier. Ich leihe mir einen stinknormalen Drahtesel mit Körbchen hinten auf dem Gepäckträger. Darin verstaue ich meine Badesachen – und radle los, in Richtung Westen der Insel, wo die Badestrände etwas ruhiger sind. Zumindest war es früher so, und ich denke, das wird sich nicht geändert haben.

Mit mir sind einige andere Urlauber und Urlauberinnen unterwegs. Alle grüßen sich freundlich. »Moin«, ertönt es von allen Seiten.

»Moin!«, sage auch ich einige Male und lasse das Wort auf meiner Zunge klingen. Es fühlt sich noch immer vertraut an. Wie habe ich es vermisst, als ich es gegen das »Tach« im Ruhrgebiet eingetauscht habe, das Schreien der Möwen gegen das Gurren der Zuchttauben in Nachbars Garten, das Hufgeklapper der Pferde auf dem Klinkerpflaster gegen das Fahrgeräusch der Autos – den Klang des Meeres gegen das monotone Surren der Autos auf der A40.

Kurz vor dem Loog erfasst mich ein leichtes Kribbeln. Ich überlege, ob ich einen Schlenker nach rechts mache, mir das Haus noch einmal ansehe, in dem ich einst den Rest meines

Lebens verbringen wollte. Aber heute bin ich noch nicht so weit. Alles zu seiner Zeit.

Die Insel hat sich verändert, genau wie ich. Die Bahn ist weg, alte Gebäude sind verschwunden, neue hinzugekommen. Doch es ist immer noch das Juist, das ich früher so sehr geliebt habe, trotz der Schwierigkeiten, die die Insel damals mit sich gebracht hat. Neben mir zieht das Watt vorbei, leichter Wind weht mir um die Nase, die Urlauber grüßen sich freundlich, haben sich anstecken lassen vom Zauber, der über der Insel liegt. Und auch mich hat er sofort wieder in seinen Bann gezogen. Im Schritttempo fahre ich durch den Ort, durch den ich damals täglich wenigstens ein Mal bis zum Meer gegangen bin. Jan hat die Nordsee geliebt und er war überzeugt davon, dass die See ihn auch liebte.

* * *

Die Ständer vor dem Dünenaufgang sind alle belegt. Ich stelle das Rad daneben und verzichte aufs Abschließen. Hier werden keine Drahtesel gestohlen, allenfalls werden sie »versehentlich ausgeliehen« und landen früher oder später wieder beim Verleih.

Ich schaue nach links, wo das stille Watt liegt, und dann nach rechts zum sandigen Aufgang, der ans Meer führt. Schmal ist es, das Töwerland, und wunderschön, denke ich, atme tief ein, ziehe meine Turnschuhe aus und gehe barfuß zwischen den Dünen die kleine Anhöhe hinauf. Vor mir tut sich der endlos lange weiße Strand auf, dahinter liegt das Meer. Fast kommt es mir vor, als würde ich den Ort heute zum ersten Mal sehen. Denn wieder bin ich überwältigt von dem Anblick und kann kaum glauben, dass ich tatsächlich hier stehe. So wie damals …

Die Sonne hat den Sand aufgeheizt, er wärmt meine Füße. Schritt für Schritt gehe ich auf das Meer zu, bis der Sand fester wird, Wasser über meine Füße fließt und schließlich eine Welle bis über meine Knie schwappt. Meine Caprihose ist klatschnass.

»Wozu hast du deinen Badeanzug eingepackt«, schimpfe ich mit mir selbst. Ich gehe zurück, ziehe mich um und stehe kurz darauf bis zu den Hüften im Wasser. Behutsam tauche ich meine Arme hinein, kühle meinen erhitzten Körper ab, bevor ich weitergehe. Als mir das Wasser bis zur Brust reicht, beginne ich zu schwimmen, drei, vier Meter aufs Meer hinaus. Mein Körper ist von Gänsehaut überzogen. Aber bald habe ich mich an die Kälte gewöhnt. Es ist gut, dass ich hierhergekommen bin. Es wurde Zeit. Die Nordsee war mir von jeher lieber als die Ostsee, ich mag Ebbe und Flut.

Das erfrischende Bad tut gut. Ich lasse mich ein paar Minuten auf dem Rücken treiben, bevor ich zurückschwimme. Nass, wie ich bin, lege ich mich auf mein Handtuch. Die Sonnenstrahlen werden meinen Badeanzug trocknen. Der Strand ist breit und lang genug, hier liegen die Menschen nicht wie Ölsardinen nebeneinander. Trotzdem ist einiges los. Ich beobachte eine Familie, die in ausreichender Entfernung ihr Lager aufbaut. Zwei Strandmuscheln, dazwischen ein gespannter Sichtschutz. Früher haben wir uns so, wie die Natur uns geschaffen hat, an einem stillen Fleckchen in den Sand gelegt.

* * *

Lautes Lachen weckt mich. Erschrocken setze ich mich auf.

»Ach herrje!« Die Sonne ist ein ganzes Stück weitergewandert, anscheinend habe ich etwas länger geschlafen.

Nicht weit von mir gehen zwei Frauen vorbei, Arm in Arm. Am Spülsaum bleiben sie stehen, schauen auf das Meer hinaus. Dann drehen sie sich zueinander und umarmen sich. Das innige Bild, das die beiden abgeben, rührt mich fast zu Tränen. Wie oft habe ich mit Jan dort gestanden und später dann allein – auf ihn wartend, hoffend, dass ich ihn bald wieder in die Arme schließen kann. Aber das Leben hatte andere Pläne.

Schnell schüttle ich die sentimentale Stimmung von mir ab, so wie den Sand aus dem Handtuch, bevor ich es zusammenrolle. Dann gehe ich die Dünen hinauf und wieder hinunter zu meinem Fahrrad.

Bevor ich losfahre, fülle ich meine Lungen noch einmal mit der salzhaltigen Luft. Kurz darauf braust mir auch schon der Fahrtwind um die Ohren. Flott trete ich in die Pedale. Nicht Auto fahren zu können, hat auch seine Vorteile, zumindest in gesundheitlicher Hinsicht. Ich bin noch topfit, im Gegensatz zu Sigfried, der schon Schnappatmung bekommt, wenn er mal eine Runde durch den Park spazieren soll. Ein Sofa mit Rollen und Fernbedienung wäre nicht schlecht für ihn, überlege ich. Aber nur, wenn es dazu einen integrierten Fernsehapparat gäbe. Und eine weitere Fernbedienung. Damit er bloß nicht aufstehen muss. Er war schon immer bequem. Aber dass er sich im Alter zu solch einer Couch-Potato entwickeln würde, hätte ich nie gedacht. Zu einer ewig schlecht gelaunten obendrein.

Auf der Billstraße nehme ich etwas Tempo raus. Viele der Urlauber sind auf dem Weg zurück in ihre Ferienunterkünfte oder in eins der Restaurants. Es ist zwanzig nach sechs. Im Hause Bergmann stände in zehn Minuten das Essen auf dem Tisch. Zwei Scheiben Brot für Sigfried, bestenfalls das Landbrot aus der kleinen Bäckerei um die Ecke, mit krosser, für meinen Geschmack viel zu dunkler Kruste. Die Butter streichzart. Aber nicht etwa, weil vom Hersteller etwas Öl hineingemischt wurde, sondern weil ich sie rechtzeitig aus der Kühlung genommen und auf Zimmertemperatur gebracht habe. Dazu Leberwurst im Naturdarm, Katenschinken, luftgetrocknete italienische Salami und hin und wieder mal etwas Corned Beef oder eine Scheibe Leberkäse, die ich kurz in der Pfanne erhitzt habe. Heute jedoch werde ich meinen Mann nicht bedienen. Ich werde fürstlich speisen, ohne einen Finger dafür krumm machen zu müssen. Und ich werde es genießen.

Gut gelaunt radle ich mit dem Strom von Urlaubern in Richtung Hauptort. Kurz bevor ich ihn erreiche, steige ich ab und schiebe das Rad. Auf dem Weg sind zu viele Menschen. Und bei meinem Glück fahre ich noch jemanden um.

Vor der Eisdiele stehen sie Schlange. Die Qualität scheint gut zu sein, irgendwann werde ich mir auf jeden Fall eine Kugel gönnen oder auch zwei oder drei.

Im Hotel angekommen, fühle ich mich fast ein wenig verwegen. Ich grüße eine Mitarbeiterin und nehme gleich zwei Treppenstufen auf einmal. Beschwingt ziehe ich die Karte durch das Lesegerät, es mach »klick«, ich öffne die Tür. Als Nächstes werde ich mir eine eigene Bankkarte anschaffen, denke ich, und so ein Tablet, mit dem Sigfried so gern zugange ist. Immer dann, wenn er lächelnd auf der Couch sitzt und mit früheren Kollegen oder Schulkameraden aus der Vergangenheit kommuniziert. Noch bin ich nicht zu alt, um all das zu lernen, was ich bisher in Sachen Technik verpasst habe.

Ich setze mich ans Fußende meines Bettes und lasse den Blick durch das Zimmer schweifen. Es liegt zur Wattseite. Durch das gekippte Fenster höre ich ein paar Möwen kreischen. Dazu gesellt sich das laute Grummeln meines Magens. Er hat sich an die immer gleiche Essenszeit gewöhnt und verlangt, gefüllt zu werden. Die nette Dame an der Rezeption hat gesagt, dass ich einen Tisch im Hotel reservieren solle, aber das habe ich vergessen. Ob ich in eins der Restaurants im Ort gehe? Mir bleibt wohl nichts anderes übrig, denke ich.

Schnell dusche ich das Salz von meiner Haut und trockne mich ab. Dann nehme ich eine frische blaue Caprihose und eine cremefarbene Bluse aus dem Koffer, ziehe mich an und bürste mein Haar. Gewaschen habe ich es nicht. Für den Abend wird es wohl gehen, denke ich und zupfe den Kragen meiner Bluse zurecht.

»Entschuldigung«, sage ich zu der netten Dame an der Rezeption, die ich bereits von meiner Ankunft kenne. »Ich habe leider versäumt, einen Tisch für heute Abend zu reservieren. Sagen Sie, wo gibt es denn wohl im Ort den besten Fisch auf der Insel?«

»Moin, Frau McGuinness«, sagt sie und lächelt freundlich. »Sie haben Glück, vor ein paar Minuten ist eine Reservierung storniert worden. Also, wenn Sie möchten, könnte ich Ihnen einen Tisch im Hotelrestaurant anbieten.«

»Na so was, manchmal muss man einfach Glück haben. Sehr gern, vielen Dank.«

»Das freut mich, ich sage im Restaurant Bescheid, dass Sie kommen. Unsere Köchin ist ein Genie, insbesondere was Fisch angeht. Lassen Sie es sich schmecken.«

Das lasse ich mir nicht zweimal sagen. Ich gehe durch die große Schwingtür, zu der die Rezeptionistin zeigt. Ein Kellner geht mit einem voll beladenen Tablett an mir vorbei. Sofort strömt mir ein köstlicher, intensiver Geruch entgegen. Rosmarinsoße, wenn mich nicht alles täuscht. Und gegrilltes Lammfilet. Auch keine schlechte Idee.

Eine aufmerksame Kellnerin kommt auf mich zu. »Frau McGuinness?«

»Die bin ich«, sage ich und lasse mich zu meinem Tisch bringen. »Haben Sie vielen Dank.«

Sie reicht mir die Karte. Gespannt schaue ich mir die Tagesgerichte an. Ob ich mir vielleicht eine Portion Spargel mit hausgebeiztem Lachs gönne? Oder doch das Lamm? Alles hört sich sehr verlockend an, aber letztendlich entscheide ich mich doch ganz klassisch für gebratene Scholle mit Salzkartoffeln und Salat. Als Getränk wähle ich ein stilles Wasser und ein Glas Weißwein.

Nachdem die Kellnerin meine Bestellung aufgenommen hat, schaue ich mich im Restaurant um. Mit Ausnahme eines Mannes, der an einem Tisch hinten rechts sitzt, bin ich die Einzige, die allein isst. Jetzt macht sich doch ein mulmiges Gefühl in mir breit. Ich war tatsächlich in meinem ganzen Leben noch nie ohne Begleitung essen. Es wäre doch schön, wenn die Kinder jetzt bei mir wären. Nur auf Sigfried kann ich dankend verzichten. Wahrscheinlich sitzt er gerade wie jeden Abend auf der Couch und schaut die Tagesschau. Wenn er wüsste … Jetzt kann er selbst die Butter auf Zimmertemperatur bringen und das Brot in Scheiben schneiden. Ich hoffe nur, er gerät mit den Fingern nicht in die Maschine. Zwar habe ich ihm oft genug einen fiesen Ausschlag auf seinen Allerwertesten gewünscht, aber größere Verletzungen soll er nicht erleiden. Immerhin ist er der Vater meines Sohnes und der Opa meiner Enkeltochter. Und außerdem hatten wir auch angenehme Zeiten. Glücklich, so wie hier auf der Insel, war ich allerdings nie. Ich habe mich damit arrangiert, zufrieden zu sein. Und war es auch – bis diese gewisse Marianne in sein und somit unser Leben trat. Jetzt, wo ich mich auf und davon gemacht habe, könnten die beiden eigentlich miteinander glücklich werden, überlege ich, schüttle den Gedanken aber schnell wieder ab. Zur Abwechslung soll es mal nur um mich gehen.

Als mir die nette junge Kellnerin den Fisch serviert, huscht ein Lächeln in mein Gesicht. »Danke«, sage ich. »Das sieht sehr gut aus.« Ich nippe am gekühlten Wein und lasse mir mein Essen schmecken.

* * *

Satt und zufrieden schließe ich hinter mir die Tür zu meinem Zimmer. Der Tag war anstrengend, ich bin eben doch keine zwanzig mehr, das merke ich jetzt mehr als deutlich. Lange werde ich heute nicht mehr zaubern, aber den Koffer packe ich noch aus. In das alte Ding, dessen Leder mindestens ebenso viele Falten schlägt wie meine Haut, passt eine ganze Menge rein. Wahrscheinlich habe ich wie immer zu viel mitgenommen. Diesmal jedoch recht wahllos, wie ich feststelle. Auf die Schnelle habe ich nicht darauf geachtet, auch ein paar hübsche Kleidungsstücke einzupacken. Sogar das olle Shirt, das ich für Gartenarbeit nutze, hat es bis nach Juist geschafft. Es ist das letzte Teil im Koffer. Ich lege es ordentlich zusammen und räume es in den Schrank. Übrig bleiben meine Erinnerungen, die ich in der handgefertigten Mappe aus braunem und grünem Leder aufbewahrt habe. Ich nehme sie heraus und streiche behutsam über den Einband. Versteckt zwischen Leder und Papier steckt eine Zeit, in die ich mich all die Jahre immer gern zurückgeträumt habe.

Ich öffne die Mappe und nehme einen der Briefe heraus. Der Umschlag ist vergilbt. Er riecht nach altem Papier. Fast habe ich das Gefühl, auch den Duft des Meeres wahrzunehmen, auf dem er verfasst wurde. Mit dem Zeigefinger fahre ich über die Briefmarke, dann über meinen Namen, über die Adresse meines Elternhauses. Meine Hände zittern, als ich langsam das Blatt Papier auseinanderfalte und zu lesen beginne.

18. Juni 1964

Liebste Hanni,
Du kannst Dir nicht vorstellen, wie schön es war, als gestern der Hafen von Brest am Horizont auftauchte. Die erste Reise nach einer längeren Zeit in der Heimat zieht sich. Die Männer und ich, wir müssen uns erst einmal wieder an das Leben auf See gewöhnen. Selten habe ich mich so sehr auf einen Landgang gefreut, die letzten Tage

fühlten sich an wie eine Ewigkeit in den Weiten des Meeres. Wir sehnten uns alle nach etwas Beständigkeit. Festen Boden unter den Füßen spüren, ein Gefühl von Sicherheit. Instinktiv habe ich Ausschau nach Dir gehalten, als wir in den Hafen eingelaufen sind, aber Du warst nicht da. Wie hättest Du das auch sein können? Im Geheimen hofft mein Herz immer, Dich zu sehen. Winkend, zwischen den anderen Frauen, die aufgeregt am Hafen ausharren, um ihre Männer willkommen zu heißen. Oh, Hanni, wie sehr ich mich nach Dir sehne! Heute Morgen habe ich auf dem Markt in Brest eingekauft. Dabei habe ich mir ausgemalt, wie es wäre, Dich bei mir zu haben. Ich hörte Dein Lachen in meinen Ohren. Wie sehr ich es vermisse … Ich sah Dich vor mir. Du hast voller Freude fremde Gewürze aus weit entfernten Ländern gekostet, feine Stoffe ausgewählt, die sich wunderbar weich auf unserer Haut anfühlten, und konntest Dich nicht zwischen den vielen wunderschönen Blumen entscheiden, die Du in einer Vase auf den Esstisch stellen wolltest. Der Markt wäre genau Deins gewesen – schade, dass wir diesen Moment nicht teilen konnten. Am Abend würden wir am Hafen sitzen und zusehen, wie die Sonne im Ozean verschwindet. Deine Augen würden bei dem Anblick leuchten. Einen schöneren Sonnenuntergang habe ich in meinem Leben noch nicht gesehen, ich möchte ihn Dir unbedingt zeigen. Liebste Hanni, ich sitze gerade an Deck unseres Schiffes und schreibe diese Zeilen, in der Hoffnung, dass sie Dich alsbald erreichen werden. Wir planen, noch ein paar Tage hierzubleiben, ehe wir wieder in See stechen.

In Sehnsucht
Dein Jan

Wie kann es sein, dass Ereignisse, die in so ferner Vergangenheit liegen, sich so nah anfühlen? Es ist, als wäre es gestern gewesen. Jeden Morgen lief ich aufgeregt zum Briefkasten und sah nach, ob der Postbote etwas für mich eingeworfen hatte. Damals war ich eine junge Frau, achtzehn Jahre alt und schwer verliebt, bis über beide Ohren. Ich tänzelte durch die Gegend, lachte aufgeregt, wenn mich jemand auf meine rosigen Wangen ansprach, oder zwirbelte verlegen an einer Haarsträhne herum. Jan und ich hatten uns sieben Monate zuvor am Hafen in Hamburg kennengelernt und sofort gewusst, dass wir unsere Leben miteinander teilen wollen. Heute weiß ich, wie sich das Glück anfühlt. Und dass das Leid unmittelbar damit verbunden ist. Nun, über fünfzig Jahre später, erfüllen die Worte, die ich schon so oft gelesen habe, mein Herz erneut mit Wärme. Ich habe geliebt. Und ich bereue nichts, auch nicht, dass ich Sigfried geheiratet habe. Er hat mir einen wundervollen Sohn geschenkt und eine Enkeltochter, die ich sehr liebe. Wie könnte ich da nicht dankbar sein, auch wenn ich wegen des an ihn adressierten Briefes von seiner Geliebten immer noch Schnappatmung bekomme. Den Fehltritt habe ich Sigfried damals verziehen. Nicht aber, dass er nicht ehrlich zu mir gewesen ist, dass er bis zum bitteren Ende an der Version festgehalten hat, es habe sich bei ihm und ihr um eine rein platonische Liebe gehandelt, um Freundschaft. Abgenommen habe ich ihm die Version nie. Und dann kam der Brief. Ich habe ihn gelesen und bereue es nicht im Geringsten. Ich konnte mich einfach nicht zurückhalten, als ich das parfümierte Kuvert am Sonntag in der Tasche seiner Jacke entdeckt habe, die ich für die Reinigung vorbereiten wollte. In Gedanken falte ich das duftende Papier noch einmal auseinander, um mir die Zeilen zu vergegenwärtigen, die an meinen Mann gerichtet waren.

12. Mai 2020

Lieber Sigfried,
lange habe ich überlegt, ob ich diesen Brief wirklich schreiben soll. Die Zeit, die wir miteinander hatten, war jedoch zu schön, um nicht immer wieder an dich zu denken. Auch nach all den Jahren. Niemals könnte ich dich vergessen und ich bin mir sicher, dass du es auch nicht kannst. Erinnerst du dich an die wundervolle Nacht, die wir gemeinsam in Bayern verbracht haben? Und den Morgen darauf, als wir verschlafen und dann dort weitergemacht haben, wo wir wenige Stunden zuvor aufgehört hatten? Und wie wir gelacht haben, als du feststelltest, dass wir zwar unsere Gymnastikstunde in der Klinik verpasst haben, unsere persönliche aber viel intensiver war. Wir haben oft miteinander gelacht. Und wenn wir nicht gelacht haben, haben wir diskutiert, ganze Abende lang.

Jetzt sitze ich hier und denke an dich. Es war eine unglaubliche Zeit, dank dir. Mit Ende vierzig fühlte ich mich so jung und lebendig wie nie zuvor in meinem Leben. Vielleicht war es sogar die schönste Zeit. Ich habe mich frei gefühlt mit dir und ich war es auch. Anders als du … Dabei habe ich es ernst mit dir gemeint.

Ich wünschte, du hättest es deiner Frau damals gesagt und uns eine Chance gegeben. Du kannst dir nicht vorstellen, wie unglücklich ich war. Ich versuchte, mein Glück woanders, in einem anderen Mann zu finden. Gelungen ist es mir jedoch nie und so schreibe ich dir heute, mit 71 Jahren, diesen Brief, der immer noch voller Liebe steckt. Warum ich ihn schreibe, habe ich mich währenddessen gefragt, und das fragst du dich wahrscheinlich auch. Ich hoffe, dadurch abschließen zu können und meinen Frieden zu finden. Das, was wir hatten, soll endlich ruhen.

Ich denke an dich, für immer,
deine Marianne

Warum diese Frau nach all den Jahren wieder Kontakt zu Sigfried aufgenommen hat, ist mir schleierhaft, doch die Post kam genau zur richtigen Zeit. Seit Monaten trug ich den konkreten Gedanken mit mir herum, meinen Mann endlich zu verlassen, auszubrechen aus dieser Ehe, in der ich immer weniger ich selbst war. Dann kam der Brief, und auf einmal war alles ganz einfach.

Ich schüttle den Gedanken an Sigfried ab und lege die Post von Jan zurück in die Mappe. Als er mir die Zeilen schickte, gab es Sigfried noch nicht in meinem Leben. Wir hatten das Recht, uns Liebesbriefe zu schreiben.

Für heute habe ich genug in der Vergangenheit gegraben. Ich greife nach dem Buch, mache es mir im Sessel bequem und lese. Bereits um zehn Uhr merke ich, dass meine Augen schwer werden. Ich schaffe es noch bis zum Kapitelende, dann verschwinde ich im Bad und danach im Bett. Die Seite neben mir ist leer. Gut so, denke ich und schlafe sofort ein.

11.

Am nächsten Morgen weckt mich lautes Möwengeschrei. Es ist schon taghell draußen. Normalerweise werde ich in aller Herrgottsfrühe wach, liege ab fünf still im Bett und warte darauf, dass Sigfried aufwacht, für den der Tag erst so gegen acht, halb neun beginnt. Heute bin ich diejenige, die um diese Uhrzeit aufsteht. Es ist sogar schon etwas später. Viertel vor neun, wie mir ein Blick auf die Uhr zeigt. Ich flitze ins Bad, danach schüttele ich die Bettdecke auf und lege die Tagesdecke darüber, bevor ich mich auf den Weg zum Frühstück mache. An der Türklinke drehe ich das Schild auf »Bitte nicht stören«. Ich habe nie verstanden, dass Sigfried es jeden Morgen auf »Bitte reinigen« gedreht hat. Ich mag es sauber und ordentlich, aber zu Hause putze ich auch nicht jeden Tag.

Der Frühstückssaal ist gut besucht. Ich werde zu einem kleinen Tisch geführt, bestelle einen Cappuccino und gehe zum reich bestückten Büfett.

Kurz darauf streiche ich etwas Butter auf ein Weizenbrötchen, um anschließend den Wabenhonig darauf zu geben. Erinnerungen an meine Kindheit blitzen auf, die Bienenstöcke im Garten meines Vaters. Die Honigwaben, die ich so gern aß und später als besonderes Geschenk mit nach

Juist brachte. Der verächtliche Blick von Jans Mutter, die damit nichts anfangen konnte oder wollte. Sie hat mich von Anfang an nicht gemocht. Unwillkürlich schüttele ich den Kopf. Das Wörtchen Nein aus meinem Munde hätte vielleicht auch bei ihr Wunder bewirkt. Aber das habe ich mir verkniffen und stattdessen versucht, es ihr recht zu machen. Immer habe ich versucht, es allen recht zu machen – erst meinen Eltern, dann Edda und schließlich auch Sigfried. Da muss ich erst sechsundsiebzig werden, um festzustellen, wie einfach und befreiend die vier Buchstaben sein können, denke ich, nehme einen Schluck Kaffee und sehe mich im Speisesaal um. Hinten rechts sitzt wieder der Mann, der ebenfalls allein zu reisen scheint. Wie gestern ist er akkurat frisiert und trägt ein Poloshirt, diesmal ein hellblaues. Er bemerkt, dass ich zu ihm schaue, und lächelt. Unzweifelhaft sieht er gut aus, wobei er mir persönlich ein wenig zu gelackt wirkt. Wahrscheinlich steht er genauso lang im Bad wie Sigfried, wenn nicht sogar länger. Weil ich höflich bin, lächle ich zurück, bevor ich mich wieder meinem Frühstück widme. Genüsslich beiße ich in eine Brötchenhälfte. Niemand nörgelt, niemand drängt, niemand meckert über das zu weiche oder zu feste Ei, auch nicht über die schlechten Nachrichten in der Tageszeitung. Der Morgen fühlt sich wunderbar an. Ich kann machen, wonach mir der Kopf steht, denke ich. Doch wonach steht er mir? Was möchte ich heute unternehmen? Oder besser gesagt, in welcher Reihenfolge? Der olle Badeanzug fällt mir zuerst ein, den sollte ich wirklich mal gegen ein flotteres Modell tauschen.

* * *

Nachdem ich mich noch ein Stündchen auf meinem Zimmer ausgeruht und gelesen habe, stehe ich gestärkt vor dem Hotel.

Es ist Dienstagmorgen kurz nach elf, alle Geschäfte haben geöffnet, die Sonne strahlt, der Himmel ist blau. Gut gelaunt gehe ich los. Die Strandstraße, auf der es ein paar schöne kleine Geschäfte gibt, liegt direkt ums Eck. Da werde ich sicher fündig.

Gleich der erste Laden sieht vielversprechend aus. »Friedas Boutique« steht in schnörkeliger Schrift auf dem Schild über dem Eingang geschrieben. »Individuelle Inselmode«.

Eine kleine Glocke läutet, als ich die Tür öffne und eintrete. Der Verkaufsraum wirkt freundlich mit den in Weiß gehaltenen Möbeln. Interessiert schaue ich mich um. Dabei springt mir sofort ein butterblumengelbes, mit zarten Blüten bedrucktes Kleid ins Auge. Es sieht aus, als wäre es mit Aquarellfarbe bepinselt worden. Fließend leicht, genau das Richtige für den bevorstehenden Sommer. Ich streiche über den Stoff, nehme das Kleid vom Ständer, stelle mich damit vor den bodentiefen Spiegel und sehe eine junge Frau vor mir. Was war ich verliebt!

20. Mai 1964

Liebste Hanni,
heute musste ich wieder an Dich und Dein wunderschönes, butterblumengelbes Kleid denken. Dabei ist mir ein Gedicht eingefallen, das ganz wunderbar passt, wie ich finde.

Butterblumengelbe Wiesen
Butterblumengelbe Wiesen,
sauerampferrot getönt, –
o du überreiches Sprießen,
wie das Aug dich nie gewöhnt!

Wohlgesangdurchschwellte Bäume,
wunderblütenschneebereift –

ja, fürwahr, ihr zeigt uns Träume,
wie die Brust sie kaum begreift.

(Christian Morgenstern 1871–1914)
Wie gern würde ich Dich wieder einmal in Deinem wunderschönen Kleid sehen, liebste Hanni.
In Liebe
Dein Jan

»Moin, ich habe gar nicht mitbekommen, dass Sie im Laden sind«, sagt da plötzlich eine Frau mittleren Alters und der Zauber der Vergangenheit ist vorbei. Sie kommt aus einem Nebenraum, lächelt mich an. »Kann ich Ihnen helfen?«

»Moin.« Ich halte das Kleid nach oben. »Das würde ich gern anprobieren, es dürfte meine Größe sein. Und, sagen Sie, haben Sie eventuell auch Badeanzüge?«

»Aber selbstverständlich. Ich hänge Ihnen das Kleid in die Umkleidekabine. Kommen Sie, ich zeige Ihnen unsere Bademode. Wenn Ihnen etwas gefällt, können Sie da auch gleich reinschlüpfen.« Sie mustert mich. »Welche Körbchengröße haben Sie? D oder E?«

»D«, sage ich und folge der Frau durch einen Türbogen in die Abteilung mit der Unterbekleidung.

Wie sich herausstellt, ist es E. Die letzten Monate habe ich etwas an Gewicht zugelegt, wohl auch am Busen, wie ich nun feststelle.

»Der Badeanzug steht Ihnen«, sagt die Verkäuferin kurze Zeit später. »Er betont Ihre schöne weibliche Figur.« Er ist dunkelblau mit weißen Punkten. Der nächste in schlichtem Schwarz besticht aber durch eine hübsche weiße Schleife zwischen den Körbchen.

»Ich nehme beide«, sage ich und ziehe das geblümte Kleid über. Ich bin keine junge Frau mehr, aber trotzdem steht mir das Kleid gut. Es sieht wunderschön aus, schmeichelt meiner Figur. Bis zur Taille ist es etwas enger geschnitten und wird dann weiter. Langsam bewege ich meine Hüften von links nach rechts und sehe im Spiegel zu, wie sich der Stoff meinen Bewegungen anpasst.

»Das Kleid macht Sie zehn Jahre jünger«, sagt die Verkäuferin.

Ich fange laut an zu lachen. »Das ist sehr charmant von Ihnen, ich bin sechsundsiebzig, das hört man in meinem Alter nicht mehr oft.«

Ihr Erstaunen wirkt echt. »Ich habe sie auf siebzig geschätzt, allerhöchstens zweiundsiebzig.«

»Und in dem Kleid sehe ich dann aus wie sechzig?«

Sie legt den Kopf schief und betrachtet mich. »Egal, wie alt sie sind. Sie sehen toll darin aus.«

»Ich nehme es!« Außerdem entscheide ich mich noch für ein weiteres Kleid, das ich auf dem Weg zur Kabine von der Stange genommen habe.

An der Kasse entdecke ich einen naturfarbenen Sonnenhut mit breiter Krempe und blauem Zierband.

Die Verkäuferin bemerkt meinen Blick. »Der würde sicher gut zu Ihrem neuen Outfit passen.«

Als sie mir die Summe für meine Einkäufe nennt, bekomme ich einen kleinen Schreck. Ich habe nicht nach den Preisen gesehen und gebe gerade ein kleines Vermögen für zwei Badeanzüge, zwei Kleider und einen Strohhut aus. Aber ich habe mich schnell wieder gefasst. Wozu habe ich all die Jahre gespart?

»Ich zahle bar. Den Strohhut müssen Sie nicht einpacken, ich setze ihn gleich auf.«

* * *

Mit meinen neuen Schätzen in der Tasche schlendere ich weiter durch die Einkaufsstraßen, bleibe an den vielen sommerlich dekorierten Schaufenstern stehen, betrete weitere Geschäfte, kaufe eine große Strandtasche passend zum Kleid, ein paar Sandalen und eine Sonnenbrille.

In einer kleinen Straße mit Klinkerpflaster bleibe ich vor einem unscheinbaren Eckhaus stehen. Darin befindet sich ein Friseursalon.

»Ich kann mit der Schere zaubern« steht auf einem Emailleschild im Schaufenster.

Soll ich? Ich nehme den Sonnenhut ab und fahre mit den Fingern durch mein schulterlanges graues Haar, das ich schon seit einer gefühlten Ewigkeit genau so trage, zwanzig Jahre bestimmt. Spontan öffne ich die Tür und gehe hinein. Der Laden ist im Siebzigerjahre-Look eingerichtet. Die Wände sind grün und cremefarben gestrichen. Es gibt drei Frisierplätze vor einer langen Spiegelfront, die jeweils mit einem kleinen Tisch und einem knautschigen Ledersessel ausgestattet sind.

»Guten Tag, kann ich Ihnen helfen? Haben Sie einen Termin?«, begrüßt mich eine junge Dame. Sie hat schwarze, halblange Haare und strahlend grüne, mandelförmige Augen.

Hübsch sieht sie aus, finde ich und lächle sie an. Ein wenig erinnert sie mich an Gerda in jungen Jahren. »Guten Tag, nein, ich habe keinen Termin. Ich habe Ihren Laden gerade beim Bummeln entdeckt und bin spontan hereingekommen. Sie haben nicht zufällig Zeit? Auf dem kleinen Schild im Schaufenster steht, dass Sie mit der Schere zaubern können. Und ich brauche unbedingt eine Veränderung.«

»Da haben Sie aber Glück«, sagt sie. »Eine Kundin ist leider verhindert und hat gerade abgesagt. Setzen Sie sich doch bitte.«

»Das ist nett, haben Sie vielen Dank.« Ich nehme den Hut ab.

»Mein Name ist Cassie«, sagt die Friseurin, während sie mir einen Frisierumhang anlegt.

»Hanni, Hanni McGuinness«, antworte ich, als wäre es das Normalste der Welt.

»Schöner Name.«

»Danke.« Ich setze mich auf den Frisierstuhl.

»Also, Hanni, du brauchst eine Veränderung?« Sie steht hinter mir, betrachtet mich im Spiegel.

»Ich würde gern ein bisschen flotter aussehen«, erkläre ich. »Und es darf etwas unkomplizierter sein.«

»Kürzer?«

»Ja.«

»Wie viel darf denn ab?« Sie nimmt mein Haar zusammen und hebt es hoch. »Ein richtig frecher Kurzhaarschnitt würde gut zu deinem Gesicht passen. Du hast sehr schöne ausdrucksstarke Augen. Pflegeleicht wäre es auch.«

Dass mir kurzes Haar steht, weiß ich. Damals war ich allerdings noch eine junge Frau … »Ab damit!«, entscheide ich.

»Was ist mit Farbe?«

»Nein, ich mag das Grau. Was den Rest angeht, vertraue ich dir. Überrasch mich einfach.«

»Darf es auch so richtig kurz werden?«, hakt sie nach. »Kennst du den Film ›Freaky Friday‹ mit Jamie Lee Curtis?«

»Sagt mir nichts, aber ja, ab damit!«

Sie wäscht mein Haar und nur kurz darauf sehe ich zu, wie es an meinen Schultern herunterfällt und immer kürzer wird. Sie arbeitet konzentriert, redet nicht viel dabei, das gefällt mir. Und das, was sich auf meinem Kopf tut, auch.

Schließlich dreht Cassie den Frisiersessel um, sodass ich ihr direkt in die Augen schaue. Sie gibt eine haselnussgroße Portion Haarfestiger auf ihre Handfläche und verreibt ihn, bevor sie meiner Frisur den letzten Schliff gibt. Mit einem Schwung dreht sie den Sitz wieder zurück. »Eine flotte Veränderung, wie gewünscht, Madame McGuinness«, sagt sie und zupft die letzten Härchen zurecht, während ich mich im Spiegel betrachte.

»Ich mag es sehr, vielen Dank!«, sage ich und lächle zufrieden. Zwar weiß ich nicht, was »Freaky Friday« ist, aber ich habe alle James-Bond-Filme gesehen. Was habe ich für Sean Connery geschwärmt! Mit dem letzten Darsteller konnte ich mich nicht so recht anfreunden, aber Judy Dench alias M hat mir gefallen. Ich fahre mir mit den Fingern durchs Haar und finde, dass ich ein wenig aussehe wie sie.

Cassie tippt ihre Dienstleistungen ins Kassensystem ein. »Mit der Haarkur, dem Styling, schneiden, waschen, föhnen und dem Haarfestiger macht das dann bitte fünfundsiebzig Euro.«

»Ich würde gern bar zahlen«, sage ich und lege einen Hunderteuroschein auf den Tresen. Einen Zehner vom Wechselgeld stecke ich in das Sparschwein, auf dem ihr Name steht.

»Vielen Dank, Hanni. Sehen wir uns noch mal wieder? Wie lange bleibst du auf der Insel?«

»Das weiß ich ehrlich gesagt noch nicht, wir werden sehen«, sage ich und verabschiede mich von ihr.

Vor dem Laden atme ich tief durch. Ich fühle mich wie neugeboren.

* * *

Mittlerweile ist es zwei Uhr, ich habe ein weiteres kleineres Vermögen für zwei Kleider und mehrere luftige T-Shirts ausgegeben. Auch für meine Lieben habe ich eingekauft: Lakritz für Johannes, Tee für meine Schwiegertochter Kerstin, ein Sanddornlikörchen für Gerda. Fehlt nur noch eine Kleinigkeit für Fee, denke ich. Da meldet sich mein Magen wieder. Zwar habe ich ausgiebig gefrühstückt, aber die frische Meeresluft macht hungrig. Die Straße entlang sehe ich ein Imbissschild. Eine Tüte Pommes auf die Hand ist jetzt genau das Richtige, denke ich.

Auf dem Weg dorthin komme ich an einem Süßwarengeschäft vorbei. »Juister Nugat«, sage ich laut zu mir selbst, als ich vor dem Schaufenster stehen bleibe. »Wenn das mal nichts für Fee ist.« Ich beschließe, nach dem Essen dort einkaufen zu gehen, verwerfe den Plan aber im nächsten Moment schon wieder. Als ich die Pommes bezahle, stelle ich fest, dass ich kaum noch Bargeld im Portemonnaie habe. Mit den Fritten setze ich mich auf eine Bank. Sie sind gut, genau richtig gesalzen und schön kross. Nur etwa zwei Meter von mir entfernt sitzt eine riesige Möwe. Sie beobachtet jede meiner Bewegungen. »Kusch dich!«, sage ich. Doch das interessiert sie nicht. Ich ignoriere sie und esse alles auf.

12.

Obwohl das Meer mir damals das Liebste genommen hat, habe ich nie aufgehört, es zu lieben. Jan hätte es nicht anders gewollt. Wasser war sein Element, die Seefahrt seine größte Leidenschaft. Ich sitze am Fuß der Dünenkette und schaue aufs Wasser. In der Ferne erkenne ich die Silhouette eines Segelbootes. Kinder spielen an der Meerschaumlinie. Sie fischen mit Keschern und Eimern. Alles wirkt friedlich.

Meine Gedanken sind bei Jan. Jeden Tag sind wir zum Strand gegangen, spazierten stundenlang durch den Sand, beobachteten die Wellen und schauten uns die wunderschönen Juister Sonnenuntergänge an, wenn die Zeit es erlaubte. Bis Jan mich verließ, wieder in See stach und nicht mehr zurückkam. Die Nachricht seines Todes, die mir seine Mutter überbrachte, hat meine Welt aus den Angeln gehoben.

Behutsam lege ich meine Hand auf die Mappe, dann öffne ich sie und hole den nächsten Brief heraus.

10. November 1964

Liebste Hanni,
weißt Du eigentlich, wie sehr ich mich mit

Dir verbunden fühle? Ich glaube, trotz der Entfernung, ja sogar trotz des Ozeans, der zwischen uns liegt, sind wir es mehr denn je. Meine geplante Heimreise wird leider noch andauern. Ich fürchte, dass ich erst nach den Feiertagen heimkehren werde. Eigentlich wollte ich das Weihnachtsfest mit Dir verbringen, so hatte ich es mir ausgemalt. Hanni, ich hoffe so sehr, dass Du auf mich wartest und mich ebenso vermisst, wie ich Dich vermisse. Heute habe ich einen Achtknoten in ein Tau gebunden und musste dabei an Dich denken. Der Achtknoten symbolisiert die Liebe. Er wird auch Liebesknoten genannt und hält selbst großer Belastung stand. Passender könnte ein Symbol für uns und unsere Liebe wohl kaum sein, findest Du nicht auch? Hanni, ich schicke Dir hier eine Anleitung, damit Du unseren Liebesknoten knüpfen kannst. Möge sich unser Band niemals lösen.

Schritt 1:
Als Erstes legst Du eine Schlaufe. Das lose Ende läuft unter dem festen Ende hindurch.

Schritt 2:
Jetzt fasst Du am oberen Ende der Schlaufe an und drehst diese nach rechts, es sollte sich eine Acht bilden. Es ist wichtig, die Richtung zu beachten. Der untere Teil bleibt unverändert.

Schritt 3:
Nun nimmst Du das lose Ende des Seils und schiebst es von vorn durch die obere Schlaufe.

Schritt 4:
Jetzt muss unser Liebesknoten nur noch festgezogen werden.

Ich habe einen solchen Knoten in ein blaues Band geknüpft, Deine Lieblingsfarbe. Ich lege es dem Brief bei. Du kannst es um Dein Handgelenk binden, damit ich nicht nur in Gedanken immer bei Dir bin.

In Liebe
Dein Jan

Fast kommt es mir so vor, als würde ich das Band immer noch spüren. Ich reibe über mein Handgelenk, doch es ist nackt. Ein kleiner Schauer erfasst mich bei dem Gedanken, dass ich es damals rund um die Uhr getragen habe, bis ich eines Morgens feststellte, dass es sich gelöst hatte. Stundenlang habe ich das Zimmer abgesucht, bei jedem Schritt im Haus die Augen auf den Boden gerichtet. Doch es war verschwunden. Am selben Tag erreichte uns die Nachricht des Schiffsunglücks. Ich hatte nicht nur das Band, ich hatte auch Jan verloren.

Einen Moment bleibe ich noch sitzen, dann stehe ich auf. Auf dem Weg durch die Dünen pflücke ich einen Zweig Heckenrosen. Jan hat sie geliebt. Ich werde sie gemeinsam mit den Briefen auf sein Grab legen und mich endlich verabschieden – für immer.

Der Friedhof liegt versteckt in den Dünen. Damals bin ich ein paarmal mit Jans Mutter Edda hier gewesen, um das Grab ihres Mannes zu pflegen. Bei unseren gemeinsamen Besuchen auf dem Friedhof hat Edda sich von ihrer weichen Seite gezeigt. Einmal hat sie mir sogar gesagt, dass sie Jans Vater sehr geliebt hat und keiner Frau einen Mann wünscht, der Seefahrer ist. Das Meer gibt, das Meer nimmt, hat sie gesagt. Ihr hat es den Mann und den Sohn genommen. Damals jedoch kam es mir vor, als wäre mein Leid größer als das ihre. Erst als ich selbst Mutter war, konnte ich ermessen, wie groß ihr Schmerz gewesen sein muss.

Damals war es ein schöner Friedhof, klein und privat. Eine Kapelle stand dort und er war immer sehr gepflegt. Ich denke nicht, dass sich das geändert hat.

Das geschwungene gusseiserne Eingangstor mit dem Kreuz in der Mitte kann ich schon von Weitem erkennen. Der Friedhof ist eingezäunt, um es den zahlreichen Kaninchen auf der Insel zumindest ein bisschen zu erschweren, die Blumen von den Gräbern zu fressen. Die Rehe jedoch steigen einfach über die Zäune. Ich weiß noch genau, wie überrascht ich damals war, als ich das erste Mal in die Augen einer Ricke sah. Ende der Zwanzigerjahre waren die ersten Tiere auf der Insel ausgesetzt worden, hat Edda mir erklärt, und haben sich seitdem rasant vermehrt. Es ist lange her …

Ich trete durch das Tor, setze mich auf die Bank, die gleich danebensteht, und sage leise: »I'll be coming home again to you, love …«

Und dann lese ich noch einmal den kürzesten Brief, den Jan mir geschrieben hat.

8. September 1964

Liebste Hanni,
heute habe ich ein Lied der Beatles gehört, welches mich an Dich denken ließ.
I'll be coming home again to you, love …
Ich liebe Dich
Dein Jan

»Hanni McGuinness, es wird Zeit«, sage ich laut, stehe auf und straffe die Schultern. Langsam gehe ich den Weg entlang, der geradewegs zur Kapelle führt. Tatsächlich hat sich nichts verändert. Es sieht aus wie früher. Links und rechts erstrecken sich die Gräber. Es ist nicht viel los, kaum eine Menschenseele ist zu erkennen. Auf der rechten Seite entdecke ich ein anonymes Grabmal. Hin und wieder gibt das Meer frei, was es sich genommen hat. Personen werden an Land gespült, deren Identität niemals geklärt wird. Früher waren es häufig im Krieg gefallene Soldaten oder Seemänner.

Vor einem der Gräber steht eine Frau. Sie bückt sich, legt frische Blumen nieder. Ob sie mir vielleicht helfen kann? Langsam nähere ich mich ihr. »Entschuldigung«, sage ich. Doch als sie sich mir zuwendet, stockt mir der Atem. Vor mir steht Beeke, Jans Schwester. Der Pigmentfleck auf ihrer Stirn ist unverkennbar, sie ist es ohne Zweifel.

»Ja?«

Wortlos drehe ich mich um und laufe wie ferngesteuert den Weg zurück, gehe durch das Tor und immer weiter die Straße entlang.

16. April 1964

Liebste Hanni,
ich schreibe Dir heute als überglücklicher Onkel. Mich erreichte die Nachricht, dass meine Schwester Beeke einen gesunden Jungen zur Welt gebracht hat. Sie ist nun stolze Mutter, ich hoffe sehr, Ihr lernt Euch bald kennen. Ich bin sicher, Ihr versteht Euch fabelhaft. Sie schrieb, dass ihr Sohn aussehe wie ich, allerdings geschmückt mit dem unfassbar bekennenden Merkmal meiner Schwester. Beide haben sie einen Schönheitsfleck

auf der Stirn, der an ein Herz erinnert. Das macht mich stolz. Aus gegebenem Anlass dachte ich heute häufig an meine Kindheit. Ich war ein liebes Kind, hatte jedoch den Schalk im Nacken, so sagt es meine Mutter zumindest. Ganz anders als meine Schwester, die schon immer ein braves Vorzeigemädchen war. Liebste Hanni, ich möchte Dir heute eine Geschichte aus der Zeit erzählen, in der ich noch ein junger Bursche war. Es war ein warmer Sommertag im Jahr 1954. Ich war gerade zwölf Jahre alt und hatte eine ganze Menge Flausen im Kopf. Mein Vati war im Krieg verschollen und so wuchsen Beeke und ich bei unserer Mutter auf. Oh, sie hatte alle Hände voll mit uns zu tun. Ich war also zwölf Jahre alt, es war ein Freitag, Sonntag wollte unsere Mutter mit uns in den Gottesdienst gehen. Ordentlich sollte ich aussehen, aber sie hatte keine Zeit und beschloss, dass ich nun alt genug sei, mich selbst um meine Angelegenheiten zu kümmern. Also gab sie mir eine Mark und schickte mich zum Friseur. Ein Haarschnitt koste 90 Pfennig, den Rest dürfe ich behalten. Ich solle ihn in meinen Sparstrumpf stecken, damit ich das Geld einst sinnvoll investieren könne. Stolz machte ich mich auf den Weg, fühlte mich erwachsener denn je. Auf halber Strecke hörte ich plötzlich meinen Namen und drehte mich um. Mein guter Freund Tamme stand hinter mir. Er streunte durch die Gegend, hatte Langeweile und so beschlossen wir, dass er mich zum Friseur begleiten sollte. Unterwegs kamen wir beim Kaufmann vorbei. Lauter mit bunten Süßigkeiten gefüllte Gefäße schmückten die Glasscheibe, hinter der die alte Frau Duhm stand und freundlich lächelte. Tamme und ich schauten uns an, unsere Blicke waren wie eine stumme Vereinbarung. Kurz darauf hielten wir zwei große Papiertüten, bis oben gefüllt mit bunten Bonbons, in unseren Händen. Das waren die leckersten Bonbons meines Lebens, bis ich dieses eine, ganz spezielle Bonbon von Dir bekam, liebste Hanni … Nun hatte ich mein ganzes Geld ausgegeben, für den Friseur war nichts mehr übrig. Ich bereute es sofort. Kurz zuvor hatte ich mich noch so erwachsen gefühlt, aber ein Erwachsener tut so etwas nicht. Tamme und ich steckten die Köpfe zusammen und da Tamme noch viel mehr Flausen im Kopf hatte als ich – das hat er übrigens immer noch –, fiel ihm sofort etwas ein, was mich vor dem Ärger zu Hause bewahren sollte. So schnell er konnte, lief er nach Hause und holte eine Schere. Viel Zeit blieb uns nicht mehr. Hinter einem Hagebuttenstrauch schnitt mein Freund mir die Haare. Er versicherte mir, dass ich gut aussehe, niemals werde meine Mutter merken, dass ich nicht beim Friseur war. Erleichtert lief ich nach Hause. Als ich zur Tür hereinkam, brach meine Schwester in Gelächter aus und meine Mutter verzog das Gesicht. Natürlich merkte sie sofort, dass etwas nicht mit rechten Dingen zuging, und ich gestand alles. Wir bekamen den Ärger unseres Lebens und ich hatte für die nächsten vier Wochen Hausarrest, bis meine Haare endlich nachgewachsen waren. Letztlich hat sich der Ärger nicht gelohnt, trotzdem waren es – bis zu dem Tag in Hamburg – die leckersten Süßigkeiten, die ich je aß.

Erzählst Du mir eine Geschichte aus Deiner Kindheit?

In freudiger Erwartung
Dein Jan

Hätte ich die Vergangenheit ruhen lassen sollen? Beeke stand an Jans Grab. Ich hätte etwas zu ihr sagen sollen, irgendetwas. Stattdessen habe ich mich umgedreht und bin davongelaufen. Gedankenverloren gehe ich durch die Straßen und bleibe erst stehen, als ich beim Hotel ankomme.

»Schick«, sagt da plötzlich jemand.

Es ist das Polohemd. Ich weiß nicht, was der Mann von mir will, und schweige. Die Begegnung mit Beeke wirkt immer noch nach.

»Sie haben sich verändert, der neue Haarschnitt steht Ihnen.«

»Ach so, ja. Danke.«

Er lächelt. »Und, was machen Sie hier so ganz allein auf Juist?«

»Urlaub, was sonst?«, antworte ich und klinge schroffer als beabsichtigt. »Entschuldigen Sie, ich wollte nicht unhöflich sein.«

»Sie haben ja recht, was sollte man sonst hier machen? Die Insel ist perfekt, um sich für ein paar Tage vom Alltagsstress zu erholen.« Er lächelt wieder und zeigt zwei Reihen perfekt weißer Zähne in seinem leicht gebräunten Gesicht.

»Haben Sie vielleicht Lust, heute mit mir zu Abend zu essen? Dazu ein Gläschen Weißwein? Sie sitzen allein, ich auch …«

Ohne Zweifel ist er ein gut aussehender Mann, der aber mindestens zehn Jahre jünger ist als ich – auch wenn die Friseurin mich heute zur Sechzigjährigen gemacht hat. Außerdem ist mir der Mann immer noch zu gelackt und davon mal ganz abgesehen ist Männergesellschaft das Letzte, was ich jetzt brauche.

»Das ist ein wirklich nettes Angebot. Aber nein, nein danke. Ich habe schon andere Pläne für heute«, wiegele ich ab. »Außerdem suche ich keine Gesellschaft. Ich bin hier, weil ich ein paar Tage für mich sein möchte.«

»Schade, aber da kann man natürlich nichts machen. Ich wünsche Ihnen einen schönen Abend«, sagt er und hält mir die Tür zum Hotel auf: »Nach Ihnen.«

»Vielen Dank.«

Es ist nur ein unbestimmtes Gefühl. Aber irgendetwas stimmt nicht mit ihm, denke ich. Der Mann wirkt unecht. Vielleicht ein Heiratsschwindler, überlege ich.

Im Zimmer schaue ich sofort in den Schrank. Die Geldscheine habe ich in einem T-Shirt versteckt, das noch immer ordentlich zusammengefaltet zwischen den anderen liegt.

Sie sind alle noch da.

So auch die Briefe, die ich eigentlich bei Jan lassen wollte, denke ich. Ob Beeke mich auch erkannt hat? Ich mochte sie immer sehr gern. Und sie mich auch. Trotzdem habe ich damals Hals über Kopf die Insel verlassen. Ob sie wusste, dass Edda mir die Schuld an Jans Tod gegeben und mir unmissverständlich klargemacht hat, dass ich in ihrem Haus nichts mehr zu suchen hatte? Auch heute habe ich mich einfach umgedreht und bin gegangen. Aber diesmal war es nicht Trauer und blinde Wut, die mich davon abhielt, mit ihr zu sprechen. Es war das schlechte Gewissen. Ich habe sie damals alleingelassen, weil auch ich nicht den Mut hatte, mich gegen Edda zu stellen, die keine andere Meinung zugelassen hat als ihre eigene. Anstatt bei Beeke zu bleiben und mit ihr zu trauern, bin ich gegangen. Sie hat ihren großen Bruder geliebt. Er hat ihr Nähe und Wärme gegeben, was ihr die gefühlskalte Mutter verweigert hat.

»Du bist ein Feigling, Hanni«, sage ich leise. Und plötzlich schleicht sich Sigfried in meine Gedanken. Auch ihn habe ich ohne klärende Worte verlassen. Ich werde mit ihm reden müssen, damit ich loslassen und endlich frei sein kann. Und er auch.

Aber alles zu seiner Zeit. Erst einmal werde ich die Angelegenheiten auf Juist klären, entscheide ich, und dabei die verbleibenden Tage hier genießen. Eine Trennung ist nie schön. Die Zeit am Meer wird mir guttun und Kraft geben.

* * *

Auf das Abendessen verzichte ich heute. Die Pommes liegen mir gemeinsam mit Beeke schwer im Magen. Ich setze mich in den Sessel, lese im Buch, nasche von den Lakritzen, die ich für Johannes gekauft habe, und trinke von Kerstins Tee, den ich mir mit dem kleinen Wasserkocher, den ich extra eingepackt habe, zubereite. Vor dem Schlafengehen trinke ich von Gerdas Likör. Er schmeckt künstlich. Ich werde morgen ein neues Mitbringsel für sie besorgen. Sie mag Schokolade. Vielleicht finde ich etwas Feines, das ihr schmeckt, wenn ich morgen für Fee den Nugat besorge.

Fee

13.

Hilde ist wieder zu Hause. Ihr Sprunggelenk wird mit einer Orthese ruhiggestellt, sodass sie den Fuß beim Gehen fast wie gewohnt abrollen kann und nicht allzu eingeschränkt ist. Trotzdem soll sie sich möglichst schonen.

»Bist du sicher, dass ich nicht doch hierbleiben soll?«, frage ich. Meine Tasche ist gepackt und schon im Kofferraum verstaut. Aber auf einmal ist mir nicht mehr ganz wohl bei der Sache. Oma hat uns absichtlich nicht gesagt, wo sie sich aufhält. Trotzdem reise ich ihr jetzt nach.

Hilde sieht mich streng an: »Du fährst! Nicht wegen deiner Oma, für dich.«

Sie hat recht. »Es wird mir guttun.«

»Eben. Und um mich musst du dir keine Gedanken machen. Ich komme klar. Außerdem habe ich ja auch noch Otto. Er brennt darauf, sich um mich zu kümmern.«

Ich mustere sie lächelnd. »Was läuft da eigentlich zwischen euch beiden?«

Hilde schnalzt mit der Zunge. »Nichts! Meinst du wirklich, ich wäre so verrückt, mich auf ein Techtelmechtel mit ihm einzulassen? Ich bin glückliche Witwe. Die letzten Jahre meines Lebens will ich in Ruhe genießen und nur noch machen, was ich will. Das Letzte, was ich jetzt brauche, ist ein neuer Mann.« Sie stupst mich in die Seite. »Du bist noch jung, du kannst jetzt schon damit anfangen. Schau dir die Welt an!«

»Erst mal geht es nach Juist.«

»Das ist schon mal ein Anfang. Wenn du da bist, leih dir ein Rad, fahr zur Domäne Bill, bestell dir eine Scheibe Rosinenstuten, schmier dick Butter drauf und denk an mich, wenn du reinbeißt«, sagt sie mit Glanz in den Augen. »Die Reise lohnt sich allein schon deswegen, ich habe nie einen besseren gegessen.«

»Das hört sich verführerisch an, das mach ich, versprochen.«

Sie nickt. »Und es ist eine gute Entscheidung, den Flieger zu nehmen. Du wirst es lieben. Die kleine Cessna ist nicht vergleichbar mit einem großen Passagierflugzeug. Wenn du erst mal in der Luft bist, wirst du den Flug genießen, da bin ich mir sicher.«

»Wenn du es sagst …« Von Hilde habe ich einiges über die Insel erfahren, auf der ich die nächsten Tage verbringen werde. Sie hat schon häufiger dort Urlaub gemacht. Von ihr habe ich auch den Tipp bekommen, ab Norddeich über und nicht auf dem Wasser bis nach Juist zu reisen. So spare ich Zeit und bin unabhängiger, da die Fähre tideabhängig übersetzt und wenn ich sie verpasse, kann ich Pech haben und muss einen ganzen Tag warten, bis die nächste geht. Ganz wohl ist mir bei der Sache nicht. Aber da muss ich nun durch. Ab heute soll sich mein Leben ändern. Ich will – ich werde – mutiger sein.

Hilde drückt mich fest. »Nicht so viel nachdenken, Fee. Hab Spaß!«

Im Hausflur kommt mir Otto mit zwei vollen Einkaufskörben entgegen. »Sie hat einen teuren Geschmack«, sagt er. »Alles nur vom Feinsten. Walnussbaguette, Parmaschinken, Wildschweinsalami, Büffelmozzarella, Feigen-Honig-Aufstrich …«

»Es wird dir schmecken. Da bin ich mir sicher.«

Otto macht große Augen. »Mir? Du meinst, Hilde lädt mich dazu ein?«

Diesmal bin ich mir nicht nur sicher, ich weiß es, weil sie es mir verraten hat. Aber das behalte ich für mich. Gut gelaunt gehe ich zu meinem Auto. Es ist vollgetankt, ich habe das Öl kontrolliert, den Reifendruck. Der Reiseproviant liegt griffbereit auf dem Beifahrersitz. Ich werde knapp drei Stunden unterwegs sein bis nach Norddeich. Und auch wenn ich gerade erst gefrühstückt habe, so weiß ich jetzt schon, dass ich Appetit auf ein Schnittchen bekomme, sobald ich auf die Autobahn aufgefahren bin. Danach brauche ich Weingummi und dann ein Stück Schokolade. Ich bin bestens versorgt. Meine Reise kann beginnen.

* * *

Bisher habe ich keinen Termin bei der Zahnärztin ausgemacht und Carla keinen für den Sehtest. Ich war froh, keine Zeit dafür zu haben. Aber nun stehe ich vor dem hohen Maschendrahtzaun und fahre mit der Zunge über den Backenzahn unten links. Die Füllung müsste erneuert werden. Selbst das wäre mir lieber, als gleich in so ein kleines weißblaues Flugzeug zu steigen, das ich von hier aus skeptisch betrachte. Ich knipse ein Foto und sende es an Carla.

In so was soll ich gleich einsteigen. Noch Fragen?, schreibe ich und schicke die Nachricht hinterher.

Du schaffst das, kommt ihre Antwort postwendend. Du bist stark und mutig!

Aber ich bin mir da nicht so sicher. Ob ich doch mit der Fähre übersetze? Die vom Morgen ist schon weg, aber am Abend setzt noch eine über.

Eine Frau, etwa in meinem Alter, bleibt neben mir stehen. »Moin«, sagt sie freundlich. »Ich bin jetzt schon so oft geflogen, aber jedes Mal, wenn die Zeit es erlaubt, verweile ich hier ein paar Minuten und beobachte, wie die Flieger starten und landen. Der Anblick ist immer wieder schön.«

Prompt beginnt ein Flugzeug über die Bahn zu rollen. Mein Bauch zieht sich zusammen. »Sieht nach einer ganz schön wackeligen Angelegenheit aus.«

»Fliegst du zum ersten Mal?«

»Wenn ich mich denn traue einzusteigen, dann ja.«

»Beim nächsten Mal wirst du dich darauf freuen. Das Gefühl ist im wahrsten Sinne des Wortes himmlisch. Die Aussicht ist einmalig.« Sie lächelt aufmunternd. »Und du hast Glück. Die Pilotin ist eine sehr gute Freundin von mir. Ina fliegt besser als alle Männer, die hier arbeiten, ruhiger. Es ruckelt nur ein bisschen, aber das vergisst du, wenn du in der Luft bist.«

Die Maschine hebt mit lautem Getöse vom Boden ab. Ich greife nach meinem Trolley. Jetzt oder nie …

Sie geht neben mir her. »Ich heiße Aska.«

»Mein Name ist Fee.«

»Wow!« Sie bleibt wie angewurzelt stehen und sieht mich überrascht an. »Das ist ein wundervoller Name. Er passt zu dir und deiner sympathischen Ausstrahlung.«

»Danke. Das ist aber ein nettes Kompliment.«

»Deine Aura ist besonders«, erklärt sie. »Deswegen bin ich stehen geblieben.«

Ich schiele zu ihr rüber. Sie hat rotes lockiges Haar, das kupferfarben in der Sonne leuchtet, trägt ein olivgrünes, weites Leinenkleid. Und sie ist barfuß unterwegs.

»Ist Fee dein richtiger Name oder ist es eine Abkürzung?«, fragt sie. »Du musst aber nicht antworten, sag mir ruhig, wenn ich zu neugierig bin oder du deine Ruhe willst.«

»Bloß nicht, dann mache ich mir nur noch mehr Gedanken über den Flieger, in den ich gleich steige. Ich unterhalte mich sehr gern mit dir«, erkläre ich schnell. »Ich heiße tatsächlich so. Mein Uropa stammt aus Irland, seine Mutter hieß Faye. Meine Eltern haben eine Fee für mich daraus gemacht.«

»Sehr schöne Idee.«

»Ja, finde ich auch«, sage ich. »Aber manchmal ist es auch anstrengend. Du kannst dir nicht vorstellen, wie oft ich schon gefragt wurde, ob ich irgendwelche Wünsche erfüllen kann.«

»Ich bin sicher, dass du dazu in der Lage bist. Du kannst das.« Sie klingt ernst. »Wie gesagt, du hast eine besondere Aura. Ich schätze, dass in dir eine sehr alte Seele wohnt. Vielleicht hast du Fähigkeiten, von denen du noch gar nichts weißt.«

»Aha.« Auch wenn ich generell sehr skeptisch bin, was esoterische Themen angeht, kann ich mir vorstellen, dass es Dinge gibt, die außerhalb unserer Vorstellungskraft liegen – allerdings nicht in mir.

Sie lacht, laut und sehr dunkel. Es passt nicht zu der zierlichen Frau mit der ansonsten sehr hellen Stimme, die neben mir geht. Aber es ist ein sympathisches Lachen. Ich mag Aska, auch wenn sie etwas speziell ist, wie ich finde.

»Also, wenn das so ist …« Ich versuche, ernst zu bleiben, kann mir ein Grinsen aber nicht verkneifen. »Falls ich dir wirklich mal einen Wunsch erfüllen kann – einen hast du frei, fürs Mutmachen. Aber nur, wenn ich wirklich in den Flieger steige.«

»Abgemacht! Wie lang bleibst du?«

»Wahrscheinlich drei Tage.« Omas Mailboxnachricht kommt mir wieder in den Sinn. *Wenn ich mich verzaubern lasse, bleibe ich vielleicht länger …*

»Ich bin mir fast sicher, dass du länger bleiben wirst«, sagt Aska fröhlich. Dann haben wir das Gebäude erreicht. »Es wird der Flug deines Lebens werden.«

* * *

Zehn Minuten später habe ich mein Gepäck aufgegeben. Gemeinsam mit Aska gehe ich zum Flieger. Eine Frau mit langem, zum Pferdeschwanz gebundenem blondem Haar, winkt und kommt auf uns zu.

Sie umarmt Aska. »He, da bist du ja wieder.«

»Ja. Es wurde auch Zeit.« Meine neue Bekanntschaft löst sich von ihr. »Ich habe jemanden mitgebracht. Ina, das ist Fee. Fee, das ist Ina, unsere Pilotin.«

»Hi«, sage ich. »Schön, dich kennenzulernen.«

Sie sieht mich an, in ihren Augen tausend Fragezeichen. »Fee?«

»Sie heißt wirklich so«, sagt Aska. Ihre Stimme klingt, als wäre ich eine Attraktion. Mein Name ist ungewöhnlich, aber so besonders nun auch wieder nicht.

»Das ist ja 'n Ding.« Ina mustert mich von oben bis unten, dann sieht sie zu Aska. »Wo hast du sie gefunden?«

Langsam wird mir das Getue um meine Person unangenehm. »Am Maschendrahtzaun«, antworte ich für Aska. »Sie hat alles getan, mich davon zu überzeugen, zu dir ins Flugzeug zu steigen.«

»Ich habe ihr versprochen, dass es der beste Flug ihres Lebens wird«, erklärt Aska nun. »Und ich habe einen Wunsch bei ihr frei, wenn ich es schaffe, dass sie mit dir fliegt.«

»Du kannst mir vertrauen, Fee. Wir kommen unbeschadet auf Juist an. Du solltest vorn neben mir sitzen. Da kannst du besser sehen. Aska überlässt dir sicher gern ihren Stammplatz.«

Plötzlich werde ich wieder unsicher.

»Wir sitzen beide hinten, Fee und ich«, sagt Aska und legt ihre Hand auf meinen Arm. »Nebeneinander.«

»Wie ihr meint …« Ina schaut zu den anderen Passagieren. »Alle einsteigen, bitte. Und wenn jemand mag, vorn neben mir wird noch ein Co-Pilot oder eine Co-Pilotin gesucht. Freiwillige vor!«

Es ist eng im Flugzeug. Wir rutschen in drei Reihen dicht aneinander, Aska und ich, eine Familie mit einem etwa fünfjährigen Jungen und ein älterer Herr. Seine Frau hat den Platz neben Ina gewählt.

»Unter den Bänken stecken Tüten«, ruft sie, »falls sich jemand übergeben muss. Heute ist es etwas windig. Bitte nicht erschrecken, wenn wir kurzzeitig absacken, das ist normal bei so einem Wetter.«

Na prima! Ich ziehe den Gurt etwas fester.

Unsere Pilotin prüft die kreisrunden Anzeigen vor sich, dann dröhnen die Motoren laut auf, der Propeller beginnt sich zu drehen. Jetzt grummelt mein Bauch wieder, mir wird tatsächlich schlecht. Langsam rollen wir die Startbahn entlang, fahren eine leichte Linkskurve … kurz darauf erhöht Ina die Geschwindigkeit. Wir befinden uns auf gerader Strecke, werden immer schneller, heben ab, fliegen in den Himmel. Das mulmige Gefühl verstärkt sich kurz, die Tüten fallen mir ein, aber dann haben wir offenbar unsere Flughöhe erreicht, das laute Startgeräusch weicht einem sonoren Brummen. Ich sehe, wie wir den Deich überqueren, und halte kurz den Atem an. Unter uns liegt das Wattenmeer. Es glitzert grau und silbern in der frühen Mittagssonne.

»Alles gut?«, fragt Aska neben mir.

»Ja.« Ich drehe mich kurz zu ihr. »Du hast recht, der Anblick ist wunderschön.« Vergessen ist meine Angst. Ich fliege nach Juist und ich will jede Minute genießen. Zwischendurch knipse ich immer wieder Fotos, nehme ein kurzes Video auf, als Beweis für meine Lieben zu Hause, dass ich tatsächlich geflogen bin. Und für mich als Erinnerung. Zweimal sacken wir in der Luft ein Stückchen ab, aber es macht mir nichts aus. Ina hat uns gut vorbereitet, ich fühle mich sicher.

Nur fünf Minuten später sagt Aska: »Da vorn liegt sie, die Insel, die dich verzaubern wird, unser Töwerland, umgeben von sehr viel Wasser und Sand.«

»Juist ist sehr schmal«, stelle ich fest. »Fast wie eine Sichel.«

»Siebzehn Kilometer lang und zwischen fünfhundert und neunhundert Meter breit«, erklärt Aska. »Im Osten das Kalfamer, ganz nah dran an Norderney. Und im Westen das Billriff mit Blick auf Borkum. Der Badestrand liegt im Norden, das Watt im Süden.«

Mit Himmelsrichtungen stehe ich normalerweise auf Kriegsfuß. Wenn ich mit Navi fahre und die freundliche Frauenstimme verlauten lässt, dass ich nach Osten, Süden, Westen oder Norden starten soll, entscheide ich mich in der Regel für den falschen Weg. Aber hier ist es offensichtlich, der breite Sandstrand im Norden ist von oben gut zu erkennen, das kann ich mir merken.

»Zauberhaft«, sage ich.

Da ruft Ina, dass wir nun landen werden. Sie fliegt eine halbe Kurve nach links. Die Schnauze der Cessna senkt sich langsam, wir nähern uns der malerischen Insel, die unter uns liegt. Und dann ist der Flug auch schon vorbei. Wir setzen holprig auf der Landebahn auf, werden ordentlich durcheinandergerüttelt. Aber das macht mir nichts aus. Ich fühle mich gut, fast ein wenig berauscht. Als der kleine Flieger schließlich vor dem Flughafengebäude stehen bleibt, bedaure ich, dass wir schon gelandet sind.

Da dreht Ina sich zu uns um und sagt: »Jetzt kann die Entschleunigung beginnen. Sie sind angekommen, Sie sind auf Juist. Herzlich willkommen.«

* * *

»War es sehr schlimm?«, fragt Ina, als wir alle ausgestiegen sind und wieder festen Boden unter den Füßen haben.

»Im Gegenteil, es war sehr schön! Ich freue mich jetzt schon auf den Rückflug.«

»Wann wird der sein? Vielleicht sitzt du dann wieder in meiner Maschine – neben mir.«

»Samstag wahrscheinlich.«

»Oh, dann bist du nur für eine Stippvisite auf der Insel.«

»Sozusagen.« Ich schaue zu Aska. »Du hast einen Wunsch frei. Wie kann ich ihn erfüllen?«

Sie denkt einen Augenblick nach, dann sagt sie: »Das verrate ich dir, wenn wir uns wiedersehen. Bis dahin habe ich mir etwas überlegt.«

»Okay, und wann sehen wir uns?«

Sie zuckt lächelnd mit den Schultern. »Irgendwann. Juist ist klein. Ich bin mir sicher, wir treffen uns noch einmal. Was zusammengehört, wird zusammenfinden.«

»Okay, dann freue ich mich darauf.« Ich schaue mich unschlüssig um. »Wie komme ich denn von hier aus zum Hotel Tommke?«

»Zu Fuß oder mit der Kutsche«, erklärt Aska. »Ich fahre mit dem Rad, das hier für mich bereitsteht. Sonst würde ich dich begleiten.«

»Nimm die Kutsche, Fee«, rät Ina mir. »Die Strecke bis zum Hauptort zieht sich und dein Trolley ist nicht gerade klein.« Sie mustert mein Gepäck. »Bist du sicher, dass du nur drei Tage bleibst? Deine Klamotten reichen vermutlich für zwei Wochen.«

»Geplant habe ich nur einen kurzen Aufenthalt.« Ich greife nach dem Trolley. »Vorsichtshalber habe ich aber mein Notebook und ein paar andere Dinge eingepackt, damit ich hier arbeiten kann, falls es doch länger dauert.«

»Was machst du beruflich?«, fragt Ina.

»Ich arbeite als freiberufliche Grafikerin, mein Hauptschwerpunkt liegt zurzeit in der Gestaltung von Buchcovern.«

»Das klingt interessant«, sagt Aska. »Aber lass das Notebook aus, genieß die Zeit hier.« Sie lächelt mich herzlich an. »Ich muss leider direkt los. Meine Kleine wartet.«

»Bis dann! Und danke.«

Noch einmal dreht sie sich zu mir um, ruft: »Wir sehen uns!«

Ich winke und schaue ihr nach, wie sie mit kleinen, aber schnellen Schritten davongeht. Die spitzen Steinchen unter ihren nackten Füßen scheinen ihr nichts auszumachen. Da fällt mir plötzlich ein, dass ich sie gar nicht gefragt habe, was sie hier auf der Insel macht. Sie lebt auf Juist, so viel habe ich rausgehört.

»Was macht Aska eigentlich beruflich?«, frage ich Ina. »Arbeitet sie auf der Insel?«

»Das hat sie dir nicht erzählt?« Sie grinst. »Du wirst es wissen, wenn ihr euch wiederseht. Aska lässt gern das Schicksal seinen Lauf nehmen.«

Ein bisschen schräg sind die beiden schon. »Dann lass ich mich mal überraschen.«

14.

Die Kutsche steht vor dem Flugplatz. Es ist ein dunkelgelber Planwagen, der von zwei kräftigen Haflingern gezogen wird. Die anderen Passagiere sind alle schon eingestiegen und warten auf die Abfahrt. Ich klettere hinein und setze mich auf eine der beiden langen Bänke. Kurz darauf geht es los. Die Hufe der Pferde klappern auf dem Steinpflaster. Die Tiere ziehen die große schwere Kutsche gemächlich über die Insel. Links von uns glitzert das Watt, rechts ziehen wir an grasbewachsenen Dünen vorbei.

»Im Norden der Badestrand«, höre ich Aska sagen. Hinter den Dünen liegt die Nordsee. Wann war ich das letzte Mal baden, überlege ich. Und warum bin ich nicht früher schon einfach mal für ein paar Tage irgendwohin gefahren, wo es schön ist – ans Meer.

In der Kutsche schweigen alle, sogar der kleine Junge. Er beobachtet mit wachen Augen die Möwen, die über die Grasfläche an der Wattseite fliegen. Die ältere Frau, die vorn neben Ina im Flieger saß, hat ihren Kopf an die Schulter ihres Mannes gelehnt. Die beiden sehen glücklich aus. Sie sitzen eng beieinander. Der Mann küsst die Frau sachte auf die Stirn und greift nach ihrer Hand. Die sanfte Szene berührt mich.

Die beiden wirken auf eine Art vertraut miteinander, wie ich Oma und Opa nie erlebt habe. Überhaupt kann ich mich an Zärtlichkeiten zwischen ihnen nicht erinnern. Sie haben sich in meiner Gegenwart nie geküsst. Haben sie sich geküsst, wenn sie allein waren, frage ich mich. Ob die beiden hier in der Kutsche verheiratet sind? Vielleicht sind sie gar nicht Mann und Frau. Oma hat Opa immerhin auch mit Mitte siebzig verlassen. Und ich meinen Freund mit neunundzwanzig, wie mir bewusst wird. Dabei habe ich immer damit gerechnet, dass wir irgendwann heiraten werden, wenn ich dreißig bin. Wir hatten sogar schon über den Termin gesprochen, mehrmals, und dann haben wir es doch wieder verschoben. Weil ich mich selbstständig gemacht habe, weil Tobi sich erst mal auf die Arbeit konzentrieren wollte, weil wir nicht sicher waren, ob wir Kinder wollen, und wenn nicht, warum sollten wir dann heiraten. Irgendwas hat nicht gepasst, mit uns hat es nicht gepasst, nicht auf Dauer. Ich habe es nur nicht bemerkt. Vielleicht wollte ich es einfach nicht wahrhaben. Glücklich war ich nicht, gestehe ich mir ein, allenfalls zufrieden. Mir hat das gereicht. Tobi anscheinend nicht. Bestimmt hätte er sich sonst nicht auf eine andere Frau eingelassen. Am Anfang ist man doch immer verliebt, es werden Glückshormone ausgeschüttet. Die sind bei uns irgendwann verpufft, wir haben es nicht geschafft, sie uns zu bewahren, haben beide zu wenig dafür getan.

Die Aufregung, für die Oma mit ihrem plötzlichen Verschwinden gesorgt hat, lenkt mich etwas ab. Aber tief in mir fühle ich Traurigkeit. Es hat wehgetan, Tobi gestern zu sehen. Trotzdem bin ich froh, dass ich noch einmal ins Krankenhaus gefahren bin, um mich zu verabschieden. Dass er sich nicht auf meinen Vorschlag zur Teilung unserer Möbel einlassen will, erschwert die Trennung für mich. Mir wäre Geld lieber gewesen als eine halbe Couch, ein halber Schrank und ein halbes Doppelbett. »Du nimmst die Küchenmaschine, ich das

Fernsehgerät. Ich die Waschmaschine, du den Trockner …«, hat Tobi vorgeschlagen. Das Fernsehgerät ist allerdings drei Mal so viel wert wie die Küchenmaschine, der Trockner doppelt so alt wie die Waschmaschine.

Ich bin hart geblieben. Carlas und Mamas Stimmen hallten in mir nach. Dass sie recht behalten haben, hat mir den Abschied etwas leichter gemacht. Ich bin traurig, aber nicht unglücklich. Tobi wird nun seinerseits eine Liste mit einem Gegenvorschlag machen, wie er sagt. Mir bleibt erst einmal nichts anderes übrig, als darauf zu warten. Ob Britt nun die neue Frau in seinem Leben ist, weiß ich nicht, immerhin hatte Tobi um noch eine Chance mit mir gebeten. Allerdings war davon keine Rede mehr, als ich bei ihm war. Und Britt hat gerade in dem Moment ihren Wagen geparkt, als ich das Krankenhaus verlassen habe. Es wäre mir lieber, ich hätte sie nie gesehen, hätte kein Bild von ihr in mir. Wie sie am Tag nach dem Unfall an seinem Bett saß, lachend … Ich hoffe, dass ich es bald vergesse und wieder schöne Bilder in mir trage. So schließe ich die Augen und lausche dem Hufgeklapper, das sich mit den Schreien der Möwen mischt.

»Sind wir jetzt da?«, fragt der kleine Junge und holt mich zurück nach Juist.

Der Kutscher dreht sich zu uns um, sieht zu dem älteren Ehepaar. »Sie sind die Ersten.« Kurz darauf hält er vor einer kleinen Pension, die beiden steigen aus und die Kutsche rollt weiter.

Mein Hotel befindet sich im Hauptort der Insel. Im Schritttempo bewegen wir uns durch die Straßen, an Cafés, Restaurants, kleinen Geschäften vorbei. Ich halte Ausschau nach einer Frau mit grauem, schulterlangem Haar, etwa so groß wie ich, mit schönen grünen Augen – und einer guten Aura, wie Aska es nennen würde. Oma setzt sich für andere ein, kümmert sich. Sie ist eine von den Guten.

Am Straßenrand sehe ich plötzlich rotes Haar aufblitzen. Aska steht neben ihrem Rad, winkt mir und ruft: »Viel Spaß auf Töwerland, irische Fee.«

So schnell sieht man sich hier also wieder, denke ich und lächle in mich hinein. Gerade erst bin ich angekommen. Und schon geht es mir besser. Es kommt mir so vor, als würde die ganze Last der letzten Stunden von mir abfallen.

In Zeitlupentempo ruckelt die Kutsche über das Klinkerpflaster weiter, bis wir wieder anhalten. Ich schaue auf ein rotes Backsteinhaus. Nordseehotel Tommke, lese ich.

* * *

»Guten Tag, mein Name ist Fee Bergmann. Für mich wurde hier ein Zimmer reserviert.«

Die dunkelhaarige Frau an der Rezeption sieht auf den Bildschirm des Computers. »Zimmer 324. Willkommen bei uns, Frau Bergmann. Ich hoffe, Sie hatten eine gute Anreise.«

»Eine sehr gute, ich bin geflogen«, sage ich nicht ohne Stolz.

»Dann haben Sie Juist von oben gesehen. Es sieht aus wie gemalt, finden Sie nicht auch? Als hätte jemand mit ein paar beigen und grünen Pinselstrichen eine Insel im graublauen Wasser zum Leben erweckt.«

»Ein schöner Gedanke. Poetisch.« Ich lächle sie an. Dabei wird mir klar, dass ich schon seit einer gefühlten Ewigkeit nicht mehr gemalt habe, nicht mit echter Farbe auf Papier oder Leinwand. Wenn ich kreativ war, dann am PC, und immer beruflich. »Ein Geschäft mit Künstlerbedarf gibt es hier nicht zufällig, oder?«

Sie lacht. »Auf Juist? Nein! Aber wir haben einen Künstler hier, sein Atelier finden Sie im Haus des Kurgastes. Oder schauen Sie auf der Infoseite der Insel nach, es werden auch immer mal wieder Malkurse angeboten.«

»Das klingt interessant, das sehe ich mir auf jeden Fall mal an, lieben Dank.«

Sie nimmt meine Daten auf, gibt mir wichtige Infos über das Hotel.

Als sie fertig ist, frage ich: »Eine Lore oder Hannelore Bergmann hat nicht zufällig in den letzten Tagen oder heute eingecheckt?«

Sie sieht nach und schüttelt den Kopf. »Bisher nicht.«

»Hat sich denn eine für die nächsten Tage angemeldet?«, hake ich nach.

»Das kann ich Ihnen nicht sagen, wir geben normalerweise keine Informationen über unsere Gäste heraus.«

»Ach so, das verstehe ich natürlich. Es ist meine Oma. Vielleicht könnten Sie ihr sagen, dass ich hier bin, wenn sie ankommt.«

»Das kann ich natürlich gern machen.« Sie deutet mit dem Kopf zum Fahrstuhl. »Das Zimmer befindet sich im dritten Stock.«

»Vielen Dank.«

* * *

Kurz darauf sitze ich auf meinem Bett und wippe ein paarmal darauf hoch und runter. Es quietscht nicht und fühlt sich gemütlich an. Auf dem mit schneeweißer Bettwäsche bezogenen Kopfkissen liegt ein Tütchen mit Sanddornbärchen, ein Willkommensgruß des Hauses. Ich nasche sie auf, während ich das Zimmer inspiziere. Alles ist picobello sauber und sehr gemütlich, hier kann ich es gut drei Tage aushalten. Schnell räume ich meine Kleidung in den Schrank, ziehe meinen Bikini an, darüber das weiße Sommerkleid mit den roten Blüten und dunkelgrünen Blättern. Dazu schnappe ich meine grüne Oversized-Sonnenbrille mit den großen runden Gläsern, die

Carla mir geschenkt hat. Bunte Strasssteinchen glitzern auf der Fassung. Sie passt nicht zu mir, mein Kleidungsstil ist eher natürlich. Ich schminke mich so gut wie nie, und wenn, dann sehr dezent. Mir reichen ein Hauch Wimperntusche und etwas Gloss auf den Lippen. Genau deswegen hat Carla mir die schräge Hippiebrille geschenkt. »Manchmal muss man auch ein bisschen verrückt sein«, hat sie gesagt und sich ein ähnliches Modell in einem Lilaton zugelegt.

* * *

Es ist heiß, aber es weht etwas Wind, der angenehm kühlt. Gut gelaunt gehe ich die Straße entlang. Das Hotel liegt auf der Südseite der Insel, am Watt. Ich muss also auf die andere Seite, wenn ich zum Wasser will. Wie sagte Aska? An der breitesten Stelle misst die Insel neunhundert Meter. Weit habe ich es also nicht.

Vor mir fährt eine Kutsche. Sie ist kleiner als die Personenkutsche, mit der ich gekommen bin, und ohne Verdeck. Ein Paar sitzt darin. Der Kutscher schnalzt mit der Zunge, spricht mit dem Pferd, das im stoischen Trott seine Arbeit verrichtet. Es gefällt mir, dass auf der Insel keine Autos unterwegs sind. Aufpassen muss ich trotzdem, die Radfahrer sind teilweise sehr schnell und rücksichtslos. In dem Moment, als zwei Männer nebeneinander erst mich und dann die Kutsche überholen, lässt das Pferd Äpfel auf das Klinkerpflaster fallen, gefolgt von einem Schwall Urin. Einer der beiden Radler flucht laut, der andere lacht.

Ich habe Zeit, spaziere gemütlich weiter. Ein beißender Geruch liegt in der Luft, das ist mir vorhin schon aufgefallen. Auf der Insel sind einige Kutschen unterwegs, hier und da liegt Pferdemist auf der Straße. Er trocknet in der Sonne, so auch der Urin. Ich mache einen Bogen darum, gehe weiter durch den

Ort, bleibe kurz vor einem Süßwarengeschäft stehen, in dessen Auslage ich Nugat in allen Variationen entdecke. Auf dem Rückweg werde ich dort etwas kaufen, nehme ich mir vor. Und dass ich es mir hier gut gehen lasse, auch kulinarisch. Morgens werde ich ausgiebig frühstücken, mittags eine Kleinigkeit wie einen Apfel oder einen Joghurt essen und am Abend werde ich in einem der vielen Restaurants speisen, an denen ich bisher vorbeigekommen bin.

Aber jetzt liegen erst einmal die mit Strandhafer und Kratzbeeren bewachsenen Dünen vor mir. Ein Kribbeln erfasst mich, das Gefühl von Glück. Der Weg führt über einen breiten Bohlenweg durch die Dünen nach oben. Gut gelaunte Menschen kommen mir entgegen, lächelnd. Ich stelle mir vor, wie es wäre, jetzt Oma zu treffen, und achte weiter auf grauhaarige ältere Damen. Aber sie begegnet mir nicht.

Sand knirscht unter meinen Füßen. Ich ziehe meine Sandalen aus, gehe barfuß die letzten Schritte nach oben. Dann bin ich endlich da. Vor mir liegt ein unfassbar breiter weißer Sandstrand und dahinter die Nordsee. Die Wellen rollen auf das Ufer zu, ziehen sich zurück, nur um kurz darauf wieder ans Ufer zu schwappen. Einen Augenblick bleibe ich stehen und lasse das Naturschauspiel auf mich wirken. Der Rhythmus der Wellen hat etwas Lebendiges und ist gleichzeitig beruhigend. Ich fülle meine Lungen mit der salzhaltigen Luft und folge dem Holzsteg nach unten, der zum Strand führt. Von der Sonne aufgeheizte Sandkörnchen kitzeln meine Füße. An der Meerschaumlinie grabe ich meine Zehen in den nassen Sand und warte, bis die erste Welle über meine Knöchel schwappt. Das Wasser ist kalt. Obwohl die Sonne schon recht stark für diese Jahreszeit ist, hatten die Strahlen noch keine Kraft, es aufzuwärmen. So bleibe ich einen Moment stehen und schaue zum Horizont. Die unverbaute Weite des Meeres hat mich schon immer fasziniert.

»Worauf wartest du noch?«, frage ich mich leise selbst. Ich gehe etwas zurück, bis der Sand nicht mehr feucht ist, hole das Handtuch aus meinem Rucksack, breite es aus, ziehe mein Kleid über den Kopf, lasse es fallen – und renne ins Meer.

Wasser spritzt an meinen Knöcheln hoch, an meinen Waden, meinem Bauch, meiner Brust. Eine größere Welle schwappt über mich drüber und ich schnappe nach Luft. Die Kälte raubt mir einen Moment den Atem. Aber das ist mir egal. Kopfüber stürze ich mich in die Wellen und kraule auf das offene Meer hinaus. Ich wünschte, meine Oma wäre jetzt bei mir. Sie war es, die mir das Schwimmen beigebracht und die Angst vor dem Wasser genommen hat. »Stell dir vor, du bist eine Wasserfee«, hat sie damals zu mir gesagt. »Eine kleine Nixe. Wasser ist dein Element. Es trägt dich, hab Vertrauen.«

Nach ein paar Metern halte ich inne. Oma hat mir nicht nur das Schwimmen beigebracht, sie hat mich auch davor gewarnt, mich zu überschätzen. Und davor, wie gefährlich offene Gewässer sein können. Die See kommt mir plötzlich unruhig vor, die Wellen sind nicht sehr hoch, aber sie kräuseln sich und ziehen mich vom Ufer weg.

Besser, ich schwimme zurück, denke ich, da höre ich ein helles, lautes Rufen. Es klingt verzweifelt. Ich schaue in Richtung Ufer und sehe ein dunkelhaariges Mädchen in einem grellpinken Badeanzug an der Wasserkante stehen. Es zeigt mit ausgestrecktem Arm auf das Meer. Ich folge der Richtung und entdecke ein paar Meter von mir entfernt ein kleines goldenes Knäuel, das sich durch das Wasser kämpft. Es ist ein Hund und er treibt auf die offene See hinaus.

»Mist«, fluche ich laut und schwimme los.

Das kleine Knäuel ist größer, als ich gedacht habe. Ein Golden Retriever, vermute ich. Und er hat anscheinend die Orientierung verloren. Er schnauft und paddelt mit den Beinen, wird von einer Welle überrollt und ich im nächsten Moment auch. Prustend tauche ich wieder auf, sehe den Vierbeiner und packe beherzt in das Geschirr, das er trägt. »Hier lang, Freundchen«, sage ich und ziehe ihn in Richtung Ufer. Die nächste Welle erwischt uns, der Hund wird auf mich gedrückt und wir gehen gemeinsam unter. Ich verschlucke mich und als wir wieder auftauchen, wird mir bewusst, wie gefährlich das ist, was ich hier gerade mache. Ruhig bleiben, Fee, sage ich mir in Gedanken. Noch immer halte ich das Geschirr, damit der Hund nicht abtreibt. Hilfe suchend schaue ich zum Ufer. Eine Frau kommt über den Strand auf das Mädchen zu gerannt, dahinter ein Mann. Ich hole tief Luft und schwimme samt Hund weiter. Ein paar Meter noch. Es ist nicht mehr weit, bald müsste ich Boden unter den Füßen spüren. Ich bekomme mit, wie der Mann durch das Wasser rennt. Er ist bei mir, als meine Fußspitzen den Meeresgrund berühren.

»Der Hund«, sage ich. »Er ist geschwächt.«

Ich bin es auch. Der Mann legt einen Arm um meinen Rücken und greift mit der freien Hand nach dem Geschirr des Hundes.

»Danke«, sage ich.

Er schweigt, schiebt mich durch das Wasser und zieht den Hund mit sich.

Am Ufer wartet das Mädchen. »Samson!« Sie lässt sich auf die Knie fallen, schluchzt und schmiegt ihren Kopf an den des erschöpften Hundes.

»Danke, vielen, vielen Dank«, sagt die Frau, die sich nun neben das Mädchen kniet.

Plötzlich ist mir kalt. Meine Beine zittern, ich setze mich auf den Boden, strecke die Beine lang aus, lehne mich etwas zurück und stütze mich mit den Händen im Sand ab.

»Das war knapp«, sage ich.

Jemand legt mir ein Handtuch um die Schultern und drückt mir eine Flasche Wasser in die Hand. Der Mann hat sich über mich gebeugt. Von seinem blonden nassen Haar tropft Wasser. Er hat ungewöhnlich schöne Augen mit einer schwarzen Umrandung um die hellblaue Iris.

»Trink etwas!« Seine Stimme klingt angenehm tief, aber unfreundlich. »Und der Hund sollte auch etwas Wasser zu sich nehmen. Ich vermute, er hat jede Menge Salzwasser geschluckt.«

»Danke«, sage ich wieder und nehme einen großen Schluck.

Er sieht mit zusammengekniffenen Augen auf mich herab. »Die Aktion war selten dämlich. Das nächste Mal nimm deinen Hund an die Leine, dann musst du dein Leben nicht mehr aufs Spiel setzen, um ihn aus dem Wasser zu fischen.«

»Es ist unser Hund«, mischt sich die Frau nun ein. »Es tut mir leid, ich habe einmal nicht aufgepasst, wir leinen Samson sonst immer an.«

Er sieht wieder zu mir. »Dann war es allerdings noch dämlicher.«

Ich bin zu kaputt, um mich zu streiten. Und ich weiß, dass er prinzipiell recht hat. Das hätte schiefgehen können. Aber trotzdem muss er nicht gleich so unfreundlich sein.

»Danke für deinen Zuspruch«, sage ich mit kraftloser Stimme. »Das ist jetzt genau das, was ich brauche.«

Er schüttelt den Kopf, setzt zu einer Antwort an, doch ich komme ihm zuvor. »Ich weiß, es war dämlich, das hast du schon erwähnt und ich habe es verstanden. Trotzdem danke, dass du uns entgegengekommen bist und geholfen hast.«

Noch einmal schüttelt er den Kopf, dann geht er, ohne ein weiteres Wort zu sagen.

Ich sehe ihm nach. Ganz Carlas Beuteschema, denke ich … blond, muskulös, schöne Augen – und ein Stoffel hoch zehn. Meine Freundin steht auf komplizierte Männer.

»Der ist sauer«, sagt das Mädchen.

»Ist ja noch mal gut gegangen.« Ich wuschle dem Hund durch das nasse Fell. »Er heißt Samson, oder? Ich bin Fee und es freut mich, dass ich den Seehund hier zu dir zurückbringen konnte.«

Sie kichert. »Seehund ist gut.«

»Und, willst du Samsons Retterin nicht verraten, wie du heißt?«, fragt die Frau. Das lange, lockige braune Haar, die blauen Augen, – sie erinnert mich an jemanden, aber mir fällt spontan nicht ein, an wen.

»Ich bin Lilly.« Das Mädchen sieht mich ernst an. »Kennst du Prinzessin Lillifee? Es gibt ein Buch über sie. Mama hat es mir hier in der Buchhandlung gekauft.«

»Ja, die kenne ich«, antworte ich und zupfe spielerisch an meinem Haar. »Findest du, sie sieht mir ähnlich?«

Lilly lacht. »Nein, du bist viel zu alt.« Sie pustet sich eine Ponysträhne aus dem Gesicht. »Meine Haare sind braun, ich sehe ihr auch nicht ähnlich. Aber wir beide heißen so. Lilly und Fee.«

»Das stimmt.«

Da sagt die Frau: »Ich bin Lara, Lillys Mutter. Ist es in Ordnung, dass wir beim Du bleiben?«

»Gern.«

»Danke noch mal für deine Hilfe.« Sie streicht über Samsons Fell. »Wir üben noch, was die Erziehung angeht. Er war nicht in unser Leben eingeplant und ist erst seit einem halben Jahr bei uns.«

»Er gehört jetzt zu uns, weil Opa im Himmel ist«, sagt Lilly und springt auf. »Ich habe Durst. Und Samson bestimmt auch.« Sie leint ihn an. »Komm, Dicker.«

»So hat ihn sein Herrchen früher genannt«, erklärt Lara. »Aber seitdem Samson bei uns ist, hat der Gute ordentlich abgenommen. Wir haben ihn auf Diät gesetzt, gehen regelmäßig mit ihm spazieren. Meine Eltern haben einen großen Garten, in dem er rumtoben kann, wenn er bei ihnen ist.« Sie dreht sich um und als sie sieht, dass Lilly außer Hörweite ist, sagt sie: »Es war ihr Opa väterlicherseits, von dem wir Samson übernommen haben. Und ehrlich gesagt, hat er ihn nicht besonders gut erzogen. Wenn Lilly nicht so an ihm hängen würde, hätte ich mich niemals darauf eingelassen.«

»Kann ich verstehen«, sage ich. »Aber ich finde es schön, dass du es trotzdem gemacht hast. Samson hat es sicher gut bei euch.«

»Das stimmt. Und er bereichert unser Leben. So viel an der frischen Luft war ich früher nie. Und Lilly auch nicht.«

Sie zeigt hinter sich. »Dort haben wir unser Strandlager aufgeschlagen. Kommst du mit? Ich denke, dass der Mann recht hat und Samson auf jeden Fall etwas trinken sollte. Vielleicht können wir dir auch etwas anbieten. Ein Stück kalte Melone, eine Schorle? Wir haben unsere Kühlbox dabei, vollgepackt mit gesunden Snacks.« Sie seufzt. »Ich zeige mich mit Samson solidarisch und versuche, mich auch gesünder zu ernähren, seitdem er bei uns ist.«

»Melone klingt verlockend«, antworte ich. »Da sage ich nicht Nein, ich zieh mir aber schnell was über.« Ich stehe auf, gehe zu meinem Handtuch und bin froh, dass meine Beine wieder normal funktionieren. Auch darüber, dass mir nichts passiert ist. Dämlich war es nicht, da hat mein Retter sich in der Wortwahl vergriffen. Aber unüberlegt war die Aktion.

Ich lasse meinen Blick über den Strand schweifen. Der Kerl sitzt am Dünenrand auf einem Handtuch. Sein Kopf ist über ein Buch gebeugt. Lesen ist sexy, denke ich. Aber vielleicht ist es ja auch ein Bilderbuch, in dem er blättert. Außerdem hat er mich nicht gerettet, immerhin hatte ich schon Sand unter den Füßen, als er bei uns ankam. Ich hätte es auch ohne ihn geschafft.

15.

Die Zeit mit meinen beiden neuen Freundinnen tut gut. Wir essen gemeinsam Melone, trinken eine kalte Schorle, unterhalten uns. Ich erfahre, dass Lara und Lilly in Essen wohnen, nicht weit weg von Mülheim, und dass es der letzte Urlaub für Lilly ist, bevor der Ernst des Lebens beginnt. Sie wird eingeschult.

»Wie schreibt man deinen Namen?«, fragt Lilly mich. »Die Buchstaben kann ich schon, Oma hat sie mir beigebracht.«

»Ein F, ein E und noch ein E«, erkläre ich.

»F-E-E, ich bin L-I-L-L-Y«, sagt Lilly. »Und das ist M-A-M-A oder L-A-R-A.«

»Sie hat ein Faible fürs Buchstabieren«, erklärt Lara.

»Dann liest du später bestimmt gern, Lilly. So wie ich. Meine Oma hat mir auch das Buchstabieren beigebracht und das Lesen. Sie war früher Buchhändlerin, hat Bücher verkauft, am liebsten die für Kinder.«

»Oh, das ist cool.« Lilly streicht über Samsons Fell. Er liegt entkräftet in der Sonne und schläft. »Aber ich werde später Tierärztin.«

»Das ist auch ein toller Beruf«, sage ich.

»Was machst du?«, fragt Lilly.

Ich erzähle ihr von meiner Arbeit als Grafikerin. Eine halbe Stunde später verspreche ich, morgen nach den beiden Ausschau zu halten, wenn ich wieder an den Strand gehe, und verabschiede mich.

Schon fast bei den Dünen, schiele ich zu meinem Beinahretter, der kein Bilderbuch, sondern einen dicken Wälzer liest, wie mir auffällt.

»Fee!«, ruft Lilly da laut. »F-E-E!«

Ich drehe mich zu ihr um und warte.

Die Kleine kommt auf mich zugerannt. »Du hast deine Brille bei uns liegen lassen«, sagt sie völlig außer Atem, als sie bei mir ist. »Deine Feen-Brille, sie ist echt cool!«

»Findest du? Meine Freundin Carla hat auch so eine, in Lila.«

»Meine Lieblingsfarbe ist Pink.« Sie gibt mir meine Brille.

Ich setze sie auf. »Und?«

»Voll cool!«

Ich lache, sage »Bis Morgen, Lilly« und gehe weiter.

Da höre ich plötzlich: »Einen Moment bitte.«

Die Stimme kenne ich. Sie klingt tief, aber nicht mehr verärgert, eher zögerlich, zurückhaltend. Neben mir geht mein Beinaheretter.

»Ja?« Ich mustere ihn. Er trägt nun ein weißes T-Shirt über seinen schwarzen, engen Badeshorts. Ohne Zweifel ist er sehr gut gebaut. Carla wäre entzückt.

Er fährt sich durch das dichte blonde Haar. »Es tut mir leid, dass ich eben so ruppig war. Es ist nur so …« Er bricht den Satz ab. »Hat die Kleine dich gerade Fee genannt?«

»Ja. So heiße ich.«

Seine Lippen zucken. Es sieht so aus, als wollte er etwas sagen, aber es kommt kein Wort über seine Lippen.

Ich sehe ihn erwartungsvoll an. Schließlich war er derjenige, der mir hinterhergelaufen ist. Mittlerweile sind wir an den Holzbohlen angekommen. Er hat sein Handtuch und das Buch am Strand liegen lassen, wird mich also sicher nicht weiter begleiten. Da er nichts weiter von sich gibt, ergreife ich wieder das Wort. »Dann mach's mal gut.«

»Warte bitte noch kurz.« Er legt seine Hand auf meine Schulter, zieht sie aber sofort zurück. »Ich bin Mattes.«

Ich bleibe stehen. »Gut, vielleicht sagst du einfach, was du auf dem Herzen hast, Mattes.«

Er bringt tatsächlich so etwas wie ein Lächeln zustande. Etwas schief, aber durchaus sympathisch. »Ich weiß, es kommt etwas überraschend, aber hättest du vielleicht Lust auf einen Kaffee oder ein Eis?«

Im ersten Moment bin ich baff, dann fange ich an zu lachen. »Das meinst du nicht ernst, oder?« Ich schiebe die Brille nach oben auf mein Haar.

»Schickes Design.«

»Bedeutet schick so viel wie dämlich?« Ich lege den Kopf schief und stütze die Hände auf die Hüften. Achtung, eine Fee in Angriffsposition, würde Carla jetzt sagen.

Wieder fährt er sich durchs Haar. »Dämlich war nicht die richtige Wortwahl, unvernünftig, leichtsinnig, lebensmüde, saugefährlich hätten besser gepasst.« Diesmal klingt er freundlich, fast sanft.

»Du hast recht«, gebe ich zerknirscht zu. »Ich habe nicht nachgedacht, habe einfach nur reagiert, als ich erst die Kleine rufen gehört und dann den Hund gesehen habe.«

»Und du hast auch recht. Ich hätte nicht so barsch sein sollen. Ich habe mir Sorgen gemacht und deswegen etwas überreagiert«, sagt er und nimmt mir den Wind aus den Segeln. Obwohl er lächelt, sieht er auf einmal traurig aus.

»Ist ja noch mal gut gegangen«, lenke ich ein.

»Das stimmt. Und was ist jetzt mit dem Eis? Als Wiedergutmachung für meine schroffe Wortwahl.« Er sieht mir direkt in die Augen. »Oder wirst du erwartet, hast du schon was anderes vor?«

Ich schüttle den Kopf, platze dann aber doch mit der Frage heraus, die sich mir hier aufdrängt: »War das gerade ein Versuch, herauszufinden, ob ich Single bin? Wenn nein, hat sich deine Einladung wahrscheinlich gerade erledigt, weil du meine Frage unverschämt oder vielleicht dämlich finden wirst. Wenn ja, dann darfst du ruhig wissen, dass ich frischgebackene Singlefrau bin – sehr frisch gebacken – und dass ich keinerlei Interesse an einer neuen Beziehung habe und auch nicht auf unverfänglichen Sex.«

Er sieht mich einen Moment lang verdutzt an, dann fängt er laut an zu lachen. »Bist du immer so ehrlich?«

»Ab heute, ja«, sage ich und muss auch lachen. »Das habe ich gerade nicht wirklich gesagt, oder?«

»Doch, hast du.« Um seine Augen haben sich viele Lachfältchen gebildet. »Und mir würde ein Eis oder ein Kaffee fürs Erste reichen.«

Fürs Erste? Heute ist Mittwoch. Sonntagmorgen war ich noch Tobis Freundin und jetzt überlege ich ernsthaft, ob ich mich mit einem anderen Mann verabrede. Britt blitzt in meinen Gedanken auf. Warum sollte ich nicht? »Okay, aber nicht heute. Ich bin erst am Mittag angekommen und hätte gern etwas Zeit nur für mich allein. Wie lang bist du noch hier?«

»Für immer«, sagt Mattes. »Ich lebe hier.«

»Und ich bin wahrscheinlich nur drei Tage auf der Insel«, erwidere ich. »Und dann wieder weg.«

Mein Einwand interessiert Mattes nicht. »Kaffee oder Eis, wie wäre es mit morgen?«

»Na gut.« Ich nicke. »Kaffee! Und dazu ein Stück Kuchen. Oder warte, noch besser, eine Nachbarin hat von dem wahnsinnig guten Rosinenstuten hier auf der Insel erzählt.«

»Zur Domäne Bill also. Hast du schon ein Rad? Das brauchst du, es sei denn, du willst zu Fuß gehen oder dich kutschieren lassen.«

»Am liebsten wäre mir das Rad. Ich habe noch keins, aber das kann ich mir ja morgen besorgen. Wann und wo treffen wir uns?«

»Wo bist du untergekommen?«

»Nordseehotel Tommke.«

»Gut, von da aus geht es eigentlich immer nur geradeaus. Ich hol dich ab, um drei Uhr.«

»Schön.« Ich lächle ihn an.

Er legt den Kopf leicht schief und betrachtet mich. »Du solltest öfter lächeln, es steht dir.«

»Das tue ich. Du übrigens auch«, sage ich und bereue es im nächsten Moment. »Entschuldige, das war nicht so gemeint.«

»Doch, das war es.« Er grinst. »Ich freue mich auf morgen. Das wird bestimmt ein spannender Ausflug. Vielleicht packst du Badesachen ein. Dann könnten wir auf dem Rückweg noch mal ins Meer.« Er sieht prüfend in den Himmel. »Morgen wird wieder den ganzen Tag die Sonne scheinen. Du solltest einen guten Lichtschutz auftragen, bevor wir losfahren.«

»Mach ich. Und danke noch mal, dass du uns geholfen hast.«

Er winkt ab. »Das hast du doch allein hinbekommen. Du hast einen guten Schwimmstil.« Er lächelt schelmisch. »Und obwohl du eine Frau bist, scheinst du kein Problem mit kaltem Wasser zu haben, so wie du dich in die Fluten gestürzt hast.«

»Obwohl ich eine Frau bin?«, entgegne ich. »Das ist Klischee!« Da wird mir bewusst, was er noch gesagt hat. »Du hast mich also beobachtet.«

»Der Strandabschnitt ist unbewacht, da sollte man generell auf die anderen achten«, erklärt er ernst.

Da hat er recht. Wie schnell man im Wasser in eine schwierige Situation geraten kann, wusste ich. Nun habe ich es am eigenen Leib erfahren. »Das ist ein guter Hinweis, danke. Ich werde in Zukunft auch die Augen aufhalten.«

»Allerdings war ich gerade in mein Buch versunken, als der Hund ins Wasser ist.«

»Was liest du?«

»Harry Potter«, antwortet er. »Band eins. Nach Jahren konnte ich mich endlich dazu aufraffen. Und ich finde, wir sollten jetzt schon ein Eis essen gehen, anstatt hier in der Nachmittagssonne zu stehen.«

Ich muss lachen. »Netter Versuch. Ich werde nicht erwartet und gerade deswegen möchte ich den Tag allein genießen.«

»Das ist ein Argument. Dann halte ich dich nicht weiter auf«, sagt er.

Da kommt Lilly angehopst. Hinter ihr geht Lara, in einer Hand die Hundeleine mit Samson, in der anderen die Kühlbox, um die Schulter eine Strandtasche und unter dem Arm den Sonnenschirm.

»Wir gehen ein Eis essen«, ruft Lilly. »Kommst du mit, F-E-E?«

»Das Eis am Hafen schmeckt. Aber nur ein paar Meter von deinem Hotel entfernt ist eine verdammt gute Eisdiele«, sagt Mattes. »An deiner Stelle würde ich das Angebot annehmen. Ich verspreche auch, nicht beleidigt zu sein.« Er lächelt. Und geht. »Bis morgen, ich freue mich.«

»Hat der olle Blödi wieder mit dir geschimpft?«, fragt Lilly, als wir gemeinsam kurz darauf weitergehen.

»Nein. Und das hat er vorhin auch nur, weil er sich Sorgen gemacht hat. Und weil er recht hatte. Du hast ja gesehen, wie gefährlich es ist, wenn man im Wasser nicht aufpasst. Samson ist ganz schön weit abgetrieben. Das hätte auch schiefgehen können.«

Lilly nickt. »Du hast ihn gerettet und dabei nicht auf dich selbst geachtet.«

»Ja, so ungefähr.«

»Und außerdem hat der Mann uns auch geholfen«, sagt Lara. »Den Namen Blödi hat er nicht verdient.«

»Okay.« Lilly nickt gleich ein paarmal hintereinander. »Und was ist jetzt mit dem Eis?«

»Wir laden dich ein, Fee«, sagt Lara.

Ich schaue noch einmal in Richtung Strand, kann Mattes aber nicht mehr sehen. »Die Eisdiele in der Nähe meines Hotels soll gut sein, habe ich gerade erfahren.«

»Das stimmt. Genau da gehen wir hin«, sagt Lara. »Und zwar jeden Tag!«

Ich nehme ihr die Kühlbox ab. »Die trage ich.«

»Welche Sorte schmeckt dir am besten, Fee?«, fragt Lilly. »Ich mag am liebsten Schoko.«

»So wie ich«, antworte ich. »Schoko und Zitrone, am besten beides gleichzeitig.«

»Nehme ich heute auch!«, sagt Lilly.

Neben mir lacht Lara. »Zitrone ist dir doch viel zu sauer, das magst du doch gar nicht.«

»Heute schon, das wird das neue Lillifee-Eis.«

Als wir auf das Süßwarengeschäft zugehen, entscheide ich, meinen Besuch dort auf den nächsten Tag zu verschieben. Die Rückenansicht einer grauhaarigen Frau mit Kurzhaarschnitt in einem butterblumengelb geblümten Sommerkleid, die drinnen an der Kasse steht und gerade bezahlt, erinnert mich von der Statur flüchtig an Oma. Ich hatte fast vergessen, weswegen ich auf die Insel gekommen bin. Einen Moment bin ich abgelenkt und stolpere in einen Mann mit vollem grauem Haar und golden umrandeter Brille, der vor dem Schaufenster steht und die Auslage betrachtet. Er trägt ein hellblaues Poloshirt, in dem ein gelbes Tuch steckt.

»Hoppla«, sagt er.

»Verzeihung.« Sein Einstecktuch passt farblich perfekt zu der Frau im Laden.

Ähnlich verhält es sich bei dem Pärchen vor mir, auch diese beiden sind im Partnerlook unterwegs. Die Frau hat eine rot karierte Kurzarmbluse und einen kakifarbenen Rock an, er das Pendant in Blau als Hemd und kakifarbene Shorts.

»Du siehst hübsch aus, Fee«, sagt Lilly. »Wenn ich groß bin, will ich auch so eine Brille tragen und so schöne Kleider wie du.«

Lara zupft an ihrem schlichten schwarzen Jerseykleid. »Was wohl bedeutet, dass ich endlich wieder mehr Wert auf meine Garderobe legen sollte.«

»Es ist ganz egal, was du anziehst, du siehst sicher immer gut aus«, sage ich. »Du erinnerst mich an jemanden, wahrscheinlich an irgendeine bekannte Schauspielerin, ich komme nur nicht darauf.«

»An Sissi«, gibt Lilly da fröhlich zum Besten. »Das sagen immer alle. Mama sieht aus wie die Sissi aus dem Film. Wir beide sind Prinzessinnen, du und ich. Mama ist eine Kaiserin. Sie sieht immer schön aus, auch wenn sie gerade erst aufgestanden ist, ihren Schlafanzug anhat und noch morgenmuffelig ist.«

»Habe ich nicht eine wundervolle Tochter?«, fragt Lara.

Lachend gehen wir weiter.

* * *

In der Eisdiele ist es brechend voll. Die Menschen stehen in einer langen Schlange draußen vor der Tür an.

»Holen wir uns trotzdem eins?«, fragt Lara.

»Auf jeden Fall!«, antwortet Lilly.

Oma liebt Eis, sie würde Vanille und Nuss wählen, das nimmt sie immer, denke ich. Und dass ich mich einfach den ganzen Tag hier vor die Tür setzen könnte, um auf sie zu warten. Ich bin mir sicher, sie würde hier irgendwann auftauchen – wenn sie tatsächlich auf Juist ist. Aber will sie das? Und was ist mit mir? Askas Worte schleichen sich in mein Gedächtnis. Was zusammengehört, wird zusammenfinden.

Zehn Minuten später sind wir an der Reihe.

»Dreimal Prinzessin-Lillifee-Eis bitte, Schoko und Zitrone«, bestellt Lara.

Kurz darauf sitze ich mit ihr auf einer Bank vor einer kleinen Grünfläche, während Lilly es sich im Schneidersitz neben Samson im Gras bequem gemacht hat.

»Das Leben ist schön«, sagt Lara. »Besonders, wenn wir auf Juist sind, Lilly und ich.«

»Kommt ihr regelmäßig hierher?«

»Schon als ich ein Kind war, sind meine Eltern mit mir jeden Sommer nach Juist gefahren«, erzählt Lara. »Und ich mache es jetzt mit Lilly auch so. Einmal im Jahr Urlaub auf dem Zauberland, und wenn es nur ein paar Tage sind.« Eine Kutsche tuckert an uns vorbei und Lara sieht ihr hinterher. »Viele schöne Erinnerungen sind mit der Insel verbunden. Auf Juist habe ich schwimmen gelernt, die erste und gleichzeitig letzte Zigarette geraucht, meinen ersten Wodka getrunken, der leider nicht der letzte war. Und ich bin hier zum ersten Mal geküsst worden. Oder vielmehr …« Sie lächelt verschmitzt. »Eigentlich war es andersrum, ich habe ihn geküsst. Und jedes Mal, wenn ich von der Fähre runtergehe und am Hafen ankomme, denke ich wieder daran. Er hieß Marek, war fünfzehn, ich war vierzehn und schwer verliebt. Wir haben uns geschworen, uns nie zu vergessen und irgendwann zu heiraten. Aber daraus ist nichts geworden.« Sie seufzt. »Ein paarmal haben wir uns geschrieben. Er hat damals auf der Insel gewohnt. Mir war nicht bewusst, was es bedeutet, als er mir erzählt hat, dass seine Mutter als Saisonkraft in einem Hotel arbeitet. Irgendwann im Herbst kam mein Brief als unzustellbar zurück. Der nächste Sommerurlaub war der reinste Horror. Marek war nicht mehr da. Ich weiß bis heute nicht, ob er mit seiner Familie zurück nach Polen gegangen ist oder ob sie irgendwo anders in Deutschland Arbeit gefunden haben.«

»Hast du später noch mal nach ihm gesucht? Du kennst doch bestimmt seinen Nachnamen.«

»Klar. Mindestens einmal im Jahr, immer dann, wenn es wieder nach Juist geht, gebe ich ihn in die Suchmaschine ein. Aber er scheint nicht zu existieren, zumindest nicht im World Wide Web.«

»Schade.« Ich sehe zu Lara und muss schmunzeln, weil sie Samson in dem Moment heimlich ein kleines Stück ihrer Eiswaffel fressen lässt. »Und ihr Papa? Du hast bisher immer nur von euch beiden gesprochen.«

»Wir sind getrennt«, sagt sie. »Josch kümmert sich gut. Oder sagen wir mal so, er versucht sein Bestes. Er ist vor zwei Jahren noch einmal Vater geworden und hat geheiratet. Sie hat auch ein Kind aus ihrer ersten Beziehung, eine Siebenjährige. Es ist nicht einfach, immer alles unter einen Hut zu bringen, und manchmal echt anstrengend. Und du?«

»Bis Sonntag gab es da noch Tobi …« Ich erzähle kurz, was sich seitdem ereignet hat, lasse auch Omas Flucht auf die Insel nicht unerwähnt und meinen Entschluss, sie nicht zu suchen, sondern alles dem Zufall zu überlassen.

»Es ist nicht unwahrscheinlich, dass ihr euch irgendwann über den Weg lauft«, sagt Lara. »Eine gute Entscheidung, es nicht erzwingen zu wollen.«

»Finde ich auch.« Ich kratze den letzten Rest Eis aus meinem Becher. »Das war übrigens sehr lecker.«

Da ertönt plötzlich ein schrilles »Pling-Pling« und wir schauen beide zur Straße. Mattes winkt uns. Er fährt auf seinem Rad an uns vorbei in Richtung Westen.

»Nett«, sagt Lara und schielt zu mir rüber. »Wenn auch etwas schroff. Ich hoffe, er hat sich eben bei dir entschuldigt, als er dir nachgerannt ist.«

»Er hat mich als Wiedergutmachung zu einem Eis eingeladen«, erzähle ich. »Aber ich habe abgelehnt, weil ich heute eigentlich lieber für mich sein wollte.«

»Oh, warum hast du das denn nicht auch uns gesagt? Dann hätten wir dich nicht so gedrängt.« Sie sieht Mattes hinterher. »Er war zwar stoffelig, aber er hat auch was Nettes an sich.«

»Finde ich auch. Deswegen habe ich mich für morgen auf einen Kaffee mit ihm verabredet.« Ich zucke lächelnd mit den Schultern. »Aber frag mich bitte nicht, warum. Er ist eigentlich überhaupt nicht mein Typ, außerdem bin ich nur ein paar Tage hier. Und er lebt auf Juist.«

Ihre Augenbrauen schnellen nach oben. »Ein Insulaner? Was macht er auf der Insel, ist er in der Vermietung tätig oder in der Gastronomie?«

»Keine Ahnung, das habe ich ihn nicht gefragt. Was anderes gibt es nicht?«

Sie denkt einen Moment nach. »Die Ärzte auf der Insel kenne ich, wir hatten schon den einen oder anderen kleineren Notfall hier in den letzten Jahren. Der Apotheker ist es auch nicht … Strandkorbverleiher wäre noch eine Möglichkeit, Fahrradverleiher. Oder vielleicht Kutscher?«

»Kutscher? Warum eigentlich nicht …«

Sie reibt sich über die Schulter und verzieht dabei das Gesicht. »Mein nächster Mann, wenn denn mal wieder einer in mein Leben stolpern sollte, dürfte bitte gern Physiotherapeut oder Masseur sein, ich bin schon seit Wochen mächtig verspannt. Oder Koch, ein Koch wäre auch gut.«

»Die haben allerdings unmögliche Arbeitszeiten«, erwidere ich.

»Stimmt auch wieder. Habe ich schon erwähnt, dass ich Krankenschwester bin? Meine Arbeitszeiten sind auch nicht gerade prickelnd. Ohne meine Eltern, die ihre Enkeltochter sehr lieben, wäre ich aufgeschmissen.« Sie hält ihr Gesicht der Sonne entgegen. »Die Tage, die meine Tochter und ich hier gemeinsam verbringen dürfen, sind Gold wert.« Auch Lilly hat ihren Becher bereits leer gegessen. Sie liegt neben Samson auf der Wiese, krault ihn und schaut dabei in die Wolken, die über den Himmel ziehen. »Sie genießt die Zeit genauso wie du.«

»Das sieht man.«

Lilly hat gemerkt, dass wir uns über sie unterhalten. Sie richtet sich auf. »Das Eis war echt lecker. Aber ich hab so was von Hunger. Wann essen wir, Mama? Und was?«

»Lass uns zurück in die Ferienwohnung gehen«, schlägt Lara vor. Was hältst du davon, wenn wir heute Abend den Grill anschmeißen?«

Lilly springt sofort auf, gefolgt von Samson. »Was ist mit dir, Fee, kommst du auch?«

»Danke für das liebe Angebot, diesmal passe ich aber.« Ich freue mich auf eine Dusche, auf ein gutes Essen, einen ruhigen Abend. Auf Zeit für mich.

16.

»Was macht die Oma-Suche?«, fragt Carla.

Ich liege frisch geduscht in kuscheligem weichem Bademantel und Handtuchturban auf dem Bett. »Nichts, aber dafür haben sich ein paar andere Dinge ereignet.«

»Erzähl!«

Carla hört mir zu.

»Gut, dass dich dieser Mattes schon wegen deiner Leichtsinnigkeit rund gemacht hat, sonst würde ich das jetzt machen«, sagt sie schließlich. »Das können wir also abhaken. Wie alt ist er, was macht er beruflich?«

Ich muss lachen. »Du klingst wie mein Opa.«

»Irgendjemand muss ja auf dich aufpassen. Also?«

»Achtunddreißig Jahre alt, von Beruf Kutscher.«

»Kutscher? Klingt echt spannend«, unkt sie.

»Wär doch mal was anderes«, sage ich. »Aber ich weiß nicht, was er macht, und auch nicht genau, wie alt er ist. Alles nur geschätzt.«

»Gut, dann kommen wir jetzt zu den wichtigen Sachen. Er ist also blond, hat ein markantes Gesicht, hellblaue Augen, ist gut gebaut, hat eine tiefe Stimme, kann schroff werden, sich aber auch entschuldigen. Klingt nach einem echten Kerl. Jackpot!«

»Er würde dir gefallen, sag ich doch.«

»Du gehst mit ihm Kaffee trinken, meine Liebe, nicht ich. Also, was hat er an sich, dass du dich darauf einlässt, wo er doch eigentlich gar nicht dein Typ ist?«

»Das weiß ich nicht so genau. Ich glaube, es ist der manchmal etwas traurige Ausdruck in seinen Augen. Er wirkt sehr männlich, aber gleichzeitig auch verletzlich, irgendwie ambivalent. Er macht mich neugierig. Ich will wissen, wer er ist.«

»Wow«, sagt Carla. »Deine Stimme ist gerade sehr weich geworden. Du magst ihn.«

»Ich bin neugierig«, wiederhole ich.

»Du hast Interesse, das trifft es besser«, sagt Carla. »Und warum auch nicht. Vielleicht kann er dich über deinen untreuen Freund hinwegtrösten.«

»Dafür brauche ich keinen neuen Mann, dafür habe ich dich.«

»Stimmt auch wieder.« Sie seufzt. »Schade, dass ich jetzt nicht bei dir sein kann. Mach auf jeden Fall morgen ein Foto von ihm. Apropos … hast du ihn schon gegoogelt? Warte … Mattes sagst du?«

»Nein, habe ich nicht, will ich auch nicht«, antworte ich.

Aber da sagt meine Freundin auch schon: »Über einen Mattes auf Juist finde ich keine Einträge.«

»Gut! Ich will unvorbelastet hingehen.«

»Du magst ihn …«

* * *

Fünf Minuten später beenden wir das Gespräch. Es ist schon halb acht. Mein Magen knurrt, ich habe Hunger. Aber meine Mutter wartet noch auf einen Anruf. Und ich habe auch Hilde versprochen, mich wenigstens kurz zu melden. Ich wähle die nächste Nummer. »Mama …«

* * *

Es ist Viertel nach acht, als ich das Hotel verlasse, Fernsehfilmzeit und somit seit fünfzehn Minuten Anrufverbot bei Oma und Opa. Pünktlich haben die beiden jeden Tag gemeinsam die Tagesschau verfolgt und danach einen Film angesehen – wenn Opa es so wollte. Er hat das Programm bestimmt. Wenn es ihr nicht gefiel, hat sie sich in ihren Sessel gesetzt und gelesen. Dass nebenbei ein Krimi oder eine Reportage lief, hat sie nicht gestört. Oma kann komplett in einem Buch versinken und dabei in eine andere Welt abtauchen. Wie es in ihrer eigenen Welt aussieht, hat sie für sich behalten. Sie hat nie erzählt, was wirklich in ihr vorging. Und ich habe sie auch nie danach gefragt.

Vor der Tür bleibe ich einen Moment stehen und schaue mich unschlüssig um. Schließlich gehe ich nach rechts, zum Ortskern.

Es ist viel Betrieb auf der Straße. Etliche Pärchen, Familien mit kleinen Kindern, aber auch einige Personen ohne Begleitung sind unterwegs. So wie ich. Ein paar Meter vor mir geht der Mann mit dem hellblauen Poloshirt. Die dazugehörige Frau entdecke ich noch etwas weiter vorn. Sie steht vor dem Schaufenster eines Geschäfts und verschwindet kurz darauf in dem Laden. Er wechselt die Straßenseite, studiert die Speisekarte auf einem Aufsteller vor einem der Restaurants und sieht immer wieder zu dem Laden rüber. Wahrscheinlich wollen die beiden essen gehen, denke ich und prompt meldet sich mein Magen wieder. Ich gehe auch rüber, grüße den Mann freundlich und schaue mir die Auswahl der Speisen an.

Er nickt mir zu, geht ein Stück weiter, holt sein Handy heraus und telefoniert. Mich reizt die Scholle auf der Karte und ich betrete das Restaurant, aber nur, um es kurz darauf wieder zu verlassen. Es ist kein Tisch mehr frei, ich habe nicht reserviert. Aus den Augenwinkeln sehe ich die Frau in Richtung Hafen schlendern, gefolgt vom blauen Polohemd. Ich biege nach links ab. Mittlerweile ist es halb neun, die meisten Menschen sehen satt und zufrieden aus. Ich lande schließlich in einem Imbiss, der sich gegenüber dem Strandaufgang befindet, den ich heute Mittag zum Meer gegangen bin. Ich esse Backfisch mit Pommes und Remoulade und trinke eine Rhabarberschorle, mir geht es gut. Satt und zufrieden beschließe ich, noch einmal ans Meer zu gehen.

Die Sonne ist mittlerweile in Richtung Westen gewandert, bald wird sie unter dem Horizont verschwinden. Mein Vater hat mir früher mal sehr sachlich das Prinzip der Rayleigh-Streuung erklärt und dass die Rotfärbung des Himmels bei Sonnenuntergängen letztendlich nichts weiter sei als ein physikalischer Prozess. Aber das hat mich genauso wenig interessiert wie die Tatsache, dass Blitze die Luft schlagartig auf dreißigtausend Grad erhitzen und der Donner nur entsteht, weil sich die Luft explosionsartig ausdehnt. Für mich hat beides sehr viel mit Emotionen zu tun. Jeder Sonnenuntergang taucht den Himmel in ein anderes Licht. Heute schimmert es dunkelrosa und lila über dem graublauen Wasser. Ergriffen bleibe ich oben auf dem Holzbohlenweg stehen, höre dem Rauschen des Meeres zu und beobachte ein paar Möwen, die auf der Suche nach Nahrung über dem Wasser kreisen.

Ich gehe ein paar Schritte am Dünenkamm entlang und setze mich im Schneidersitz in den Sand, um den Sonnenuntergang zu beobachten. Dabei fällt mir ein Mann auf, der mit den Füßen im Wasser steht, den Blick zum Horizont gewandt. Er trägt ein weißes T-Shirt und Jeans. Es ist Mattes. Er hat die Arme vor der Brust gekreuzt und steht bewegungslos da.

Ich widerstehe dem Impuls, aufzustehen und zu ihm zu gehen. Er wirkt so, als wollte er allein sein. Also bleibe ich genau da, wo ich bin.

»Hörst du das Wasser zischen?«, hat Oma mich immer gefragt, wenn wir während eines Urlaubs gemeinsam dabei zugeschaut haben, wie die Sonne in die Ostsee fiel, wie sie es genannt hat. Wahrscheinlich ist sie dort, nicht hier, denke ich. Da dreht Mattes sich plötzlich um. Er sieht mich, erkennt mich aber anscheinend nicht. Ich habe das Kleid gegen ein schwarzes Shirt und eine leichte Leinenhose getauscht. Mein Haar habe ich zu einem schlichten Zopf zusammengebunden.

Er schaut noch einmal zum Horizont, hinter dem die glutrote Sonne versinkt, dann kommt er, die Hände tief in den Hosentaschen vergraben, auf mich zu.

»Hej«, sagt er. Er hat mich also doch erkannt.

»Hej.« Seine Hosenbeine sind bis zu den Unterschenkeln klatschnass. Ich schaue zu ihm auf. Er lächelt, aber da ist wieder dieser traurige Blick in seinen Augen. »Willst du mir Gesellschaft leisten?«

Er setzt sich mit lang ausgestreckten Beinen neben mich. »Wie war das Eis?«

»Gut«, antworte ich. »Sehr gut.« Und dann kann ich mich wieder nicht zurückhalten und sage, was ich denke: »Du siehst traurig aus.«

»Bin ich«, sagt er und dreht den Kopf zu mir. »Aber seitdem ich dich eben hier gesehen habe, geht es mir etwas besser. Schön, dass du da bist.«

Ich weiß nicht genau, was das zu bedeuten hat, habe aber das Gefühl, dass das kein Flirtversuch ist, es steckt mehr dahinter. Und plötzlich habe ich auch eine vage Vorstellung davon. Der Ausdruck seiner Augen erinnert mich an Carla und die erste Zeit, in der sie um ihre Mutter getrauert hat. Ihr Blick spiegelte die tiefe Traurigkeit, die sie damals empfunden hat.

Und ich fühlte mich machtlos, weil ich ihr nicht helfen konnte. Wäre ich wirklich eine Fee, hätte ich ihr den einen dringlichen Wunsch erfüllt und die Zeit zurückgedreht.

»Kann ich denn sonst noch etwas Gutes für dich tun?«, frage ich.

Er greift in den Sand und lässt ihn durch die Finger nach unten rieseln. »Erzähl mir von dir.«

»Was möchtest du wissen?«

»Alles?«, fragt er.

Ich lache. »War das eine Aufforderung oder eine Frage?«

Er überlegt einen Moment. »Eine Aufforderung, verbunden mit der Frage, ob du das möchtest.«

»Alles ist sehr viel …« Ich runzele die Stirn. »Wo fange ich an? Na gut, also, mein Name ist Fee, ich habe Angst vor Donner, vor Spinnen, vor der Dunkelheit und seitdem ich letztens davon geträumt habe, auch davor, dass mir die Zähne ausfallen.«

Er lacht und ich freue mich darüber.

»Ich dachte mir, dass du das amüsant findest. Du bist nicht zufällig Zahnarzt?«

Er schüttelt den Kopf.

»Kutscher?«

Wieder lacht er. »Nein.«

»Na gut, ich komme noch darauf, also weiter zu mir. Heute Abend habe ich Backfisch mit Pommes gegessen und beides war gut. Es heißt was, wenn ich das sage, denn ich bin ein Nerd, was Essen angeht. Pommes müssen außen knusprig und innen weich sein. Sie dürfen keinesfalls nach altem Fett schmecken und für mich gehört da nichts weiter dran als eine ordentliche Prise Salz. Bei speziellen Pommesgewürzmischungen streike ich. Ähnlich verhält es sich bei Pasta. Am liebsten mag ich Bandnudeln, bissfest gegart. Im Zweifelsfall reicht mir ein Klecks Butter und etwas Meersalz dazu, bevor ich sie mit einer zu sauren Tomatensoße oder einer nicht lang genug vor sich hin gekochelt habenden Bolognese esse.« Ich schiele zu ihm rüber. »Bist du Koch?«

»Nein, aber ich esse gern.«

Ich greife mir an den Bauch. »Ich auch. Und außerdem habe ich einen Hang zu Süßem. Ich liebe Nugat und habe entzückt festgestellt, dass es hier einen ganzen Laden damit gibt. Bevor ich zurückfahre, werde ich auf jeden Fall zuschlagen. Außerdem mag ich weiße Schokolade mit Haselnüssen, Madeleines, Schokoeis in Kombination mit Zitroneneis, süße weiche Brötchen mit Frischkäse und hausgemachte Lemon Curd. Und ich sterbe für einen guten Stuten mit Butter, weswegen ich mich schon sehr auf morgen freue. Bäcker bist du auch nicht, oder?«

»Die frühen Arbeitszeiten haben mich damals davon abgehalten, aber ich habe tatsächlich kurz darüber nachgedacht, weil ich dann für die praktische Ausbildung auf der Insel hätte bleiben können.«

»Ich hatte früher vor, Buchhändlerin zu werden, weil ich dann bei meiner Oma hätte lernen können, die in einem kleinen Buchladen gearbeitet hat. Aber dann habe ich mich dazu entschieden, Grafikdesign zu studieren. Nun entwerfe ich die Verpackung für die Bücher, die ich eigentlich verkaufen wollte. Buchhändler bist du nicht, zumindest nicht auf Juist. Lara hat mir erzählt, hier im Laden arbeiten zwei Frauen.«

Er schmunzelt. »Das stimmt.«

»Wenn du mir verrätst, was du beruflich machst, erzähle ich dir mehr von mir«, schlage ich vor.

»Ich bringe Urlauber jeden Tag auf die Insel und wieder zurück.«

»Dann bist du Pilot?«, frage ich.

»Gott bewahre! Ich bevorzuge den Weg über das Wasser.«

»Die Fähre also? Du bist Kapitän?«

»Ja. Jetzt bist du wieder dran.«

Ich lächle in mich hinein. Er trägt also Uniform, Carla wäre begeistert. »Meine beste Freundin heißt Carla«, erzähle ich. »Wir kennen uns seit der Kindheit und haben schon jede Menge Hochs und Tiefs miteinander erlebt. Du erinnerst mich ein bisschen an sie.«

Sein Blick geht auf das offene Meer hinaus. »Meine Freundin hieß Wiebke.« Seine Stimme klingt kratzig. »Sie ist vor einem knappen Jahr gestorben.«

Wie aus dem Nichts laufen Tränen über mein Gesicht. Meine Hand liegt neben Mattes' im Sand. Ich schiebe meinen kleinen Finger gegen seinen. Es ist nur eine zarte Berührung und trotzdem klopft mein Herz plötzlich ein paar Takte schneller. »Möchtest du mir von Wiebke erzählen?«, frage ich sanft.

»Ein anderes Mal, heute nicht.« Er umfasst meine Hand, verschränkt seine Finger mit meinen und sieht mich an. »Du weinst.« Mit dem Daumen seiner freien Hand wischt er die Tränen zärtlich weg.

Tief berührt, rücke ich näher an ihn heran und lehne meinen Kopf an seinen. Als er seinen Arm um mich legt, drehe ich mich zu ihm. Im nächsten Augenblick sitzen wir eng umschlungen da.

»Oh Mann, was passiert hier gerade?«, fragt er leise. Sein Herz klopft schnell gegen seine Brust. Meins auch. Wir halten uns ganz fest.

»Du riechst gut«, sagt er nach einer Weile.

Unser Herzschlag hat sich beruhigt und ich löse mich von ihm. »Himbeere und ein Hauch von Kirsche, ich mag fruchtige Parfums«, sage ich. »Jetzt bist du dran, erzähl mir was.« Da ich es ihm einfach machen will, füge ich hinzu: »Erzähl mir was über deine Arbeit. Irgendwas über Schiffe. Ich vergesse zum Beispiel immer, was vorn und was hinten ist, wie viele Kilometer ein Knoten sind und ich weiß nicht, warum die Entfernung überhaupt in Knoten gemessen wird.«

Er schmunzelt. »Der Knoten steht nicht für die Entfernung, es ist die ursprüngliche Bezeichnung für die Windgeschwindigkeit. In der Seefahrt wird er für die Geschwindigkeit eines Schiffes genutzt. Die Entfernung wird in Seemeilen gemessen, wobei eine Seemeile 1 852 Metern entspricht, also etwas mehr als die Landmeile, die nur 1 609 Meter hat. Ein nautischer Knoten entspricht also 1 852 Metern pro Stunde. Das mit dem Heck ist einfacher …«

Mattes erzählt und ich höre zu. Carla hat recht. Ich mag ihn, sehr sogar. Die Intensität überrascht mich einerseits, auf der anderen Seite fühlt es sich wie selbstverständlich an. Fast so, als würden wir uns schon jahrelang kennen, denke ich. Aber das behalte ich diesmal für mich.

1. Dezember 1964

Liebste Hanni,
es tat so unfassbar gut, nach Monaten voller Sehnsucht Deine Stimme zu hören. Ich hatte Sorge, dass ich sie nicht mehr erkennen würde, oder Du die meine. Doch alles war vertraut, als hätten wir uns gestern das letzte Mal persönlich gegenübergestanden, uns Dinge zugeflüstert, in die Augen gesehen und an den Händen gehalten. Oh, Hanni, ich hätte noch Stunden mit Dir reden können, wir haben uns so viel zu erzählen. Aber jetzt bist Du so fern, fühltest Du Dich doch gestern noch so nah an. Heute Morgen, als die Sonne aufging, beobachtete ich einen Maler. Er saß am Hafen und porträtierte eine Frau. Ganz still und reglos stand sie da. Es war eine wunderbare Szene, die sich in die Landschaft einfügte, als wäre sie Teil einer Geschichte.

Wahrscheinlich war sie das auch. Ist nicht alles Teil von jemandes Geschichte? Vielleicht können wir uns mal gemeinsam malen lassen, was meinst du? Wäre das nicht schön? Wir könnten unsere Geschichte porträtieren lassen.

Sag mir, liebste Hanni, wo kommt eigentlich Deine unerschöpfliche Neugierde her? Deine Interessen sind so breit gefächert, dass ich immer wieder staune. Du entdeckst in allem etwas Neues, saugst die Dinge auf wie ein Schwamm, und so habe ich natürlich nicht vergessen, was ich in unserem Telefonat versprach. Allerdings muss ich gestehen, dass die Zeichnung des Schiffes, die ich diesem Brief beilege, nicht von mir stammt. Sie ist von Johann, einem der Männer, er hat Talent, wie ich finde.

Die Bezeichnung der Teile kannst Du Dir übrigens so merken: Das Wort Heck beginnt mit dem Buchstaben H, genau wie das Wort »hinten«. Mein Vater hat mir diese kleine Eselsbrücke beigebracht, als ich noch ein Junge war und keinen sehnlicheren Wunsch hatte, als einst ein Seemann zu sein. So wie er. Der Bug ist also der vordere Teil des Schiffes.

In Liebe
Dein Jan

17.

Vor dem Hotel bleiben wir stehen. Mattes hat darauf bestanden, mich zurück zum Hotel zu bringen. Er hat seine Hände wieder in den Hosentaschen vergraben. Seit der Umarmung haben wir uns nicht mehr berührt. Er hat sich wieder verschlossen. Von sich aus hat er nichts Privates mehr erzählt und ich habe nicht nachgefragt.

»Ich freue mich auf morgen«, sagt er jetzt. »Es bleibt doch dabei? Um drei Uhr, hier am Hotel.«

»Ja.«

»Schön, dann bis morgen.«

Ich gehe durch die Tür ins Hotel und drehe mich noch einmal nach ihm um, aber er ist bereits weg.

Im Zimmer setze ich mich auf den Sessel und denke an Mattes. Was hat er nur an sich, dass ich mich dermaßen zu ihm hingezogen fühle? Ich kann ihn noch immer spüren. Seinen starken Rücken, um den ich meine Arme geschlungen habe, die Stoppeln an seiner Wange, als er seinen Kopf in meine Halsbeuge gelegt hat.

»Das ist doch verrückt«, sage ich leise. Meine Trennung von Tobi ist erst ein paar Tage her und schon mache ich mir Gedanken über einen anderen Mann.

Kurz überlege ich, ob ich Carla anrufe, um ihr davon zu erzählen, entscheide mich aber dagegen. Ich möchte das Erlebte in mir wirken lassen.

Müde, aber innerlich aufgewühlt lege ich mich schließlich ins Bett. Mein letzter Gedanke vor dem Einschlafen gilt Mattes. Er hat so etwas Tieftrauriges in sich. Ich wünsche mir, dass er glücklich ist.

* * *

Am nächsten Morgen scheint die Sonne wieder, es ist bestes Strandwetter. Mattes hatte recht, heute wird es warm und am Wasser sollte man die Strahlung keinesfalls unterschätzen. Lilly und Lara liegen bestimmt schon im warmen Sand und genießen die gemeinsame Zeit auf dem Zauberland. Ich bin froh, die beiden kennengelernt zu haben, und freue mich sehr darauf, sie gleich wiederzusehen. Es lenkt mich ab von der Tatsache, dass ich noch ein paar Stunden warten muss, bis ich Mattes treffe. Der Gedanke an ihn fühlt sich gut an. Ich freue mich darauf, ihn zu sehen.

Ich schlüpfe in meinen Bikini, ziehe Shorts und ein Top darüber und packe meine Strandtasche. Meine Haare binde ich zu einem hohen Dutt und setze als letzten Schliff meine Glitzer-Sonnenbrille, die Lilly so gut gefallen hat, auf die Nase.

Nicht weit von hier, in der Nähe des Hafens, sind mir gestern einige kleine Souvenirläden aufgefallen. Dort werde ich für Lilly eine Brille kaufen, bevor ich zum Strand gehe.

* * *

Vom Hotel aus laufe ich einfach geradeaus die Straße entlang in Richtung Hafen. Gleich vor dem ersten Geschäft entdecke ich mehrere Drehständer, voll mit bunten Brillen. Ich stöbere ein wenig. Doch für Kinder ist nichts dabei, was Lilly gefallen könnte. Marienkäfer, Meerjungfrauen, Seepferdchen und Muscheln sind wahrscheinlich nichts für sie. Im nächsten Laden werde ich jedoch fündig. Ich wähle eine Brille mit großen Gläsern aus, so wie meine. Eine Hälfte des Rahmens strahlt in einem kräftigen Pink. Die andere Hälfte ist lila. Und sie glitzert! Eine richtige Lillifee-Brille. Sie wird sich freuen! Zufrieden stecke ich das Geschenk in meine Strandtasche, als ich plötzlich jemanden vom Hafen auf den Ortskern zukommen sehe, der mir verdammt bekannt vorkommt. Instinktiv verstecke ich mich hinter einem Hagebuttenstrauch, der am Wegrand wächst.

Opa sieht aus wie immer. Schick gekleidet, die Haare ordentlich zur Seite frisiert. Er bleibt stehen und schaut sich um. In der Hand hält er einen kleinen Reisekoffer. Es sieht aus, als würde er auf jemanden warten. Ob er sich mit Oma verabredet hat? Vielleicht haben die beiden sich vertragen, überlege ich. Doch es ist nicht Oma, die er mit einem kurzen Handzeichen begrüßt. Das Poloshirt, heute in einem Grauton, geht mit strammen Schritten auf Opa zu. Und schon schütteln sie sich die Hände, sie scheinen sich nicht das erste Mal zu sehen. Als das Poloshirt sich umdreht und in meine Richtung blickt, ducke ich mich. Irgendwas Eigenartiges geht hier vor. Aber mein Gehirn weigert sich, zu verstehen, was.

Da sehe ich aus den Augenwinkeln eine Frau auf mich zuschlendern. Ihr Gang ist unverkennbar. Es ist Oma. In einem butterblumengelben Kleid und mit Kurzhaarfrisur. Der Nugatladen fällt mir ein, der Mann davor, in den ich gestolpert bin. Entweder kennen die drei sich und treffen sich hier. Oder …

»Oma!«, sage ich leise, als sie auf meiner Höhe ist, packe sie kurzerhand am Handgelenk und ziehe sie zu mir hinter den Hagebuttenstrauch.

»Fee!«, entfährt es ihr. Sie sieht verdutzt aus. »Schatz, was machst du denn hier? Du hast mich fast zu Tode erschreckt.«

Ich zeige in die Richtung der beiden Männer. »Da ist Opa. Seid ihr verabredet?«

»Ach, du heiliger Mist!«, flucht Oma und geht in die Hocke.

Ich stehe gebückt, sodass die beiden mich nicht sehen können, und schaue zu ihr hinunter. »Ihr seid also nicht verabredet?«

Oma schüttelt den Kopf. Die Situation ist so skurril, dass ich plötzlich lachen muss.

»Das ist nicht komisch«, sagt Oma, aber sie grinst auch.

Ich schiele noch einmal zu Opa und dem Poloshirt. »Weißt du, wer der andere Mann ist?«

»Nein, ich bin ihm aber schon ein paarmal über den Weg gelaufen. Ich wusste gleich, dass mit ihm etwas nicht stimmt.«

»Kann es sein, dass er dich ausspioniert?«, frage ich. »Vielleicht ist er einer von Opas ehemaligen Kollegen.«

»Gut möglich.« Sie kommt etwas hoch und greift nach meiner Hand. »Los, weg hier. Mein Hotel ist gleich in der Nähe.«

»Welches ist es?«, frage ich. Wir gehen so schnell wie möglich, rennen fast.

»Nordseehotel Tommke«, sagt sie.

Ich bleibe stehen. »Quatsch!«

Sie sieht an mir vorbei, die Straße entlang. »Da kommen die beiden, mach voran, wir reden gleich.«

* * *

Kurze Zeit später sitzen wir völlig außer Atem nebeneinander auf dem Bett im Hotelzimmer meiner Oma.

»Woher wisst ihr, dass ich auf Juist bin?«, fragt sie. »Hat Gerda etwa gepetzt?«

»Nein, das würde sie doch nie machen. Ich wusste es nicht. Aber ich habe es gehofft. Als du verschwunden bist, habe ich in eurem Festnetztelefon nach den letzten Nummern geschaut, die angerufen wurden, und bin hier im Hotel gelandet. Aber Opa habe ich davon nichts erzählt. Nur Papa, Mama und Carla wissen, dass ich hier bin. Und die halten dicht.« Und außerdem Hilde und Otto, aber die haben mit Opa überhaupt nichts zu tun, geschweige denn mit Oma.

»Dann ist Sigfried wohl auf den gleichen Trichter gekommen. Ts!« Oma schnalzt mit der Zunge. »Die Anrufliste. Wie konnte ich nur vergessen, dass mein Mann mal Kommissar war.«

»Wie lange bist du schon hier?«, frage ich.

»Seit Montag. Eine Nacht bin ich bei Gerda geblieben. Sie hat mir auch das Handy vermacht und eingerichtet. Am nächsten Tag bin ich direkt los.«

»Dann hat die Dame an der Rezeption aber dichtgehalten. Ich habe sie nach dir gefragt, aber sie hat gesagt, dass du nicht eingecheckt hättest.«

»Ich habe bei der Buchung einen anderen Namen angegeben«, sagt Oma. »Wenn du nach Hanni McGuinness gefragt hättest, wäre ihre Auskunft vielleicht aufschlussreicher ausgefallen.«

»Dein Mädchenname. Und von der Hannelore hast du den vorderen Teil anstatt den hinteren verwendet«, sage ich. Kurz blitzt Mattes in meinen Gedanken auf – das Heck … »Aber warum das alles?«

»Ach, Fee, das ist eine lange Geschichte …«

»Und wir haben eine ganze Menge Zeit, Oma.«

»Na gut, aber erst lass uns einen Tee kochen. Und möchtest du vielleicht ein Stückchen Nugat? Ich habe heute Morgen welchen für dich gekauft. Eigentlich wollte ich ihn dir mitbringen, aber jetzt …«

Ein paar Minuten später hat Oma es sich im Sessel bequem gemacht. Auf ihrem Schoß liegt eine braun-grüne Ledermappe.

Sie öffnet sie, nimmt einen Brief heraus und gibt ihn mir. Der vergilbte Umschlag ist an Hanni McGuinness in Bad Homburg adressiert. Dort hat Oma gelebt, bevor sie Opa kennengelernt und geheiratet hat. Ich drehe ihn um und schaue auf den Absender. »Jan Petersen«, sage ich und schaue Oma an. »Aus Juist.«

»Lies ihn bitte«, sagt sie mit weicher Stimme.

1. Juli 1964

Liebste Hanni,
ich denke oft an den Tag, an dem wir uns kennenlernten. An den milden Vorfrühlingstag, der mein Leben verändert hat wie nichts zuvor. Meine Männer und ich waren bereits seit zwei Tagen vor Ort. Unser Schiff musste auf Vordermann gebracht, Proviant für die nächste lange Fahrt an Bord gebracht werden. Du warst mit Deinen Freundinnen unterwegs. Schon von Weitem seid Ihr mir aufgefallen, bist Du mir aufgefallen. Deine Art, dich zu bewegen, hypnotisierte mich, Dein glockenklares Lachen verzauberte meine Sinne. Ich konnte meinen Blick kaum von Dir abwenden. Als Du mich endlich wahrnahmst, unsere Blicke sich das erste Mal trafen, blieb mein Herz für einen kurzen Moment stehen. Ich wusste sofort, dass Du die Frau bist, die ich heiraten würde. Die Frau, mit der ich mein Leben verbringen, eine Familie gründen wollte. Es war Liebe auf den ersten Blick.
In einsamen Stunden, wenn wir tagelang auf offener See unterwegs sind, sehe ich Dich vor mir, wie deine Freundinnen Dich kichernd in meine

Richtung stießen, sich Worte zuflüsterten, die nur für Deine Ohren bestimmt waren, wie Du auf mich zukamst. Du trugst ein butterblumengelbes Kleid. Es strahlte mit der Sonne um die Wette. Und Du strahltest auch. Deine blauen Augen funkelten mich an. Und ich war verloren. Alles an Dir war wunderschön. Und ist es noch. Weißt du, dass ich an jedem Hafen, in jedem Ort, in dem wir stranden, nach den Bonbons suche, von denen Du mir eins geschenkt hast? Nach der kleinen, in goldenes Papier eingewickelten Köstlichkeit, die nach Honig schmeckt und so süß ist wie Du. Manchmal liege ich in meiner Koje und muss plötzlich lachen, wenn mir einfällt, dass Du mich in nur einem Satz fragtest, wie ich heiße, was ich mache und wer ich bin. Ich wollte es Dir erzählen. Und wollte noch mehr von Dir wissen. Wie glücklich ich war, als Du tatsächlich einer Verabredung zugestimmt hast! Am nächsten Tag zur selben Zeit, am selben Ort, am Hafen … Dabei wusste ich noch nicht mal Deinen Namen. Als Du Dich umgedreht hast, um zurück zu Deinen Freundinnen zu gehen, griff ich nach Deiner Hand und fragte Dich danach. Du sagtest: »Hanni wie Honey, der Geschmack dieses Bonbons.«

Du drücktest mir das Bonbon in die Hand und einen Kuss auf die Wange, dann liefst Du lächelnd zu Deinen Freundinnen.

Liebste Hanni, das kleine goldene Bonbonpapier mit dem Wörtchen Honey, geschrieben in filigraner Schrift, habe ich immer bei mir. Es ist in meiner Brieftasche und riecht noch immer so wunderbar süß wie Du.

Unsere Begegnung war vom ersten Moment an so intensiv, dass ich mich fragte, ob ich sie nicht doch geträumt habe. Aber da war das Bonbonpapier in meiner Tasche. Und ich wusste, es war Liebe auf den ersten Blick. Und auf den zweiten, dritten und vierten …

Ich habe Sehnsucht nach Dir!

Dein Jan

»Oma …«, flüstere ich mit Tränen in den Augen. »Wie schön!«

»Ja«, sagt sie. Ihr Blick hat sich verändert, ist so weich geworden wie ihre Stimme. »Was aus einem Ausflug nach Hamburg mit Freundinnen alles entstehen kann …«

»Und dann? Was ist aus Jan und dir geworden?« Ich schaue auf das Datum. Zwei Jahre später hat sie Opa geheiratet.

»Jan hat hier auf Juist gelebt und ich bin kurz vor dem Jahreswechsel 1964/65 zu ihm gezogen«, sagt sie. »Die Zeit mit ihm hier auf der Insel war wundervoll. Wenn er da war. Er ist zur See gefahren, musste mich im Jahr nach meiner Ankunft auf der Insel noch mal wochenlang alleinlassen. Leider bin ich mit seiner Mutter nie warm geworden. Ihr passte es nicht, dass ihr einziger Sohn eine Frau vom Festland heiraten wollte. ›Fremdschiet‹ haben sie die Leute, die von außerhalb auf die Insel kamen, genannt. Und sie hat es mich jeden Tag spüren lassen.«

»Wie gemein!«, sage ich.

»Ja, das war es. Es gab nur wenige Momente, in denen sie so etwas wie Wärme oder Herzlichkeit zeigte. Sie hat mir das Leben schwergemacht, wo sie konnte. Aber das habe ich ausgehalten. Die Liebe zu Jan war so stark, uns hätte sich ein Berg in den Weg stellen können, wir hätten einen Weg hindurch gefunden. Nur mit der Macht des Wassers haben wir nicht gerechnet.« Sie sieht einen Moment gedankenverloren zum Fenster. »Jan hat mir einen Heiratsantrag gemacht, verbunden mit dem Versprechen, nicht mehr zur See zu fahren. Er wollte mit mir auf der Insel bleiben. Ich war überglücklich und habe Ja gesagt. Aber er wollte unbedingt eine große Feier, wollte alle an unserem Glück teilhaben lassen. Und um die Feier zu bezahlen, hat er auf einem Hochseetrawler angeheuert. Zwanzig Tage sollte die Fahrt dauern. Fünf Tage bis nach Norwegen, zehn Tage fischen, fünf Tage zurück. Das Schiff kam ohne Jan an. Edda hat mir die Nachricht überbracht. Jan ist im Sturm auf offener See ums Leben gekommen. Ein Mast ist gebrochen und auf ihn gestürzt. Für mich brach eine Welt zusammen. Ich hatte meinen Verlobten verloren. Dazu kam, dass Edda mir die Schuld daran gab. Sie meinte, er habe schließlich wegen mir auf dem Schiff angeheuert. Sie hat mir den gepackten Koffer in die Hand gedrückt und zu mir gesagt, ich solle zusehen, dass ich Land gewinne. Sie könne mich nicht mehr in ihrer Nähe ertragen. Niemand auf der Insel wolle mich. Von Trauer zerfressen, verließ ich Juist Hals über Kopf. Heute bereue ich, dass ich nicht wenigstens bis zu Jans Beisetzung geblieben bin, dass ich mich nie richtig von ihm verabschiedet habe. Es sollte ein paar Wochen dauern, bis sie seinen Leichnam von Norwegen nach Juist gebracht hätten. Der Gedanke, so lange bei Menschen auszuharren, die mich nicht wollten, erschien mir unerträglich. Dazu kam, dass ich Jan so in Erinnerung behalten wollte, wie ich ihn kannte und liebte – lebendig. Ich war jung …« Oma seufzt und sieht gedankenverloren aus dem Fenster. »Die Zeit danach war schlimm. Ich bin zurück zu meinen Eltern gezogen, die mittlerweile in Mülheim wohnten, wo mein Vater sein eigenes kleines Unternehmen gegründet hat. Einige Monate später lernte ich deinen Großvater kennen. Die Geschichte kennst du.« Sie lächelt. »Er kam in die Buchhandlung, in der ich meine Ausbildung absolviert habe, um einen Gedichtband für seine Mutter zu kaufen. Ein Freund meines Vaters hatte mir die Möglichkeit gegeben, noch mal ganz von vorn anzufangen. So konnte ich mir zumindest beruflich meinen Traum erfüllen und durfte Buchhändlerin werden. In der Zeit habe ich viel gelesen, mich in fremde Welten geträumt. Die Geschichten haben mir Halt gegeben. Und dein Großvater auch. Er war ein fescher Mann, sehr gepflegt, gebildet. Das ganze Gegenteil von Jan, der eher naturverbunden war. Dein Opa ließ meine Trauer weniger schwer erscheinen, ließ mich nach und nach vergessen. Und er war ein guter Mann.« Sie runzelt die Stirn. »Nicht so garstig, wie er später geworden ist.«

»Ach, Oma …« Mir laufen Tränen über die Wagen. Mit so einer traurigen Geschichte habe ich nicht gerechnet. Ich greife nach ihrer Hand und halte sie ganz fest. »Du hast nie was darüber erzählt.«

»Weil ich nach vorn schauen wollte, um der Liebe zwischen deinem Opa und mir eine Chance zu geben. Er wusste davon und wir hatten beschlossen, es für uns zu behalten. Ich wollte den schmerzlichen Verlust endlich verarbeiten und die Erinnerungen eingeschlossen in meinem Herzen aufbewahren. Dein Opa hat mir einen wundervollen Sohn geschenkt. Meine wundervolle Enkeltochter sitzt gerade vor mir und hätte nicht besser geraten können. Alles im Leben hat seinen Sinn, das weißt du doch«, sagt sie und lächelt.

»Und nun bist du nach so langer Zeit nach Juist zurückgekehrt …«, sage ich.

»Ich möchte Abschied nehmen. Ich habe nie Jans Grab besucht. Gestern wollte ich, doch dann habe ich seine Schwester Beeke auf dem Friedhof getroffen.« Oma seufzt. »Die alten Wunden sitzen doch sehr tief.«

»Hast du mit ihr gesprochen?«, frage ich.

»Nein. Als mir bewusst wurde, wer da vor mir stand, habe ich blöde Nuss die Düse gemacht und ich hoffe inständig, dass sie mich nicht erkannt hat. Wie peinlich!«

»Du hast was gemacht, die Düse?« Ich muss lachen. Auch über Omas grimmigen Gesichtsausdruck, als sie sich gerade selbst eine blöde Nuss genannt hat.

»Das ist nicht komisch«, sagt sie, so wie vorhin, als sie sich neben mir hinter die Hecke gehockt hat. Und auch diesmal grinst sie danach. »Aber ein bisschen albern ist es schon.«

»Wir könnten gemeinsam zum Friedhof gehen«, schlage ich vor. »Wenn du willst …«

Omas Augen werden feucht. »Sehr gern, Schatz.«

»Allerdings würde ich das gern auf morgen verschieben, wenn dir das recht wäre. Ich bin nämlich zu einer kleinen Radtour zur Domäne Bill verabredet.« Von Mattes erzähle ich Oma nichts. Er ist in gewissem Sinne auch Seemann, wie Jan es war. Das behalte ich vorerst für mich.

»Ja, mach das. Ich muss die ganze Aufregung erst mal sacken lassen«, sagt Oma.

»Und was machst du jetzt mit Opa?«

»Mit ihm reden. Das hätte ich längst machen sollen. Ich habe seine Nummer auf meinem neuen Handy gespeichert und rufe ihn gleich an.« Oma steht auf und geht zum Schrank. Sie nimmt ein T-Shirt heraus, greift vorsichtig hinein und hält mir ein Bündel Hunderteuroschein hin. »Taschengeld. Gönn dir was, Schatz.«

»Oma!« Ich schüttele den Kopf. »Das geht doch nicht, woher hast du …«

Sie legt mir das Geld auf den Schoß. Es sind achthundert Euro. »Nimm, du kannst es sicher gut gebrauchen. Du musst das Hotel bezahlen, die Fähre, den Parkplatz.«

»Ich bin geflogen«, sage ich stolz.

»Ach was!« Oma nickt anerkennend, dann lächelt sie. »Sollte ich vielleicht auch mal versuchen, was meinst du?«

»Unbedingt!«

»Was sagt Tobias dazu? Wie geht es ihm überhaupt? Ist er noch im Krankenhaus? Gerda hat mir erzählt, dass er einen Unfall hatte. Deine Mutter hat es ihr gesagt, als sie sich bei ihr nach mir erkundigt hat.«

»Es ist unglaublich, dass Gerda deine Pläne so konsequent für sich behalten hat.«

Oma nickt. »Es ist immer gut, wenn man eine Verbündete hat. Eine gute Freundin, auf die man sich immer verlassen kann. Als ich das von Tobi gehört habe, habe ich dich sofort angerufen. Aber du bist nicht rangegangen. Die Ärztin, die ich gefragt habe, war aber sehr nett. Sie hat gesagt, ein paar Tage, dann sei er wieder ganz der Alte.«

»Du warst im Krankenhaus?«, frage ich. »Ich fasse es nicht!«

Sie schüttelt den Kopf. »Ich habe mich als seine Oma ausgegeben und habe angerufen, kurz bevor ich auf die Fähre bin. Wenn es ihm nicht gut gegangen wäre, hätte ich kehrtgemacht.«

»Du hast verdammt viele Identitäten, Oma!« Ich wedele mit den Scheinen. »Jetzt sag aber bitte nicht, du hast auch noch eine Bank ausgeraubt oder warst früher als Geheimagentin aktiv.«

»Nichts dergleichen, dazu würde ich mich leider nicht eignen. Du siehst doch, was passiert, wenn ich mich einfach nur vom Acker mache. Ich werde sofort gefunden. Nein …« Sie wird ernst. »Ich habe gespart, Schatz, jeden Monat mindestens einen Hunderter. Das meiste Geld liegt auf einem Bankkonto. Aber einen Teil habe ich als Notgroschen zu Hause aufbewahrt.«

Ich werfe einen Blick auf das T-Shirt, das Oma achtlos auf den kleinen Tisch neben dem Sessel gelegt hat. »Das sieht mir aber ziemlich dick für einen Notgroschen aus.«

Sie reibt sich über die Nase. »Ich habe nicht gezählt.« Ihre Stimme wird leiser. »Es sind nicht alles Hunderter. Aber ein paar Tausend Euro sind es schon.«

Wahnsinn, ich wusste nicht, dass Oma so viel Geld gespart hat. Und auf dem Bankkonto hat sie auch noch knapp sechzigtausend, wie sie mir verrät.

»Ich spare, seitdem dein Vater geboren wurde«, sagt sie. »Also schon fünfundfünfzig Jahre lang. Ich dachte, er würde es irgendwann benötigen. Aber ihm ging es immer gut. Also habe ich für dich weitergespart. Vielleicht braucht ihr was, wenn ihr euch doch mal Eigentum zulegt, Tobias und du. Einen Teil davon muss ich nun leider für mich verwenden, aber für eine schöne Küche oder ein neues Wohnzimmer wird es bestimmt reichen.«

»Oh. Das ist echt lieb, Oma, aber …« Ich lege eine kleine bedeutungsvolle Pause ein. »Von Tobi habe ich mich getrennt. Ich habe meinen Koffer gepackt und bin ab auf die Insel.«

»Ach Gott, Fee!« Oma greift nach meiner Hand. »Das tut mir aber leid. Was ist denn passiert?«

Ich überlege einen Moment, bevor ich sage: »Tobi hat mich betrogen. Aber das eigentliche Problem ist, dass er einfach nicht der Richtige für mich war. Und ich anscheinend auch nicht für ihn.«

»Ist nicht wahr!« Oma lässt sich wieder auf den Sessel sinken. Einen Moment ist sie sprachlos. Dann sagt sie: »Wie heißt es so schön? Der Apfel fällt nicht weit vom Stamm.«

18.

Wir haben uns festgequatscht, Oma und ich. Solch ein offenes Gespräch haben wir noch nie geführt. Ich habe ihr von Britt erzählt, von dem kleinen Zettel, den ich in Tobis Tasche gefunden habe. Erst hat Oma gezögert, doch dann haben wir auch über Marianne gesprochen. Und darüber, dass Oma sich freuen würde, wenn Opa und Marianne wieder zueinanderfänden. Ich sagte, das sei ein selbstloser Zug von ihr, doch Oma sah das anders. »Wenn er eine Neue hat, die sich um ihn kümmert, weiß ich, dass er gut versorgt wird«, erklärte sie. »Außerdem habe ich dann kein schlechtes Gewissen, wenn ich endlich mein eigenes Leben lebe.« Und dazu hat sie schon recht konkrete Vorstellungen. Eine Frauen-WG will sie gründen – mit Gerda, irgendwo am Meer. Der Plan hört sich gut an, wie ich finde. Er ähnelt dem, den ich mit Carla immer mal wieder aushecke, wenn wir uns über Männer ärgern: Wir beide, irgendwann, irgendwo am Meer, bestenfalls in einem schönen Reetdachhaus oder einer alten Jugendstilvilla, an der Nordsee oder vielleicht doch etwas weiter im Süden, in Frankreich, auf jeden Fall aber in Wassernähe – und ohne irgendwelche Männer.

Daran ist momentan jedoch nicht zu denken. Eine Viertelstunde habe ich noch, bis Mattes mich abholt. Durch das Gespräch mit Oma habe ich nicht mehr an ihn gedacht. Doch jetzt merke ich, wie ich langsam nervös werde.

Ich ziehe ein Kleid an und wieder aus, entscheide mich für Shorts und dazu ein lockeres Shirt, das ich schließlich gegen ein etwas enger sitzendes eintausche. Das Haar stecke ich hoch, löse die Spange wieder, entscheide mich für einen geflochtenen Zopf und trage mein Haar letztendlich doch offen. Es fällt mir in leichten Wellen bis über die Schultern. Ich wuschele noch einmal mit den Fingern durch, betrachte mich kritisch im Spiegel und schüttele den Kopf. Was mache ich hier eigentlich, frage ich mich. In ein paar Tagen bin ich sowieso wieder weg. Ich ziehe die Nase kraus. »Nicht so viel nachdenken, Fee!«

* * *

Drei Minuten vor drei bin ich fertig. Da fällt mir ein, dass Mattes davon gesprochen hat, baden zu gehen. Die Strandtasche habe ich zum Glück schon gepackt, weil ich mich heute Morgen eigentlich mit Lara und Lilly treffen wollte. Wir hätten unsere Handynummern austauschen sollen, überlege ich. Bestimmt haben sie auf mich gewartet und sind enttäuscht, weil ich nicht gekommen bin.

Um Punkt drei Uhr verlasse ich das Zimmer und fahre mit dem Aufzug nach unten. Fast pünktlich, denke ich, als die Fahrstuhltür aufgeht.

»Fee.« Opa sieht mich mit großen Augen an.

»Oh, hallo, Opa.« Damit habe ich nicht gerechnet. Ich bin so überrascht, dass ich vergesse, auszusteigen.

Er blockiert die sich schließende Tür mit der Hand und sagt zum Polohemd-Mann, der neben ihm steht: »Sie haben mir gar nicht gesagt, dass meine Enkeltochter auch hier ist. Sie hat es also doch gewusst.«

»Das ist Ihre Enkelin?«, fragt er. »Die beiden haben sich kein einziges Mal gesehen, da bin ich mir fast sicher.«

»Sag bloß, du hast einen Privatdetektiv engagiert, um Oma zu finden, Opa« sage ich und steige aus.

»Ach was!« Er winkt ab. »Dass meine Frau hier ist, war mir sofort klar.« Er nickt dem Mann zu. »Wir sprechen später. Vielen Dank.« Wieder zu mir gewandt sagt er: »Jetzt zu dir, Fräulein. Wie kommst du dazu …«

Ich unterbreche ihn. »Tut mir leid, Opa, aber ich bin verabredet. Lass uns bitte auch später miteinander reden.«

Er zögert, ich sehe ihm an der Stirnfalte an, dass ihm das gar nicht passt. Aber er widerspricht nicht. »Nun gut, wie du meinst. Was macht deine Oma? Ist sie auf ihrem Zimmer?«

Jetzt zu lügen, bringe ich nicht fertig. »Ich denke, ja.«

»Dann viel Spaß mit deiner Verabredung.«

Ich warte, bis der Fahrstuhl samt Opa auf dem Weg nach oben ist, und hole schnell mein Smartphone aus der Tasche. Oma hat ihres eingeschaltet, bevor ich gegangen bin, damit wir uns gegenseitig erreichen können. »Gut, dass du rangehst, Oma. Opa ist auf dem Weg zu dir, er müsste gleich da sein …«

* * *

Um zehn nach drei verlasse ich endlich das Hotel.

»Moin«, sagt Mattes.

»Hej.« Ich lächle verlegen. »Tut mir leid, ich bin zu spät.«

»Macht nichts, ich habe gesehen, dass du dich unterhalten hast.«

»Mit meinem Opa.«

Er schmunzelt. »Also bist du doch in Begleitung.«

»Ja und nein. Er ist nicht wegen mir, sondern wegen meiner Oma nach Juist gekommen. Sie ist auch hier.«

»Familienurlaub?«

»Nicht ganz«, sage ich. »Lange Geschichte.«

»Dann lass uns direkt losfahren. Es sind sechseinhalb Kilometer. Wir können uns während der Fahrt unterhalten. Oder wenn wir oben auf der Bill sind. Die Terrasse ist sehr gemütlich.«

»Oh nein!« Ich schlage mir mit der Hand gegen die Stirn. »Ich Dulli!«

Er lacht. »Was ist ein Dulli?«

»Eine Trottelin, wie ich. Ich habe vergessen, mir ein Rad auszuleihen. Tut mir leid, heute war ich die ganze Zeit mit anderen Dingen beschäftigt. Was machen wir denn jetzt?« In dem Moment, in dem ich es ausspreche, fällt mir ein, dass Oma sich eins ausgeliehen hat. »Warte kurz.« Ich drücke die Wahlwiederholungstaste meines Handys. Zum Glück geht Oma sofort ran. Ich erzähle ihr von meinem Malheur.

»Nimm meins«, sagt sie. »Es ist rot, mit einem beigefarbenen Bastkörbchen. Abgeschlossen ist es nicht. Es steht im Ständer.«

»Danke, Oma. Und sonst? Ist alles gut?«

»Ja«, sagt sie. »Dein Großvater ist gerade gekommen. Wir gehen jetzt ein Stück Kuchen essen.«

»Gut! Aber melde dich bitte, wenn irgendwas ist.«

»Alles in Ordnung?«, fragt Mattes, nachdem ich das Gespräch beendet habe.

»Familienkrise«, antworte ich ausweichend. Es kommt mir nicht richtig vor, mit Mattes über die Probleme meiner Großeltern zu sprechen.

»Verstehe«, sagt er. »Dann hoffe ich, dass sich alles zum Besten klärt.«

Wie immer das auch aussehen wird, denke ich. »Ja, das hoffe ich auch.« Ich lege meine Tasche in den Korb und nehme das Fahrrad aus dem Ständer. »Und jetzt zur Domäne Bill.«

Die ersten Meter schieben wir. Dabei reden wir über belanglose Dinge. Ich erzähle Mattes von meinem Auftrag zur Covergestaltung der Buchreihe. Er berichtet über seinen Leseeindruck des ersten Harry-Potter-Romans. Als wir auf die Räder steigen und nebeneinander auf der Billstraße fahren, wird Mattes persönlicher. Wiebke habe ihm das Buch geschenkt, und zwar schon vor Jahren, erzählt er. Beim Aufräumen habe er es zufällig wiedergefunden. Ich kämpfe mit mir, bin unsicher und weiß nicht, ob ich fragen soll, woran sie gestorben ist, da sagt er: »Ihr Herz hat einfach aufgehört zu schlagen. Im Meer, sie war schwimmen, als es passiert ist.«

»Das tut mir sehr leid.« Ich sehe kurz zu ihm rüber. Wahrscheinlich hat er deswegen so schroff reagiert, als ich Samson aus dem Wasser gezogen habe.

Plötzlich lächelt er. »Sie hätte dich gemocht.«

»Oh, danke. Ich sie bestimmt auch.«

Von nun an geht es geradeaus, dem Wind entgegen mit dem Watt zu unserer Linken und dem Meer zu unserer Rechten, versteckt hinter ein paar Häusern und den anschließenden Dünen. Ich genieße den leichten Fahrtwind und atme tief durch.

»Wir fahren jetzt durch das Loog«, erklärt Mattes, als wir durch ein Wohngebiet kommen. »Das ist der andere Ortsteil von Juist. Loog bedeutete ursprünglich Dorf. Die Juister haben sich hier angesiedelt, nachdem das Billdorf von der großen Weihnachtsflut 1717 überflutet wurde. Es ist etwas ruhiger als der Hauptort und der Badestrand ist dort nicht so überlaufen. Außerdem ist es landschaftlich sehr reizvoll. Der Hammersee liegt dahinter, ein großer Süßwassersee, umgeben von einem Wald, den die Insulaner gern Zauberwald nennen. Wir können auf dem Rückweg einen Abstecher dorthin machen, wenn du magst. Jetzt wartet erst mal der Stuten.«

»Mit Rosinen hast du gesagt. Ist er sehr süß? Ich hatte kein Mittagessen.« In der ganzen Aufregung sind wir nicht dazu gekommen. »Nur ein paar Stücke Nugat, hier von der Insel. Der war sehr gut. Aber etwas Herzhaftes wäre jetzt ehrlich gesagt auch nicht schlecht.«

»Dann solltest du die Erbsensuppe nehmen«, sagt Mattes.

»Bei den sommerlichen Temperaturen?«

»Die schmeckt immer!«

Wir sind wieder beim Small Talk gelandet, sprechen über unsere Essensvorlieben, während wir am Watt entlang in Richtung Westspitze der Insel fahren.

»Rechts von uns liegt nun der Hammersee. Im Winter kann man darauf Schlittschuh laufen«, sagt Mattes. »Meine Lieblingsjahreszeit auf der Insel. Wenn alles still wird und die Menschen auf der Insel wieder näher zusammenrücken. Der Sommer ist natürlich auch sehr schön, wie du gerade selbst erlebst, obwohl wir ja eigentlich noch Frühling haben. Und auch der Herbst, wenn die ersten Stürme kommen. Und nicht zu vergessen auch die Handwerker, zur Freude der Inselfrauen.« Er lacht.

Ich bin mir nicht sicher, ob er das meint, was ich denke, also frage ich nach. »Weil es dann mehr Männerauswahl auf der Insel gibt?«

»Genau. Wenn die Saison vorbei ist, darf an den Häusern gearbeitet und gebaut werden. Dann wird dir der eine oder andere Traktor begegnen und auch mal ein Bauwagen. Und eben Zimmermänner, Dachdecker, Monteure. Dann dreht sich auf der Insel das Liebeskarussell.«

»Jedes Jahr aufs Neue«, sage ich.

»Das stimmt. Dabei kann es schon mal passieren, dass ein Handwerker für immer auf der Insel bleibt. Oder aber, wenn du Pech hast, dass er deine Frau mitnimmt.« Er wird plötzlich ernst. »Die Auswahl hier ist ja tatsächlich sehr überschaubar. Und wenn man nicht ständig ›Bäumchen wechsel dich‹ auf der

Insel spielen will, muss man flexibel sein und auch mal über das Festland nachdenken.«

»Und was machen die Juister Männer?«, frage ich. »Wie sieht es mit Dachdeckerinnen und Mechanikerinnen für sie im Herbst aus?«

Er schüttelt den Kopf. »Die gibt es leider selten. Dafür jede Menge weibliche Aushilfskräfte während der Saison, viele aus Polen. Natürlich auch Männer. Die meisten arbeiten allerdings in der Gastronomie, als Servierkräfte und Küchenhilfen. Viel Zeit für die Liebe bleibt nicht, meistens fällt man abends todmüde ins Bett. Das Inselleben ist nicht leicht.«

Lara fällt mir ein. Wie hieß ihre erste große Liebe noch gleich? Marek …

»Da vorn ist es«, sagt Mattes. »Wir sind da.«

Es ist ein verschachteltes rotes Backsteinhaus mit großen Giebeln und schneeweißen Fenstern. Davor stehen zwei Strandkörbe sowie einige Holzbänke und Tische unter großen aufgespannten grünen Schirmen. Alle Plätze sind besetzt.

»Gut besucht«, stelle ich fest.

»Hier ist es immer voll«, sagt Mattes. »Aber hinter dem Haus gibt es noch eine Terrasse. Vielleicht finden wir da einen Platz.«

Wir schieben die Räder auf ein Wiesenstück und stellen sie nebeneinander.

Mattes sieht sich um. »Ich war schon seit Ewigkeiten nicht mehr hier.«

»Obwohl es so gut ist?«

»Keine Zeit«, sagt er. »Und leider vergisst man auch schnell die guten Dinge, die so nah sind. Umso schöner, dass ich heute mit dir hier bin.«

»Finde ich auch.« Ich nehme meine Tasche aus dem Fahrradkörbchen. Es scheppert und beide Räder kippen um. »Mist«, fluche ich.

»Der Boden ist uneben«, sagt Mattes.

Wir bücken uns gleichzeitig. Als Mattes zu seinem Rad greift, rutscht der Ärmel seines T-Shirts etwas hoch. Dabei fällt mir ein kleines hübsches Tattoo auf seiner gebräunten Haut auf. »Süß, die Elfe.«

»Es ist eine Fee«, sagt Mattes.

Der Satz erreicht ohne Umwege mein Herz. Ich spüre, wie es schnell und kräftig von innen gegen meine Brust schlägt. Viel zu verwirrt, um etwas dazu zu sagen, schaue ich dabei zu, wie er die Räder etwas zur Seite stellt. Als hätte das, was er gerade gesagt hat, nichts weiter zu bedeuten. Er prüft, ob sie nun einen besseren Stand haben, und murmelt vor sich hin: »So passt es.«

Wie sagte Oma eben? *Alles im Leben hat seinen Sinn.* Mattes ist mir am Strand erst hinterhergelaufen, nachdem Lilly mich gerufen und er meinen Namen gehört hat. Und soweit ich mich erinnere, ist das auch seine erste Frage an mich gewesen: *Hat die Kleine dich gerade Fee genannt?*

»Und jetzt eine Scheibe Stuten«, sagt er und will an mir vorbeigehen.

»Mattes …« Ich halte ihn am Hosenbund fest.

Er dreht sich langsam um und da ich nicht loslasse, stehen wir verdammt dicht beieinander. Die Luft zwischen uns knistert. Mein Herz macht sich wieder selbstständig. Und diesmal auch mein Mund. Aber anders als geplant. Mattes ist groß. Ich muss mich auf die Zehenspitzen stellen, um ihn zu küssen. Unsere Lippen berühren sich sanft, ich lege meine Hand auf seinen Rücken. In dem Moment wird mir klar, was ich da gerade mache. Sofort trete ich ein Stück von ihm zurück. »Entschuldige«, sage ich. Hitze steigt in mir auf, bis in mein Gesicht. Ich spüre, wie ich rot werde. »Das ist einfach so passiert. Die Fee auf deinem Arm …« Ich hatte ihn fragen wollen, was es damit auf sich hat. Stattdessen habe ich mich von meinen Gefühlen leiten lassen.

Er streicht mit dem Daumen über meine glühende Wange. »Das war sehr schön. Ich hoffe, wir werden das irgendwann wiederholen. Lass mich dir aber erst was erzählen. Nur nicht hier, nicht jetzt.«

»In Ordnung.«

Er lächelt. »Ich mag dich, weißt du.«

»Ich dich auch.«

Nebeneinander gehen wir auf unser Ausflugsziel zu. Die Hitze in meinem Gesicht hat sich verflüchtigt. Aber ich kann nicht fassen, dass ich Mattes eben einfach so geküsst habe.

19.

»Moin, mien lütten Schieter.« Die Frau, die ich auf Ende fünfzig bis Anfang sechzig schätze, strahlt Mattes an. »Schön, dich zu sehen.«

»Moin, Bozena.«

Sie sieht zu mir. »Und du musst Fee sein. Moin.« In ihren braunen Augen liegt ein fröhliches Funkeln. »Was darfs denn sein?«

»Moin«, grüße ich zurück. »Ja, die bin ich.« Hat Mattes unser Kommen angekündigt? Vielleicht hat er einen Tisch reserviert, schießt es mir durch den Kopf. »Ich hätte gern die Erbsensuppe.«

»Stuten dazu?«, fragt sie.

»Der ist ein Muss«, bestimmt Mattes. »Zweimal, und für mich eine Rhabarberschorle.«

»Die nehme ich auch, danke«, sage ich.

Hinter uns drängeln die nächsten hungrigen Gäste. »Lasst es euch schmecken«, sagt Bozena.

Ich spüre ihren Blick in meinem Rücken, als wir mit unseren Tabletts durch den Gastraum nach draußen gehen.

»Eine Freundin meiner Mutter«, erklärt Mattes. »Ich will dich ja nicht erschrecken, aber es könnte sein, dass bald noch mehr Insulanerinnen deinen Namen kennen. Neuigkeiten sprechen sich hier schnell rum. Juist ist ein kleines Dorf mit sehr viel Wasser drumrum.«

»Und die Neuigkeit …« – ich schüttle unwillkürlich den Kopf – »… bin ich?«

Er lacht. »Ich wurde schon seit geraumer Zeit nicht mehr in weiblicher Begleitung auf der Insel gesichtet.«

»Ich muss mich also benehmen«, feixe ich.

»Moin, Mattes! Auch mal wieder hier?«, flötet da eine Frau in meinem Alter, die mit einem kleinen Putzeimer und einem Lappen bei uns stehen bleibt.

»Moin, Jana.«

Mich ignoriert sie.

»Moin.« Ich schenke ihr ein Lächeln. Und da sowieso schon alle wissen, wer ich bin, sage ich: »Und ich bin die Fee.«

»Eine gute oder eine böse?«, fragt sie mit zuckersüßer Stimme.

»Kommt drauf an«, kontere ich und sie geht weiter.

Neben mir fängt Mattes an zu lachen.

»Ich nehme an, das war keine Freundin deiner Mutter«, stelle ich trocken fest.

»Eine Nachbarin«, sagt Mattes.

»Seid ihr das nicht sozusagen alle hier auf der Insel?«

»So klein ist Juist auch wieder nicht.« Er deutet schmunzelnd mit dem Kopf zu einer Frau, die gerade nach ihrem leeren Teller greift und von der Bank aufsteht. »Da wird was frei.«

Wir setzen uns. »Schön«, sage ich und weiß nicht, was mir besser gefällt. Der Anblick der lauwarmen Scheibe Rosinenstuten vor mir, auf der gerade die Butter schmilzt, die appetitlich riechende deftige Erbsensuppe, das in der Sonne glitzernde Watt zu meiner Linken – oder Mattes. Alles passt zusammen, entscheide ich und beiße in die Scheibe Stuten. Sie ist bestimmt drei bis vier Zentimeter dick und doppelt so groß wie mein Handteller. »Mmh …«

Mattes beobachtet mich lächelnd. »Zu viel versprochen?«, fragt er.

»Einfach perfekt«, antworte ich. »Das Rezept hätte ich gern.«

»Das wird dir nichts nützen. Um ihn so hinzubekommen, brauchst du den Steinofen und die gusseisernen Backformen, in denen er gebacken wird.«

Ich seufze. »Das habe ich befürchtet.«

»Und außerdem fehlt dir dazu die wahnsinnig schöne Aussicht.« Er deutet hinter sich. »Hier an der Westspitze trifft das Watt auf die Wellen. Wenn du möchtest, können wir gleich einen Spaziergang in die Richtung machen. Es lohnt sich, sich das mal anzusehen. Es gleicht einer Wüste, die immer wieder von Wasser überschwemmt wird.«

Ich schaue auf den Stuten, danach auf den großen Teller mit Erbsensuppe. »Ein Spaziergang wird mir danach auf jeden Fall guttun. In unserer Familie gibt es übrigens auch ein geheimes Rezept.«

»Ach, ja? Was denn für eins?«

»Oma backt die besten Madeleines. Ich habe schon unzählige Male versucht, sie nachzubacken. Ohne Erfolg. Ich bin mir sicher, dass es an der uralten Backform liegt, die sie benutzt.«

»Siehst du, mit dem Stuten ist es ähnlich«, sagt Mattes und zwinkert mir zu.

* * *

Es ist etwas Wind aufgekommen, er pustet uns auf dem befestigten Weg entgegen, den wir von der Domäne Bill in Richtung Westende der Insel gehen.

»Das Billriff hat seinen Namen seiner runden Form zu verdanken«, erklärt Mattes. »Das friesische Wort Bille bedeutet Gesäßbacke. Es sind mehrere große Sandbänke, zwischen denen Priele verlaufen. Bei Flut füllen sie sich schnell, es ist also nicht ungefährlich. Das Betreten ist verboten, auch weil das Gebiet zur Schutzzone des Nationalparks gehört. Man darf es nur an der Nordseite betreten und an der Wasserkante entlangwandern, allerdings nur auf markierten Pfaden.«

Wir gehen an der Südseite entlang. Und dann ist es so weit. Überwältigt bleibe ich stehen. Vor uns liegt eine unendlich scheinende Wüste aus Sand und Wasser. Sie verschmilzt in einem diffusen Blau mit dem Himmel.

»Wie schön!«, sage ich ergriffen.

Ein Schwarm Silbermöwen segelt wie eine große hüpfende Wolke über uns hinweg. Ein lustiger kleiner Vogel in graubraunem Federkleid und mit rostroter Brust stolziert auf langen schwarzen Beinen durch die vor uns liegenden Priele.

»Ein Sanderling in seinem Brutkleid«, sagt Mattes. »Im Winter ist sein Gefieder grau und der Bauch schneeweiß. Sie tauchen dann oft in großen Schwärmen auf und suchen nach Würmern und kleinen Krebsen. Weil seine Bewegungen so hektisch sind und er sich so schnell bewegt, wird er auch ›Keen Tied‹ genannt.«

»Keine Zeit«, überlege ich laut und Mattes nickt.

Er atmet tief durch. »Ich hatte fest vergessen, wie schön es hier ist.«

»Das ist es.«

Eine Bö bauscht mein Haar auf und lässt es flattern.

»Der Wind weht häufig aus Westen«, erklärt Mattes. »Er trägt hier den Sand ab. Im Osten der Insel wird er angeschwemmt. Die Insel bewegt sich also ständig.«

»Sie wandert im Meer?«

»Sozusagen. Sie ist seit Jahrhunderten den Naturgewalten ausgesetzt. Die Dünen sind der beste Schutz der Insel. Bei Sturm kommt es aber immer wieder zu Abbrüchen. Juist hat es schon einige Mal richtig schlimm erwischt.«

Oma schleicht sich in meine Gedanken und danach Jan. Er hat sein Leben im Sturm verloren, im Meer. »Hast du schon immer auf der Fähre gearbeitet oder bist du auch mal richtig zur See gefahren?«, frage ich. »Also auf einem echten Schiff.«

Mattes lacht laut auf. »Lass das mal nicht die anderen Kapitäne hören. Die *Frisia* ist ein Schiff, nur eben mit einer speziellen Aufgabe. Wir transportieren Passagiere von A nach B, sozusagen im Nahverkehr. Ein Schiff also, mit dem man über ein Gewässer übergesetzt wird. Und was deine Frage betrifft: Ja, ich war schon mit einem Stückgutfrachter in Nordamerika unterwegs, habe mit einem Linienschiff europäische Häfen bedient, Hamburg und Bremen in Deutschland, Le Havre und Brest in Frankreich, Rotterdam …«

Ich mag Mattes' tiefe Stimme, den friesischen Akzent und dass er sich Zeit lässt beim Erzählen. Er strahlt Ruhe aus und passt zu dieser Insel, auf der die Takte ein wenig langsamer schlagen – bis auf die meines Herzens. Ich stehe neben dem großen blonden Mann, der seinen Blick in die unendliche Weite gerichtet hat, höre ihm zu und fühle mich ihm nah. So nah, dass ich mich ständig zurückhalten muss, ihn nicht einfach zu berühren, mich an ihn zu lehnen oder nach seiner Hand zu greifen.

»… doch bisher hat es mich am Ende immer wieder zurück nach Juist gezogen«, sagt er.

»Bisher?«, hake ich nach.

Er nickt. »Im Moment bin ich mir nicht sicher, ob ich bleiben werde.«

»Was ist die Alternative?«

»Das Meer«, sagt Mattes. Er drückt die Schultern durch. »Apropos … Wie sieht's aus, möchtest du noch eine Runde schwimmen gehen?«

»Wie spät ist es? Meine Oma hat mich immer davor gewarnt, mit vollem Bauch schwimmen zu gehen. Sie hat mir nicht nur einmal erklärt, wie gefährlich das Meer sein kann, und hat mir eingebläut, wenigstens eine, besser zwei Stunden nach dem Essen zu warten.«

»Sehr vorbildlich«, sagt Mattes. »Eine halbe bis eine Stunde reicht aber völlig aus. Bis wir da sind, ist die Zeit dicke um.« Er sieht mich ernst an. »Wiebke hatte einen angeborenen Herzfehler. Es war nicht das Meer, das sie sich geholt hat. Sie ist darin gestorben, aber nicht ertrunken. Ihr Herz hat aufgehört zu schlagen, als sie sich an einem ihrer Lieblingsorte befand, im Wasser. Sie hat das Meer geliebt, so wie ich. Und das tue ich noch.«

Mein Nacken beginnt zu kribbeln, Gänsehaut breitet sich über meinen ganzen Körper aus. Wind streicht über meine Arme, verstärkt das Gefühl. Ich suche noch nach den richtigen Worten, da sagt er: »Keine Sorge, ich pass auf dich auf. Lass uns ins Loog fahren, hier ist das Baden zu gefährlich. Das Meer kann unberechenbar sein.«

28. Oktober 1965

Liebste Hanni,
gestern war die See rau. Am Abend zog ein Sturm auf, dessen Wucht wir alle unterschätzt hatten. Eisiger Wind peitschte die Wellen auf, klatschte uns das eiskalte Wasser in die Gesichter. Die Natur hat uns ihre gewaltige Stärke gezeigt. Wir hatten Angst, dass der Mast bricht, das Schiff hat unter den Kräften geächzt und gekracht, so wie

die Männer und ich. Doch zum Glück wurden wir verschont, wir haben niemanden verloren. In der Nacht entwickelte der Sturm seine ganze Kraft. Ich war müde und doch hellwach. Die ganze Zeit habe ich nur funktioniert, ohne zu merken, wie kräftezehrend der Kampf war. Du warst mein Lichtblick am Horizont. Ich stellte mir vor, Dich in meinen Armen zu halten, Dich zu küssen und mit meinen Fingern über Deine Grübchen zu streichen, die sich immer dann bilden, wenn Du mich anlächelst. Ich träumte davon, wie es sein wird, wenn ich die Abende endlich wieder mit Dir verbringen darf. Und auch die Morgenstunden, die Tage, die Nächte. In jeder Sekunde wäre ich gern bei Dir, geliebte Hanni. Doch bis es so weit ist, muss ich mich in Geduld üben. Gerade, als wir dachten, dass das Gröbste geschafft wäre, erwischte uns eine Bö. Ein Tau löste sich und verfehlte nur knapp meinen Kopf. Um Haaresbreite bin ich einem schrecklichen Unfall entkommen. Und das war erst der erste Sturm. Die Prognosen verheißen nichts Gutes, eine weitere Unwetterfront rollt auf uns zu. Wir versuchen, alsbald in einem Hafen anzulegen. Sobald ich kann, komme ich zurück zu Dir. Seit ich Dich habe, ist mir die Seefahrt zu unsicher geworden, das wurde mir nun deutlich gemacht. Bald habe ich das Geld, das wir für unsere Hochzeit benötigen, beisammen und dann werde ich Dich nie wieder verlassen, Hanni. Das verspreche ich!

In ewiger Liebe
Dein Jan

20.

Ich kann Mattes' Nähe körperlich spüren, obwohl wir uns nicht berühren, als wir nebeneinander zurück zur Domäne Bill gehen.

»Danke für den schönen Tag«, sage ich, noch immer ergriffen vom Anblick des Billriffs.

»Er ist noch nicht vorbei«, erwidert Mattes und ich finde, seine Stimme klingt verheißungsvoll.

Bei der Rückfahrt pustet uns der Wind in den Rücken. An einer Weggabelung halten wir an, stellen unsere Räder auf einem Wiesenstück ab und gehen einen sandigen Weg durch die Dünen nach oben. Dahinter wartet das Meer auf uns. Ich kann es rauschen hören und freue mich darauf. Oben angekommen, bleiben wir stehen. Vor uns liegt der weiße Sandstrand, der bis zum Wasser reicht.

»Komm«, sagt Mattes und greift nach meiner Hand. Mein Herz schlägt einen kleinen Purzelbaum. Alles fühlt sich richtig an, vertraut. Eine Frau kommt uns entgegen, sie lächelt gut gelaunt. Ich rechne mit einem »Moin, Mattes«, doch sie sagt »Grüß Gott«.

»Das war dann wohl keine Nachbarin«, sage ich.

»Moin, die Herrschaften«, ertönt es da prompt. Ein älterer Mann mit schlohweißem Haar geht an uns vorbei. Er ist am ganzen Körper braun gebrannt und erstaunlich muskulös, obwohl er mit Sicherheit schon Mitte achtzig ist. Er trägt nur eine Badehose. Um seine Schultern hat er ein Handtuch gelegt.

»Moin, Frerk.« Mattes dreht sich lächelnd zu mir. »Das war ein Nachbar.«

»Wo wohnst du eigentlich?«, frage ich.

»Hier. Im Loog«, sagt Mattes.

Wir gehen ein paar Schritte in Richtung Osten der Insel, bis er stehen bleibt, sein Handtuch im Sand ausbreitet und beginnt, seine Kleidung auszuziehen. Es gefällt mir, was ich sehe. Zwar habe ich ihn schon in Badehose zu Gesicht bekommen, aber nicht mit freiem Oberkörper. Nun fallen mir die feinen blonden Härchen auf seiner gebräunten Haut auf, die starken Arme und natürlich die kleine Fee, die darauf verewigt wurde. Sie hat langes, zu einem Dutt frisiertes Haar, filigrane Flügel und scheint in der Luft zu schweben. Über ihren ausgestreckten Händen fliegen winzige Sternchen, die sie weggepustet hat. Peter Pan, schießt es mir durch Kopf. Wie hieß die Fee noch gleich? Tinkerbell, aber wie ist ihr deutscher Name?

»Willst du in Kleidung schwimmen?«, fragt Mattes.

»Ich war damit beschäftigt, dir beim Ausziehen zuzuschauen«, gestehe ich.

»Du bist zauberhaft, weißt du das?« Um seine Augen bilden sich kleine Lachfältchen, dennoch klingt in seinen Worten etwas Ernsthaftes mit.

»Verzaubert trifft es wohl besser«, sage ich. Von der Insel, von Mattes. Als ich das Shirt über den Kopf ziehe, weiß ich wieder, wie die Fee heißt: Glöckchen.

Mattes macht es wie ich. Er beobachtet mich, während ich mich ausziehe. »Du bist schön«, sagt er, als ich schließlich im Bikini vor ihm stehe.

Und so fühle ich mich in diesem Moment auch. »Danke.«

Er mustert mich unverhohlen und sieht mir dann direkt in die Augen. »Wie alt bist du eigentlich?«

»Neunundzwanzig. Und du?«

»Sechsunddreißig.«

Da habe ich mich mit meinen vermuteten achtunddreißig knapp vertan. »Ich habe dich zwei Jahre älter geschätzt.«

Mattes grinst. »Ich dich zwei jünger. Lass uns schwimmen gehen.« Er nimmt meine Hand. »Und zwar bitte so, wie erwachsene Menschen das machen. Also nicht kopflos reinrennen, sondern Schritt für Schritt und vor allem erst abkühlen.«

»Abgemacht.«

Mattes kann noch stehen, als ich den Boden unter den Füßen nicht mehr spüre. Er zieht mich an sich. Ich schlinge meine Arme um ihn, lege meinen Kopf in seine Halsbeuge und meine Beine um seinen Unterleib.

»Fee …« Der dunkle Klang seiner Stimme verstärkt das wohlige Kribbeln in meiner Leistengegend. Er hält mich fest und trägt mich weiter ins Meer hinein.

Als das Wasser meine Wange erreicht, blicke ich auf. »Das hier … zwischen uns … das fühlt sich verdammt gut an«, sage ich.

»Lass uns reden«, erwidert er. »Ich denke, du solltest da was wissen.«

Das gute Gefühl verpufft schlagartig.

Wir gehen zurück ans Ufer und setzen uns nebeneinander auf die Handtücher.

»Was ist los?«, frage ich. »Am besten sagst du es einfach frei heraus, ohne Umschweife.« Bisher habe ich ihn noch nicht gefragt, ob er wieder liiert ist. Wiebke ist vor einem Jahr gestorben, es könnte also durchaus sein, dass er sich wieder verliebt hat, schießt es mir durch den Kopf. Doch ich täusche mich.

»Wenn es so einfach wäre, würde ich es in wenigen Worten erklären, aber ich muss da etwas ausholen, damit du es verstehst. Es geht um die kleine Elfe auf meinem Arm.«

»Glöckchen«, sage ich.

»Ja.« Er fährt mit dem Finger darüber. »Ich habe sie mir kurz nach Wiebkes Tod stechen lassen. Dazu musst du wissen, dass Wiebke als etwas speziell galt hier bei uns auf dem Töwerland. Für mich war sie außergewöhnlich und eine der wundervollsten Freundinnen, die ich je hatte. Wir kannten uns schon seit der Kindheit.« Er lächelt mich an. »Sie war eine Nachbarin, eine sehr direkte. Ihre Eltern wohnen noch immer gegenüber meinem Elternhaus.«

»Das hört sich nach einer schönen gemeinsamen Zeit an«, sage ich und er nickt.

»Wiebke hatte einen besonderen Zugang zur Natur. Sie hat Dinge gesehen, die sonst niemand wahrgenommen hat. Geister, Gnome, Elfen, Feen … Das klingt etwas skurril, aber Wiebke war eben besonders. Schon als wir Kinder waren, hat sie von den kleinen Wesen gesprochen, die sie im Zauberwäldchen sehen konnte. Manchmal habe ich mir eingebildet, dass ich die Nähe ihrer speziellen Freunde spüren konnte, gesehen habe ich jedoch keine. Trotzdem habe ich ihr immer geglaubt, dass sie Kontakt zu ihnen hatte. Wie gesagt, sie hatte einen besonderen Zugang zur Natur. Und jetzt zu dir …« Er zögert einen Moment. »Wiebke hat immer behauptet, dass eines Tages eine Fee auf die Insel kommt, die auch ich sehen kann.« Er schüttelt den Kopf. »Ich weiß, das klingt verrückt. Aber plötzlich tauchst du wie aus dem Nichts auf, stürzt dich ins Wasser, so gedankenlos wie Wiebke es immer gemacht hat. Genau an der Stelle, an der auch sie immer baden gegangen ist. Du bist mir sofort aufgefallen. Ich konnte meine Augen nicht von dir lassen, musste mich anstrengen, mich auf das Buch zu konzentrieren. Den Rest kennst du. Der Hund schwimmt aufs Meer raus, du rettest ihn, gefährdest dabei dein Leben. Und dann ruft die Kleine dich, F-E-E, Fee.« Er sieht mich an. »Hättest du einen anderen

Namen, wäre ich dir nicht hinterhergegangen, auch wenn ich dich sehr attraktiv fand. Es war mir wichtig, dass du das weißt.«

»Wow«, entfährt es mir. Ich schließe die Augen. »Gib mir bitte einen Moment.«

Mattes lässt mir Zeit, während ich tief in mich hineinhorche.

»Mein Urgroßvater hat mal zu mir gesagt, dass in unserer Welt nur das Sichtbare zählt, aber dass unserer Vorstellungskraft keine Grenzen gesetzt sind«, sage ich schließlich. »Mir geht es da gewissermaßen wie dir. Ich habe mich als Kind stundenlang auf die Lauer gelegt, in der Hoffnung, irgendwann mal einen Kobold oder eine Fee zu sehen – eine echte, und nicht nur eine, die so hieß. Aber ich hatte einfach kein Glück. Und das, obwohl mein Urgroßvater immer behauptet hat, es würde sie geben.« Bei dem Gedanken an sie und die vielen Geschichten, die er mir über die Feenwelt erzählt hat, muss ich lächeln. »Die Mutter meines Urgroßvaters hieß Faye, ihr habe ich meinen Namen zu verdanken. Mein Urgroßvater Liam wurde in Galway geboren, ist dort aufgewachsen und hat da gelebt. Dann hat er meine deutsche Urgroßmutter Gertrud kennengelernt, die mit ihrem Bruder nach Irland gekommen war, um dort bei Freunden ihrer Eltern zu wohnen. Der Zweite Weltkrieg war ausgebrochen, Irland war neutral, Uromas Vater hatte gute Kontakte dorthin und wollte seine Kinder in Sicherheit wissen. Meine Urgroßmutter und mein Urgroßvater haben sich ineinander verliebt, sie ist bei ihm geblieben. Nach dem Krieg sind sie nach Bad Homburg in Deutschland gezogen, um in der Baufirma von Uromas Onkel zu arbeiten. Mein Urgroßvater war Zimmermann und in Deutschland gab es viel zu tun. Dort kam Oma Lore auf die Welt. Später sind sie dann nach Mülheim im Ruhrgebiet gezogen, wo meine Oma meinen Opa Sigfried geheiratet hat. Meine Vorfahren väterlicherseits kommen aber aus Irland. Niemand von ihnen zweifelt an der Existenz von Feenwesen, auch wenn sie sie nicht sehen können. Und mir geht es auch so. Aber …« Ich atme tief durch. »Trotzdem bin ich auch die Tochter meiner Eltern, die mir einerseits beigebracht haben, auf mein Bauchgefühl zu hören, aber auch Dinge zu hinterfragen, wenn ich unsicher bin. Mit dir fühlt sich alles richtig an. Es ist mir nicht wichtig, was dazu geführt hat, dass wir uns kennengelernt haben. Für mich zählt das Hier und Jetzt. Aber bist du dir sicher, dass du wirklich mich magst und nicht nur meinen Namen?«

Mattes legt seinen Arm um mich, lässt sich langsam auf den Rücken in den Sand sinken und zieht mich mit. »Hör selbst«, sagt er und dreht mich zu sich, sodass mein Kopf auf seiner Brust liegt. »Ich bin dabei, mich bis über beide Ohren in dich zu verlieben.«

Sein Herz rast. Und meins auch. Ich richte mich auf und rolle mich etwas mehr auf ihn drauf. Mattes legt seine Hand knapp über meinen Po und drückt mich sanft gegen sich. Mir entfährt ein wohliger Seufzer.

»Fee«, sagt er mit dunkler Stimme.

Da ertönt plötzlich lautes Kinderlachen und er rollt mich wieder von sich runter. Genau in dem Moment schrillt mein Handy, das noch in meiner Strandtasche liegt. »Da muss ich kurz rangehen, das ist meine Oma«, sage ich. Als ich ihre Nummer abgespeichert habe, habe ich ihr einen speziellen Klingelton zugeordnet, der dem eines altmodischen Festnetzanschlusses gleicht, damit ich nicht überhöre, wenn sie sich meldet, und gleich weiß, dass sie es ist.

»Oma hier«, sagt sie. »Nicht wundern, das ist Lilly, die hier im Hintergrund weint. Ihre Mutter musste zum Arzt und hat mich gebeten, auf die Kleine aufzupassen. Und jetzt ist uns die blöde Töle stiften gegangen.«

»Okay, jetzt noch mal langsam«, sage ich. »Wieso ist Lara beim Arzt? Und wie kommst du an Lilly?«

»Na ja«, sagt Oma. »Sie waren hier im Hotel, haben dich gesucht, ich habe es zufällig mitbekommen und hab mich angeboten. Lara hat sich wohl den Arm verstaucht, es muss auf jeden Fall geröntgt werden. Und das geht hier auf der Insel nicht, dafür muss sie aufs Festland. Sie wollte dich fragen, ob du so lang auf Lilly und Samson aufpassen kannst. Ich habe ihr deine Handynummer gegeben, aber du bist nicht rangegangen. Also bin ich kurzerhand eingesprungen. Es lief auch ganz gut. Aber jetzt ist der Hund weg.«

»Und was ist mit Opa?«

»Der ist auch weg«, sagt Oma trocken. »Aber darüber sprechen wir später, jetzt haben wir andere Probleme.«

»Okay«, sage ich noch einmal. »Dann jetzt zu Samson. Wo ist er euch stiften gegangen? Und wann?«

»Am Strand, vor etwa einer Stunde. Er ist in die Dünen gezischt, als er dort einen Fasan entdeckt hat.«

»Und wo seid ihr jetzt?«

»In der Ferienwohnung der beiden, falls er hierher zurückfindet.«

»Und wo ist die?«

»Im Dorf, in der Nähe der katholischen Kirche. Aber Samson haben wir am Strand verloren.«

»Da, wo wir letztens auch waren«, ruft Lilly.

»Gib sie mir mal.«

»Es ist alles meine Schuld.« Sie schluchzt ins Telefon. »Mama ist nur wegen mir gefallen. Und ich habe Samson von der Leine abgemacht, weil er mir leidgetan hat. Er geht doch sonst auch immer ohne.«

»Pass auf«, sage ich. »Du bleibst mit Oma in der Wohnung. Es ist eine gute Idee, dass ihr da wartet. Und ich suche am Strand.«

Sie schnieft. »Okay.«

»Dann gib mir bitte noch mal meine Oma …«

Kurz darauf beende ich das Gespräch. »Tut mir leid«, sage ich zu Mattes. »Da braucht jemand meine Hilfe.«

»Ich habe alles mitbekommen«, sagt er. »Dann machen wir uns mal auf die Suche.«

»Du kommst mit? Danke!«

Ich schaue auf mein Handy. Da bin ich einmal unterwegs und schon explodiert es fast. Oma hat zweimal versucht, mich zu erreichen, aber das habe ich nicht gehört, weil wir da gerade im Wasser waren. Die unbekannte Nummer ist von Lara, wie ich feststelle, da sie mir auch eine Nachricht geschickt hat. Ihren Anruf muss ich schlicht überhört haben, als wir mit den Rädern unterwegs waren.

* * *

Ich öffne die Mitteilung und lese:

> Moin, hier ist Lara. Lilly ist bei deiner Oma, weil ich auf den Arm gefallen bin und zum Arzt muss. Rufst du mal an? Liebe Grüße Lara.

Oma hat mir geschrieben:

> Lilly ist bei mir. Samson ist uns stiften gegangen. Rufst du mal an, wenn du das liest?

Auch meine Mutter hat versucht, mich zu erreichen. Und geschrieben hat sie mir auch.

> Opa ist weg. Wir vermuten, dass er auf dem Weg nach Juist ist. Rufst du mal an? Hab dich lieb, Mama.

Und zu guter Letzt hat auch Tobi mir eine Nachricht geschickt.

> Hoffe, es geht dir gut auf deiner Insel. Mir nicht so. Ich muss noch mal an der Hand operiert werden und ein paar Tage länger im KH bleiben. Aber das ist ja nicht mehr dein Problem, da muss ich jetzt durch. Weswegen ich schreibe: Ich habs mir überlegt und würde die Möbel doch gern behalten. Können wir preislich da noch mal verhandeln? 2500 Euro könnte ich sofort locker machen. T.

»T.« – mein Ex-Freund ist auf einen einzelnen Buchstaben geschrumpft, denke ich. Und dass er eigentlich in der Schule immer eine ganz gute Note in Mathe hatte, wie er immer behauptet hat. Rechnen kann er allerdings nicht. Allein die Einbauküche hat fast achttausend gekostet und mein Anteil daran war größer als seiner, weil ich mehr Wert auf die Elektrogeräte gelegt habe und deswegen bereit war, etwas mehr zu zahlen.

Die Antwort hat Zeit bis später. Darüber muss ich in Ruhe nachdenken. Ich will das Telefon gerade in meine Tasche stecken, da trifft eine Nachricht von Hilde ein. Sie hat mir ein Foto geschickt. Darauf abgelichtet ist Britt, und zwar von hinten. Aber den Kurzhaarschnitt und die schlanke Statur erkenne ich sofort. Sie geht über die Straße. Über die Schulter hat sie sich eine Sporttasche gehängt. Sie gehört T.

> Die Neue war in deiner Wohnung. Soll Otto das Schloss auswechseln? Er war mal Handwerker. Eine halbe Stunde, länger braucht er nicht, sagt er. Ruf doch mal an, Liebes. Deine beste Nachbarin von unten

»Na, ganz toll«, schimpfe ich. Deswegen wahrscheinlich Tobis Sinneswandel. Sie hat jetzt also schon einen Schlüssel zu unserer

Wohnung – in der noch alle meine Sachen sind, auch die sehr persönlichen.

»Tut mir leid, das ist wichtig. Ich muss noch mal ganz kurz telefonieren«, sage ich zu Mattes und kurz darauf: »Das ist ja ein Ding. Danke fürs Aufpassen, Hilde.«

»Sie war eine gute halbe Stunde oben, wenn nicht sogar länger. Ich komm die Treppen mit meinem Bein nicht hoch, sonst hätte ich gleich nach dem Rechten geschen, als ich sie auf deinem Balkon bemerkt habe. Ich wusste ja nicht, dass sie es ist. Aber ich hatte da so eine Ahnung. Also habe ich gewartet, bis sie wieder durch den Hausflur nach unten ist, und hab sie angesprochen.« Hilde schnaubt kurz auf. »Sie war sehr höflich und hat sich mir freudestrahlend als baldige neue Nachbarin vorgestellt. Ich dachte, das solltest du wissen.«

»Noch bin ich nicht ausgezogen.« Ich seufze. »Das geht so was von gar nicht.«

»Was ist jetzt mit dem Schloss? Immerhin sind noch alle deine Sachen in der Wohnung. Ich mein ja nur … Mir würde es nicht passen, wenn sie darin rumschnüffelt. Wie gesagt, Otto würde eins besorgen und einbauen.«

»Soll er machen«, entscheide ich spontan, auch wenn ich weiß, dass ich das eigentlich vorher mit Tobi klären müsste. Aber dass er sie, ohne das vorher mit mir abzusprechen, in unsere Wohnung gelassen hat, gefällt mir gar nicht. Ich bin sauer. »Leider muss ich jetzt aber auflegen, Hilde, weil ich hier gerade zu tun habe. Sag Otto bitte liebe Grüße, die Kosten für das Schloss übernehme ich natürlich. Und er hat dann auch was gut bei mir.«

»Ach was, das macht er doch gern, das weißt du doch. Dann machs mal gut, Liebes. Wir halten hier derweil die Stellung.«

»Viel los bei dir gerade«, sagt Mattes, nachdem ich aufgelegt habe.

Ich nicke. »Es kommt doch immer alles auf einmal.«

»Auf der Insel geht so schnell nichts verloren. Der Hund wird schon wieder auftauchen.« Mattes schaut aufs Meer. »Es sei denn …«

»Bloß nicht!«

»Wird schon gut gehen«, sagt Mattes.

»Hoffentlich!« Ich reibe mit dem Handtuch über meine Bikinihose, denke an meine Oma und ihre eindringliche Warnung vor Blasenentzündungen, wenn ich die nasse Badekleidung anlasse, und entscheide, mich umzuziehen. Mattes' Anwesenheit und dass er mir dabei zusieht, ignoriere ich.

Er lächelt schelmisch. »Süßes Tattoo in deiner Leistengegend.«

»Ein Weißdornzweig«, erkläre ich. »Meine Geburtsblume. Blüht im Monat Mai. Ist ein Symbol für Stärke, Schutz und Ausdauer. In Irland hat der Zweig allerdings eine besondere Bedeutung.« Ich schaue Mattes direkt in die Augen. »Über ihn kannst du in die Welt der Feen gelangen.«

Mattes braucht einen Moment, bis er die Zweideutigkeit begreift, die hinter meiner Aussage steckt. »Ich freue mich darauf«, sagt er. »Habe ich schon erwähnt, dass du zauberhaft bist?«

* * *

»Am besten ist es, wenn wir getrennt voneinander suchen«, schlägt Mattes vor. »Ich gehe von hier aus in Richtung Dorf, du fängst an der Stelle an, wo sie ihn verloren haben. Vielleicht gehst du erst mal in die andere Richtung, also nach Osten, und kommst dann zurück, so treffen wir uns auf Höhe des Strandabschnitts, an dem wir uns das erste Mal gesehen haben, wieder. Außerdem sage ich ein paar Leuten Bescheid, die bei der Suche helfen oder zumindest die Augen aufhalten können. Wenn der Hund noch irgendwo auf der Insel ist, finden wir ihn.«

»Samson, er heißt Samson«, sage ich. »Magst du keine Hunde?«

»Gut erzogene schon. Er gehört augenscheinlich nicht dazu, wobei es nicht an ihm, sondern an den Menschen liegt, die sich ihn angeschafft und offenbar nicht über die Verantwortung, die so etwas mit sich bringt, nachgedacht haben.«

»Prinzipiell hast du recht«, stimme ich zu. »Lara hat ihn allerdings nur zu sich genommen, weil sie es nicht übers Herz gebracht hat, dass er im Tierheim landet. So wie ich es verstanden habe, gehörte er Lillys Opa, der leider verstorben ist. Lilly hat ihn sehr geliebt.«

»Oh, das tut mir leid.« Er nickt. »Dann werden wir Samson mal suchen und heil zu der Kleinen zurückbringen.«

»Danke.«

Erst als ich schon auf dem Fahrrad sitze, fällt mir ein, dass Mattes und ich noch keine Rufnummern ausgetauscht haben. Ich hole eine meiner Visitenkarten aus meiner Geldbörse, die ich mir für meine Tätigkeit als Grafikdesignerin entworfen haben. »FEE«, steht in Großdruckbuchstaben auf der Vorderseite. Und darunter »Grafikdesign«. Auf die Rückseite habe ich meine Telefonnummer und die Mailadresse gesetzt – und eine kleine Fee, die die Zahlen und Buchstaben auspustet.

»Das ist doch alles verrückt«, sage ich laut, als ich die Karte an der Gangschaltung von Mattes' Rad befestige.

* * *

Zwei Stunden später, es ist schon nach acht Uhr, haben wir Samson noch immer nicht gefunden. Ich sitze neben Mattes auf einer Bank am Strandaufgang.

»Und jetzt?«, frage ich.

»Warten«, antwortet er. »Vielleicht ist er in Richtung Kalfamer unterwegs. Ich habe Sören Bescheid gesagt. Er ist der

Nationalparkranger und ein Freund von mir. Er war natürlich nicht begeistert, als er gehört hat, dass ein Hund während der Brutzeit frei auf der Insel herumläuft, aber er hat mir versprochen, in den Dünen Ausschau nach ihm zu halten. Und die Insulaner auch. Falls ihn jemand sichtet, melde ich mich bei dir.«

»Das ist echt lieb von dir. Dann werde ich jetzt zu meiner Oma und Lilly gehen.« Ich lege meine Hand kurz auf seine. »Tut mir leid, dass der Tag so ausgeht. Irgendwie ist gerade der Wurm drin, überall um mich herum verstauchen oder brechen sich Freunde ihre Gliedmaßen.« Erst Tobi, dann Hilde und nun Lara. Sie wurde bis nach Emden ins Krankenhaus gebracht, dort geröntgt, ärztlich versorgt und muss nun eine Nacht dort verbringen, weil die nächste Fähre erst morgen früh geht und die Flieger auch nicht mehr unterwegs sind. Immerhin hat sie sich nur eine Verstauchung zugezogen, es ist nichts gebrochen.

»Es war trotz allem ein sehr schöner Tag«, sagt Mattes. »Komm, ich begleite dich noch bis zur Ferienwohnung. Es ist nicht weit.«

Der Zauber des Nachmittags ist verschwunden. Und irgendwie ist das auch gut so, denke ich. Ich bin bald wieder weg, es wäre schlecht für mich, mich jetzt in eine Liebesgeschichte fallen zu lassen, die keine Zukunft hat. Und für kurze Affären war ich noch nie zu haben.

Wir sind noch nicht ganz da, als die Tür aufgeht und Lilly auf uns zurennt. Ich gehe in die Knie, strecke die Arme aus und sie springt fast auf mich drauf. Hinter ihr erscheint Oma auf der Bildfläche.

»Was ist, wenn Samson so weit schwimmen wollte, dass er dorthin kommt, wo das Meer aufhört und der Himmel beginnt«, sagt Lilly mit zittriger Stimme.

»Bis zum Horizont«, sage ich, ohne nachzudenken.

Da kniet Mattes sich neben mich. »Dann wirst du hier unten traurig sein, aber dein Opa wird ihn oben im Himmel empfangen und gut auf ihn aufpassen.«

»Und wenn Samson den Weg nicht findet?«

Mattes' Gesicht ist ein einziges Lächeln. »Das wird er, das weiß ich ganz sicher.«

»Versprochen?«

»Versprochen!«

Mein Herz läuft über. Und es gefällt mir plötzlich gar nicht mehr, dass ich die Insel schon bald wieder verlassen werde.

»Gut!« Lilly löst sich von mir und wischt sich die Tränen aus dem Gesicht. »Fee hat recht, du bist eigentlich doch ganz nett.«

»Freut mich zu hören, Lilly. Ich finde dich auch nett, sehr sogar.« Mattes steht auf – und bemerkt Oma. »Oh, das ist ja eine Überraschung. Moin!«

»So schnell sieht man sich wieder«, sagt Oma. »Die Insel ist klein. Moin.«

»Magst du noch mit reinkommen, Mattes?«, frage ich. »Dann könnt ihr beiden mir erzählen, wo ihr euch kennengelernt habt.«

»Nein, ich mach mich auf den Weg nach Hause. Morgen muss ich früh raus.«

Gern hätte ich noch ein paar privatere Worte an ihn gerichtet, aber Oma und Lilly machen keine Anstalten, schon mal in die Wohnung zu gehen. Sie stehen da und warten auf mich.

»Dann schlaf gut«, sage ich.

»Ihr auch«, sagt Mattes. »Und denk daran, Lilly. Alles wird gut, Samson wird entweder bald bei dir oder bei deinem Opa sein.«

»Ja.« Lilly greift nach Omas Hand. »Liest du mir was vor?«

»Gern, Schatz.«

Ich gehe hinter den beiden zum Haus. In der Tür bleibe ich stehen, drehe mich zu Mattes und freue mich darüber, dass auch er noch einmal in meine Richtung sieht.

21.

Die Wohnung ist nicht groß, aber hell und freundlich. Der Flur führt direkt in die Küche, in die Oma und Lilly gerade gegangen sind. Außerdem gibt es ein Schlafzimmer und ein Wohnzimmer mit einer kleinen Terrasse zum Garten.

Nett, denke ich. Und auf jeden Fall eine Alternative zum Hotel, falls ich wiederkommen sollte. Ich hole meine Badesachen aus der Strandtasche, um sie zum Trocknen auf die Terrasse zu bringen, da fällt mir das Päckchen entgegen, das ich heute Morgen darin verstaut habe.

»He, weißt du was, ich hab ein Geschenk für dich, Lilly!«, rufe ich.

Kurz darauf fällt Lilly mir um den Hals, auf der Nase die glitzernde Sonnenbrille, die ich für sie gekauft habe.

»Du siehst toll aus, sie steht dir«, sage ich. »Und weißt du was? Mattes hat recht, alles wird gut. Und deine Mama ist auch nicht schlimm verletzt. Sie ist morgen wieder hier.«

»Zum Glück.« Sie seufzt.

»Ein netter Mann, dieser Mattes«, sagt Oma. »Wir haben uns bei meiner Anreise auf der Fähre kennengelernt. Er hat ein gutes Gespür für Kinder. Mir ist gleich aufgefallen, wie liebevoll er mit seiner Tochter umgeht. Die beiden hatten einen kleinen

Disput wegen des Zahnarztbesuches, von dem Brianna, so heißt das Mädchen, nicht gerade begeistert war. Rate mal, an wen sie mich erinnert hat, Fee.«

»Mattes hat eine Tochter?«, frage ich und denke im nächsten Moment, dass das zu ihm passen würde.

Oma nickt. »Brianna, etwa so alt wie Lilly, also fünf oder sechs.«

»Ich bin schon sechs«, sagt Lilly. »Im Juli komme ich in die Schule.«

Ein Kind also, Brianna … Ob sie auch Wiebkes Tochter ist? Warum hat er mir nichts davon erzählt?

Da sagt Oma: »Ich habe im ersten Moment gedacht, dass die Kleine irische Wurzeln hat – der Name, das rotblonde Haar … Aber dem ist nicht so. Sie hat es wohl ihrer Mutter zu verdanken. Eine schöne Frau mit lockigem rotem Haar. Sie hat die beiden am Hafen abgeholt.« Oma legt eine kleine bedeutungsvolle Pause ein. »Und sie geben auch ein hübsches Bild als Paar ab. Mattes und sie haben sich sehr innig begrüßt.«

Es ist nicht schwer zu verstehen, was Oma mir da durch die Blume mitteilen will. »Willst du mir damit sagen, dass Mattes Frau und Kind hat?«, frage ich ganz direkt.

»Zumindest sah es danach aus. Ich kann mich natürlich auch täuschen. Ich sag dir das nur, weil mir gerade aufgefallen ist, wie du ihn angesehen hast.«

Am liebsten würde ich Mattes jetzt sofort anrufen und fragen, ob Oma recht hat. Aber ich habe seine Handynummer nicht. Er hat meine, damit er mich erreichen kann, wenn Samson auftaucht. Aber in der Aufregung habe ich vergessen, mir seine geben zu lassen. Kurz denke ich darüber nach, ob das vielleicht Absicht gewesen ist, ob Mattes tatsächlich verheiratet oder in einer Beziehung ist und deswegen nicht möchte, dass ich ihn erreiche. Aber den Gedanken verwerfe ich schnell wieder. Ich glaube einfach nicht, dass ich mich so sehr in ihm getäuscht habe.

Und wenn doch, überlege ich nur ein paar Minuten später. Meine Gedanken fahren wieder Karussell. Bisher hat er mich noch nicht geküsst. Und als ich es getan habe, ist er passiv geblieben. Am Strand hat er mich auf sich draufgezogen, mich aber schnell wieder hinuntergerollt, als er das Kind lachen gehört hat. Er mag mich, hat er gesagt. Und er hat Wiebke geliebt, da bin ich mir sicher. So wie er über sie gesprochen hat, hat sie ihm viel bedeutet. Ob er vielleicht geschieden ist?

»Wie sicher bist du, dass er Frau und Kind hat, Oma?«, frage ich.

Oma überlegt einen Moment. »Er und die Kleine waren sich sehr nah, das war offensichtlich. Und auch zu der Frau, die die beiden begrüßt hat, hatte er eine innige Beziehung. Wie sie zueinander stehen, kann ich dir nicht sagen. Ich hoffe aber, dass sich alles aufklärt. Du magst ihn sehr, oder?«

»Ja.« Ich seufze. »Obwohl es irgendwie schon sehr verrückt ist. Wir kennen uns kaum, eigentlich gar nicht. Ich bin davon ausgegangen, dass er Single ist und immer noch um seine Freundin trauert, die vor einem Jahr beim Baden im Meer umgekommen ist.«

»Oh«, sagt Oma. »Ich kann mir in etwa vorstellen, wie er sich fühlen muss.«

Ich hatte nicht mehr an Jan gedacht. »Tut mir leid, Oma, ich habe nicht daran gedacht, dass du Ähnliches erlebt hast.«

»Ach was.« Oma lächelt sanft. »Es ist jetzt schon so lang her. Und es sind neue, gute Dinge daraus entstanden.« Sie runzelt die Stirn. »Vielleicht habe ich mich auch getäuscht, ich hoffe es für dich.«

Tobi hat mich betrogen. Auch wenn er letztendlich nicht der Richtige für mich war, hat mich das sehr verletzt. Ich hoffe, dass Oma sich irrt.

* * *

Meine Gedanken kreisen weiter um Mattes. Es ist Viertel nach neun, ich bin auf dem Weg zum Hotel, um ein paar Sachen für Oma und mich zu holen. Wir haben beschlossen, gemeinsam bei Lilly zu bleiben. Oma schläft auf der Gästecouch, ich nehme Laras Platz ein und teile mir das Bett mit Lilly. Das Rad habe ich vor der Ferienwohnung stehen gelassen. Ich gehe zu Fuß durch den Ort, mache an jeder Straßenkreuzung Halt, schaue mich um, in der Hoffnung, Samson zu finden. Vor dem Hotel lege ich ein längeres Päuschen ein. Von hier aus bin ich am Nachmittag mit Mattes zum Billriff gefahren. Dabei sind wir auch durch das Loog gekommen. Dass er dort wohnt, hat er mir erst später am Strand gesagt. Wo genau, hat er mir nicht erzählt. Aber ich habe ihn auch nicht danach gefragt. Das muss ich nachholen. Ich muss Fragen stellen, wenn ich Antworten will.

Zuerst gehe ich in Omas Zimmer. Dabei sticht mir die Ledermappe ins Auge, die auf dem taubenblauen Sessel liegt. Opa fällt mir wieder ein. Über ihn haben wir gar nicht mehr gesprochen. Ich habe mich nur um mich gedreht, denke ich, habe Opa einfach im Hotel stehen lassen, weil ich eine Verabredung hatte. Jetzt ist er weg und ich weiß nicht, wie es ihm geht. Schließlich ist er immer noch mein Opa. Aber ich habe einfach nicht mehr nach ihm gefragt. Das werde ich gleich machen, nehme ich mir vor, packe Omas Schlafanzug und Zahnbürste ein und gehe eine Etage höher in mein Zimmer. Dort liegen noch die vielen Kleidungsstücke auf dem Bett, die ich an- und ausgezogen habe. Ich schiebe sie zur Seite, setze mich und rufe Carla an.

»Boah, gut, dass du rangehst, ich brauche deinen Rat.«

Eine Viertelstunde später sagt sie: »Du brauchst keinen Rat, du hast dich doch schon entschieden, was du machen wirst.

Du willst ihn fragen, was Sache ist. Finde ich gut. Alles andere ist Spekulation. Die Insel ist winzig, er ist Kapitän, alle kennen ihn. Es wird nicht schwer sein, rauszufinden, wo der Kerl wohnt. Oder …« Der Tonfall ihrer Stimme ist ein wenig heller geworden – Carla hat eine Idee, die sie mir nun mitteilen wird. »Der Mann ist Kapitän der *Frisia*. Besuch ihn auf seinem Schiff!«

»Gute Idee!«, sage ich und werde auf einmal wieder unsicher. »Aber irgendwie frage ich mich auch, wozu das Ganze. Ich bin doch sowieso bald wieder weg.«

»Boah, was stimmt denn plötzlich nicht mehr mit dir?«, schimpft meine Freundin. »So unentschlossen kenne ich dich gar nicht. Du hast gesagt, es fühlt sich alles richtig mit ihm an. Finde raus, ob er eine andere hat. Und wenn nicht … halt ihn fest, schnapp ihn dir! Alles Weitere wird sich ergeben. Oder auch nicht. Denk nicht so viel über ungelegte Eier nach, Fee. Leg erst mal eins.«

Ich muss lachen. »Was meinst du denn bitte damit?«

»Weiß ich auch nicht.« Sie kichert. »Klingt irgendwie gut, oder?«

»Fantastisch.«

Sie lacht nun auch. »Du weißt, dass ich es nicht so mit Redensarten habe, wie heißt es richtig?«

»Man soll nicht über ungelegte Eier sprechen«, antworte ich.

»Gut, dann lass uns reden, wenn du sie gelegt hast.« Sie kichert wieder. »Sorry, ich weiß auch nicht, warum ich jetzt so albern bin.«

»Weil du mich damit aufmuntern willst. Hat funktioniert.«

»Gut!«

»Danke.« Ich seufze. »Es ist echt schön hier, beim nächsten Mal musst du unbedingt mitkommen.«

»Mach ich – mit den Kids. Die mischen dann die Insel auf. Obwohl, vielleicht lieber doch nicht. Ich wette mit dir, dass mindestens eins von ihnen es so macht wie Samson und verschwindet. Oder aber, sie versuchen, die Fähre zu kapern, oder bauen anderen Scheiß.«

»Wie war das noch gleich? Der Apfel fällt nicht weit von Stamm«, sage ich. »Hat mein Opa letztens erst zu mir gesagt. Und meine Oma übrigens auch. Weißt du noch, wie du damals den Schulbus klauen wolltest? Oder wie du unbedingt nachts im Freibad schwimmen wolltest. Oder die fehlgeschlagene Übernachtungsaktion im Möbelhaus. Es sind deine Kids, auch wenn du nicht die leibliche Mutter bist. Davon mal ganz abgesehen, wärst du die Erste, die dabei wäre, die Fähre zu kapern.«

»Wenn dein Kapitän Frau und Kind zu Hause sitzen hat, könnte das durchaus passieren.«

Ich kann Carla bildlich vor mir sehen. Sie grinst gerade wie ein Honigkuchenpferd. »Gut, dass er kein Pilot ist«, unke ich und stehe vom Bett auf. »So, und jetzt geh ich zurück zu Oma und Lilly. Die beiden warten sicher schon.«

»Liebe Grüße«, sagt Carla. »Und he, alles wird gut! Weißt du doch.«

Genau das hat Mattes eben auch zu Lilly gesagt. Oma hat recht. Er hat ein gutes Gespür für Kinder.

* * *

Lilly liegt quer im Bett und schläft schon. Oma sitzt in der Küche am Tisch und ist mit ihrem Smartphone beschäftigt. »Irgendwie komme ich mit dem blöden Ding nicht zurecht«, sagt sie. »Gerda sagt, es hätte eine sehr gute Kamera, sie hat das gleiche Modell. Aber wenn sie mir ein Foto vom Mond schickt, sieht man ihn ganz klar, obwohl es dunkel ist. Bei mir ist alles hell, wie am Tag.«

»Du musst den Blitz ausschalten. Warte, ich helfe dir.«

Sie sieht interessiert zu. »Ich habe mich viel zu wenig mit solchen Dingen beschäftigt. Das hat alles immer dein Opa gemacht.«

Fast hätte ich es wieder vergessen. »Was ist eigentlich mit ihm?«, frage ich. »Wie war euer Gespräch? Was sagt er?«

»Er wird sich einen Campingbus kaufen und durch die Welt reisen«, antwortet Oma.

»Quatsch!« Ich lache. »Der doch nicht.«

Oma zieht eine Augenbraue hoch. »Da kennst du aber deinen Opa schlecht. Er spricht schon seit Jahren davon.«

»Das wusste ich gar nicht. Er hat nie was erzählt.«

»In dem Fall war ich die Spaßbremse. Ich wollte nicht.« Sie rümpft die Nase. »Ehrlich gesagt hatte ich Angst, so lange Strecken mit ihm zu fahren. Er führt mit dem Pkw doch schon immer den Stau an, wenn er mit siebzig Sachen über die Autobahn tuckert. Was meinst du, wie das erst mit einem Campingbus wird? Und dann schimpft er beim Fahren die ganze Zeit, dass alle nur so dicht auf ihn auffahren, weil sie ihn ärgern wollen. Ich habe also darauf bestanden, dass wir Urlaub im Hotel machten, weil ich alte Frau in einem vernünftigen Bett schlafen wollte. Jetzt, wo die Spaßbremse – also ich – weg ist, wird er seinen Traum wohl verwirklichen. Er schien mir sehr entschlossen.«

»Wow!« Mein Opa auf großer Reise? »Nach Couchpotato klingt das allerdings nicht.«

Oma runzelt die Stirn und sagt spitz: »Na ja, wie man es nimmt. Den Eiffelturm kann man sich auch aus dem Auto heraus anschauen.«

Ich muss lachen. So giftig kenne ich Oma nicht.

Da sagt sie: »Ich schätze mal, dass er einen Abstecher nach Bayern machen und seine Marianne einsammeln wird. Sie hat einen Führerschein und er täte gut daran, wenn er sie ans Steuer ließe.«

»Und das macht dir überhaupt nichts aus?«

»Ach, Schatz …« Sie überlegt einen Moment. »Emotional haben wir uns schon vor Jahren voneinander verabschiedet. Aber dein Opa ist mir trotzdem noch wichtig. Ich freue mich für ihn, wenn er noch mal auflebt. Wir haben uns ausgesprochen. Er ist nach Juist gekommen, um mich zu fragen, ob ich mit ihm auf Reisen gehen möchte … Ganz ehrlich?« Sie seufzt. »Ich habe einen Moment darüber nachgedacht, ob ich es vielleicht einfach tun sollte. Aber dann kam das Gespräch auf Marianne. Ich habe ihn gefragt, was damals zwischen den beiden gelaufen ist, und er hat es endlich zugegeben. Ob es nur einmal passiert ist, wie er beteuert, spielt keine Rolle. Es war mehr als die platonische Freundschaft, die er mir all die Jahre verkaufen wollte. Und obwohl ich es die ganze Zeit geahnt und mich damit arrangiert hatte, hat es mich doch sehr getroffen. All die Lügen …«

Kurz blitzt Tobi in meinen Gedanken auf, und das eine Mal, das er zugegeben hat. Ich greife nach Omas Hand. »Das kann ich gut verstehen.«

»Es ist einfach sehr viel auf der Strecke geblieben«, sagt Oma. »Vielleicht ist es egoistisch, aber es wird Zeit, dass ich an mich selbst denke. Und auch dein Opa sollte an sich denken. Ich finde es gut, wenn er auf Achse geht. Das hat er vor, wie er gesagt hat. Die Frage ist nur, ob allein oder zu zweit.«

»Mit Marianne …«

»Warten wirs ab«, sagt Oma.

»Und du? Bleibt es bei deinem Plan, mit Gerda eine WG zu gründen?«

Sie nickt und sagt, als wäre es das Selbstverständlichste der Welt: »Wir haben schon einen Makler beauftragt. Juist oder Norddeich, eins von beiden wird es wohl werden.«

Mir klappt die Kinnlade runter.

»Da staunst du, was?« Oma grinst. »Vielleicht pflanzen wir etwas Hanf im Garten. Gerda hat immer mal wieder Schmerzen wegen ihrer Arthrose.«

»Oma! Wie kommst du denn darauf?« Ich schüttle den Kopf. Opa will auf Reisen gehen und Oma denkt über eine eigene Hanfplantage nach.

»Gerda hat letztens einen Bericht im Fernsehen darüber gesehen«, erklärt Oma. »Und dann im Internet ein wenig recherchiert. Sie meint, das Zeug soll helfen.«

»Dann solltet ihr vielleicht besser ein frei stehendes Haus kaufen.« Jetzt grinse auch ich. »Damit die Nachbarn vom Duft nicht betört werden.«

»Ein frei stehendes Haus wird es auf jeden Fall. Und groß genug soll es sein, damit jede ihren eigenen Freiraum hat.« Sie lächelt. »Und auch für Besuch sollte immer genügend Platz sein.«

»Hört sich gut an, Oma. Aber das mit dem Hanf …«

Sie winkt ab. »Keine Sorge, du wirst mich nicht im Gefängnis besuchen müssen. Gerda und ich, wir machen uns einen Spaß daraus, auch verwegene Dinge zu planen. Am Ende sitzen wir doch in unseren Schaukelstühlen, stricken und schauen uns den abendlichen Fernsehfilm an.«

»Du strickst doch gar nicht«, sage ich.

»Stimmt.« Oma grinst. »Dann muss ich mir wohl was anderes einfallen lassen. Gerda hat Bienen vorgeschlagen. Sie möchte gern eigenen Honig herstellen und außerdem das andere Zeug, das so gesund sein soll – Propolis und Gelée royale.«

»Eine schöne Idee.«

Oma schüttelt den Kopf. »Kommt gar nicht in die Tüte. Die meiste Arbeit hätte ich damit. Gerda ist schnell Feuer und Flamme und genauso schnell wieder desinteressiert.« Sie rutscht auf dem Stuhl hin und her. »Die Dinger sind ungemütlich. Komm, wir gehen ins Wohnzimmer und machen es uns auf der

Couch bequem. Ich habe eine Flasche Rotwein entdeckt. Lara hat sicher nichts dagegen, wenn wir sie öffnen.«

Wir kommen nicht dazu. Gerade als ich den Korken entfernen will, packt Oma mich am Arm. »Schau mal zur Terrasse.«

Vor der Glastür steht Samson. Er wedelt mit dem Schwanz, als er bemerkt, dass wir ihn entdeckt haben.

Sein Fell ist schmutzig, struppig und klatschnass. Vom freudigen Bellen, als wir ihn in die Wohnung lassen, wird Lilly wach. Die Szene, die nun folgt, erinnert mich an die, die sich am Strand abgespielt hat, nachdem ich Samson aus dem Wasser gezogen habe. Lilly sinkt auf die Knie und umarmt Samson, glücklich darüber, dass er wieder da ist.

Kurz darauf stellen wir erst den schmutzigen Ausreißer und danach Lilly unter die Dusche, rubbeln beide trocken und sind im wahrsten Sinne des Wortes hundemüde, als Kind und Hund endlich schlafen.

Oma gähnt laut. »Ich leg mich dann mal auf die Couch und versuche, auch ein wenig zu schlafen.«

Es ist halb zwölf, der Mond steht voll am Himmel, scheint durch das Fenster und taucht das Zimmer in ein dämmriges Licht. Lilly liegt quer im Bett und halb auf mir drauf. Auf einer Decke liegt Samson und schnarcht. Gern würde ich Mattes Bescheid sagen, dass Lillys Liebling wieder aufgetaucht ist. Aber Mattes hat sich nicht mehr gemeldet. Mein Handy habe ich auf den Nachttisch gelegt. Obwohl es schon halb eins ist und ich mir sicher bin, dass keine Nachricht mehr eintreffen wird, hoffe ich, dass es doch passiert. Dass Mattes mir wenigstens eine gute Nacht wünscht, süße Träume oder gute Gedanken. Aber vielleicht liegt auch er nicht allein in seinem Bett, sondern mit der rothaarigen Frau, die Oma mit ihm gesehen hat. Wäre ich für diese Frau beinahe »die Andere« geworden, frage ich mich. Der Fehltritt, eine Marianne, eine Britt? Der Gedanke gefällt mir gar nicht.

Um mich davon abzulenken, mache ich Pläne für die nächsten Tage.

Morgen müssen wir unbedingt zum Friedhof gehen. Oma muss endlich abschließen, die alten Zeiten hinter sich lassen. Ich habe sie noch nie so gelöst und gleichzeitig so ernst wie hier auf Juist erlebt. Und ich habe mich ihr noch nie so nah gefühlt wie jetzt.

22.

»Fee!«

Ich blinzle leicht und schaue in Lillys fröhliches Gesicht, sie grinst bis über beide Ohren.

Als sie sieht, dass ich wach bin, legt sie ihren Zeigefinger auf meine Nasenspitze und drückt leicht darauf. »Endlich!«

Unglaublich, wo holt sie am frühen Morgen nur diese Energie her? »Guten Morgen, Lilly«, nuschle ich.

»Oma Hanni ist auch schon wach. Wir haben Brötchen geholt«, erklärt sie stolz. So langsam gewöhne ich mich an Omas neuen Namen – Hanni …

»Ach ja, ihr wart schon unterwegs?«

Sie nickt. »Samson war auch dabei. Wir haben die Leine ganz fest gehalten. Er und ich, wir haben beim Bäcker ein Brötchen geschenkt bekommen. Ein Kinderbrötchen und ein Hundebrötchen.«

»Oh, das war aber sehr nett.«

»Und jetzt haben wir Hunger. Bären-Feen-Hunger. Kommst du?«

* * *

Kurze Zeit später sitze ich mit Oma und Lilly am Frühstückstisch. Die beiden haben nicht nur Brötchen, sondern auch süßen Stuten gekauft. »Mmh, das sieht aber gut aus.«

»Und es schmeckt auch«, sagt Lilly und beißt in eine Scheibe Stuten, die Oma für sie dick mit Butter und Honig bestrichen hat.

Ich entscheide mich für ein Walnussbrötchen mit Käse und eine große Tasse Kaffee.

»Fee?«

»Ja, Lilly?«

»Wann kommt Mama wieder?«

Schnell schaue ich auf mein Handy. Lara hatte ich bei dem ganzen Trubel fast vergessen. »Sie kommt in zweieinhalb Stunden mit der Fähre an«, erkläre ich. »Ihr geht es gut, du musst dir keine Sorgen machen.«

»Ich weiß«, sagt Lilly. »Ich wollte nur wissen, ob wir noch Zeit haben. Was machen wir jetzt?«

»Was möchtest du denn machen? Wollen wir zum Strand gehen?«

»Aber dann läuft Samson vielleicht wieder weg. Können wir ins Dorf gehen?«

»Klar, was möchtest du denn dort?«

»In die Buchhandlung«, antwortet sie. »Mama sagt immer, Lesen macht schlau. Und Oma Hanni sagt das auch.«

»Da haben die beiden recht. Ich würde sagen, wir zwei Hübschen machen uns gleich auf den Weg. Du kannst dir ein Buch aussuchen, Lilly, wäre das was?«

»Au ja!«, sagt sie und klatscht in die Hände.

»Das ist eine schöne Idee«, sagt Oma und streicht Lilly sanft über den Kopf.

»Und du, Oma Hanni?«, fragt Lilly. »Kommst du mit?«

»Ich bleibe hier, räume den Frühstückstisch ab und passe auf Samson auf«, sagt Oma.

Aus Oma Lore ist Oma Hanni geworden. Der Name klingt flotter. Er passt zu ihr.

* * *

Eine halbe Stunde später fährt Lilly auf ihrem Rad vor mir her. Den Weg zur Buchhandlung kennt sie gut. Dort gehen sie und ihre Mutter jedes Jahr mehrmals einkaufen, wie sie fröhlich erzählt. Sie pfeift und lacht, während ihr Haar im Fahrtwind flattert. Die gestrige Aufregung um Samson hat sie vergessen.

»Wir sind da«, erklärt sie kurze Zeit später stolz und stellt ihr Fahrrad in einem Fahrradständer vor einem kleinen Laden ab, der in einer Seitenstraße etwas außerhalb liegt. »Schmökerstube« steht in schnörkeliger Schrift auf dem Schild über dem Eingang. Daneben ist ein Buch abgebildet, aus dem Blumen sprießen. Eine schöne Grafik, sie gefällt mir.

Ich drücke die Tür zu der Buchhandlung auf. Ein lauter altmodischer Gong ertönt. Lilly läuft zielstrebig an mir vorbei in die Kinderbuchabteilung.

»Sag Bescheid, wenn du etwas gefunden hast«, sage ich und freue mich darauf, selbst ein wenig zu stöbern.

Die Buchhandlung ist größer, als man es von außen vermuten würde. In der Mitte steht ein großer Tresen aus hellem Eichenholz. Drumherum sind mehrere Büchertische mit verschiedenen Themenschwerpunkten aufgebaut. An langen Ketten baumeln Hinweisschilder zu den Themen: »Liebe«, »Spannung«, »Inselromane«, »Lustiges«, »Literarisches«, »Persönliche Empfehlungen« …

Die alten Bücherregale an den Wänden reichen bis unter die Decke. Darin sind die Werke alphabetisch nach Namen der Schriftsteller und Schriftstellerinnen geordnet. Ich nehme das Buch eines japanischen Schriftstellers heraus und schaue mir den Klappentext an. Es geht um eine tragische, unerfüllte Liebe. Wie aus dem Leben gegriffen, denke ich.

»Moin!«

Die Stimme kommt mir bekannt vor. Ich drehe mich um. Vor mir steht die Frau, die ich am Flughafen kennengelernt habe. »Aska! Das ist ja eine Überraschung. Sag bloß, das ist deine Buchhandlung.«

Sie lächelt herzlich. »Ja, ich bin die Inhaberin. Und ich habe dir doch gesagt, dass wir uns wiedersehen werden.« Sie deutet zur Kinderbuchabteilung. »Du bist mit Lilly hier?« Die hat es sich mit einem Buch in einem bunten Sitzsack bequem gemacht. Neben ihr sitzt ein Mädchen mit rotblondem Haar.

»Sie darf sich ein Buch aussuchen«, sage ich.

»Lieb von dir, dass du mit ihr herkommst. Bri und Lilly dürften ungefähr in einem Alter sein. Vielleicht können sie sich mal zum Spielen treffen.«

Warum habe ich nicht gleich an Aska gedacht? Was hat Oma noch gleich gesagt? Schöne Frau, rotes Haar … Aska ist die Frau, die Oma für Mattes' Partnerin hält. Und wenn das stimmt, sitzt Lilly neben seiner Tochter. Sie sieht Mattes ähnlich. Genau genommen ist sie eine perfekte Mischung aus den beiden.

Ob ich Aska einfach fragen soll? Das wäre wohl der einfachste Weg, um schnellstmöglich Klarheit zu schaffen. Kurz und schmerzlos. Aber das wäre unpassend.

»Komm, du musst etwas probieren, ich habe gebacken«, sagt Aska, packt mich plötzlich am Handgelenk und zieht mich hinter die Ladentheke. Auf dem Tresen steht ein Tablett mit unzähligen Minimuffins. »Du musst unbedingt kosten«, fordert sie mich auf.

Ich nehme eines der Küchlein vom Teller und löse es aus seinem Papierförmchen. Es ist so klein, dass es mit einem Bissen in meinem Mund verschwindet.

»Und?« Sie beobachtet mich.

»Sehr gut!« Der Muffin schmeckt angenehm buttrig mit einer leichten Zitronennote. Er erinnert mich an etwas. Und ich weiß auch, an was …

»Ich wollte mal etwas Neues ausprobieren. Es ist der Teig aus einem Rezept für Madeleines«, sagt sie da auch schon. »Normalerweise werden sie in speziellen Formen gebacken.«

»Ich weiß.« Ob Mattes ihr davon erzählt hat? »Meine Oma backt sie hin und wieder – nach einem alten Familienrezept. Das Geheimnis steckt in der gebräunten Butter.«

»Oh, das ist ja interessant, das ist bei diesem Rezept auch so. Ich überlege, ob ich die Buchhandlung etwas erweitere um ein kleines Café. Aber nur im Sommer. Hinter dem Haus gibt es einen verwunschenen Garten, der sich dafür eignen würde.« Sie hält mir das Tablett hin. »Nimm ruhig noch eins.«

»Danke.« Ich stecke es wieder ganz in meinen Mund. Fast so gut wie Omas, aber eben nur fast.

»Erinnerst du dich eigentlich noch an unser erstes Treffen? Ich hätte jetzt tatsächlich einen Wunsch, den du mir erfüllen könntest«, sagt Aska. »Aber nur, wenn du Zeit dafür hast.«

Daran habe ich überhaupt nicht mehr gedacht. »Klar, was kann ich denn für dich tun?«

Aska legt eine braune Tüte mit dem Aufdruck ihres Logos auf den Tresen. »Ich bin heute den ganzen Tag in der Buchhandlung eingespannt und habe Brianna hier. In der Tüte ist ein Buch für meinen Bruder, das er dringend noch heute braucht. Könntest du es ihm vielleicht vorbeibringen?«

»Klar, wo wohnt er denn?«

»Im Loog. Hast du ein Rad? Das ist etwas weiter weg von hier.«

»Kein Problem, mach ich gern.«

»Sein Name ist Mattes Fisser«, sagt sie. »Das Haus liegt an der Meerseite, direkt an den Dünen.«

Ein riesiger Stein fällt mir vom Herzen. Jetzt merke ich, wie sehr mich die Zweifel an Mattes' Absichten belastet haben. In all dem Trubel der letzten Stunden hatte ich kaum Zeit, darüber nachzudenken. Erleichterung macht sich breit und ich schüttle lächelnd den Kopf. Oma hat sich geirrt, denke ich. Trotzdem hake ich nach, möchte ganz sicher sein. »Ihr seid Geschwister?«

»Warum fragst du?«

»Na ja, weißt du, Mattes und ich, wir kennen uns bereits«, antworte ich.

»Ach was!« Aska sieht mich mit großen Augen an. »Das hab ich gar nicht mitbekommen. Da ist man einmal nicht auf der Insel … Ich war gestern den ganzen Tag auf Norderney, um einem Freund zu helfen.«

»Wir haben uns am Strand kennengelernt, Mattes und ich …« Ich erzähle Aska von meiner Aktion mit Lilly und Samson im Meer, dass Mattes uns aus dem Wasser gefischt hat und dass er mir hinterhergelaufen ist, als er gehört hat, wie Lilly meinen Namen gerufen hat.

Sie deutet auf die braune Tüte auf dem Tresen. »Dann kannst du dir den Weg eigentlich sparen.« Sie lächelt. »Ehrlich gesagt, habe ich mit der Buchaktion nur versucht, Schicksal zu spielen. Ich weiß, das hört sich jetzt etwas eigenartig an, aber ich wollte, dass ihr beiden euch kennenlernt.«

»Wegen der kleinen Fee auf seinem Arm?«, frage ich.

Ihre Augen werden noch größer. »Er hat dir davon erzählt?«

Ich nicke.

»Wow!« Sie streckt ihren Arm aus. »Ich hab Gänsehaut.«

Ich tippe auf das Buch. »Darf ich es ihm später trotzdem bringen?«

»Unbedingt!«

»Fee?« Lilly steht mit zwei Büchern in den Händen vor mir. »Ich kann mich nicht entscheiden, welches soll ich nehmen?«

»Zeig mal, was hast du denn da?« Lilly hat sich eine Geschichte über einen kleinen Gnom ausgesucht, der in einem Baum lebt, und natürlich ein Buch, in dem es um eine Fee geht. »Wir nehmen beide«, sage ich und lege die Bücher auf den Tresen.

23.

20. August 1964

Liebste Hanni,
zuerst das Allerwichtigste: Du fehlst mir! Ich denke ständig an Dich. Heute war es besonders schlimm, ohne Dich zu sein. Wie gern hätte ich Dich bei mir gehabt, wie gern wäre ich gemeinsam mit Dir durch die Straße unweit des Hafens geschlendert. An einer belebten Kreuzung habe ich einen Straßenverkäufer mit einem Holzwagen, voll mit kleinen, köstlich aussehenden Gebäckstücken entdeckt. Der süße Duft von Vanille lag in der Luft. Es roch himmlisch! Eine Schlange von Leuten bildete sich an dem Stand. Alle schienen sie etwas von dem goldenen Gebäck haben zu wollen. Und ich bin mir sicher, Du hättest es auch gewollt. Ich weiß doch, wie gern Du Süßes magst. Zufrieden sahen die Leute aus, wenn sie lächelnd ein Holzkästchen in Empfang nahmen, in das der Verkäufer die duftenden Köstlichkeiten behutsam

hineingelegt hatte. Ich war neugierig und stellte mich an. Endlich an der Reihe, fragte ich den netten Herren, was er verkaufe. »Madeleines« sagte er und merkte offenbar schnell, dass ich nicht aus Le Havre stamme. Er gab mir ein Stück zum Probieren. Liebste Hanni, es war eine Geschmacksexplosion. Das Gebäck, so zart und fein, schmeckte nach Vanille, Zitrone, Mandel und Butter. Ich beschloss, ebenfalls ein Kästchen zu kaufen, und strahlte genau wie die anderen Menschen, als ich es in Händen hielt. So gern würde ich Dir eines mitbringen, aber ich fürchte, dass das Gebäck eine so lange Reise nicht überstehen würde. Zurück in meiner Unterkunft, erzählte ich meiner Verpächterin, Madame Louise, von meinem Erlebnis. Sie erklärte, dass Madeleines den Namen einer gewissen Madeleine Paulmier tragen, die 1755 die Adelsgesellschaft des polnischen Exilkönigs Stanislas Leszczynski damit verwöhnte. Madame Louise schrieb mir das Rezept auf, damit ich es mit nach Deutschland nehmen kann, und heute möchte ich es Dir gern schicken. Man braucht dazu eine spezielle Backform, ich habe sie für Dich gekauft.

Man nehme:
100 g gebräunte Butter
175 g Zucker
Das Mark einer Vanilleschote (ich bringe Dir welche mit, liebste Hanni)
Etwas Zitronenabrieb nach Geschmack (Orange schmeckt auch, soll ich Dir ausrichten)

3 große Eier
240 g Mehl
60 g gemahlene Mandeln
6 g Backpulver
eine Prise Salz
75 ml Milch

Schritt 1: Ofen vorheizen.

Schritt 2: Butter in einer Pfanne schmelzen und erhitzen, bis sie eine braune Farbe annimmt. Aufpassen, sie verbrennt schnell! Abkühlen lassen.

Schritt 3: Zucker und Eier schaumig rühren.

Schritt 4: Mehl, Backpulver, Mandeln und Salz vermischen. Anschließend unter die Eimasse heben.

Schritt 5: Milch, Zitrone, Vanille und die mittlerweile lauwarme Butter unterrühren.

Schritt 6: Die Formen mit etwas Butter einfetten und anschließend bemehlen, sonst lassen sich die Madeleines nicht aus der Form lösen.

Schritt 7: Die Formen bis zur Hälfte mit Teig füllen. Achtung, es darf nicht mehr sein. Die Madeleines gehen auf.

Schritt 8: Die Madeleines ca. 10 Minuten backen, sie dürfen nicht zu dunkel werden.

Schritt 9: Das Gebäck vorsichtig aus der Form lösen und auskühlen lassen.

Liebste Hanni, wenn ich zurück bin, backe ich Madeleines für Dich. Ich bin sicher, Du wirst sie so sehr lieben wie ich.
In Liebe
Dein Jan

Behutsam falte ich den Brief zusammen, den Oma mir zum Lesen gegeben hat, und stecke ihn zurück in seinen Umschlag. Das Papier ist bereits vergilbt und duftet ein wenig. Ich liebe diesen Geruch. In Antiquariaten riecht es oft ähnlich. Trotzdem habe ich gerade den Duft von Vanille in der Nase.

Ich sitze neben Oma auf dem Bett in ihrem Zimmer. Lara ist mittlerweile wieder auf Juist eingetroffen. Ihr Arm ist bandagiert, aber glücklicherweise nicht gebrochen. Lilly hat ihr bei ihrer Ankunft stolz ihre neuen Schätze aus dem Buchladen präsentiert. Das Buch für Mattes liegt in meinem Hotelzimmer und wartet darauf, heute noch zu ihm gebracht zu werden. Es ist der zweite Harry-Potter-Band, wie Aska mir verraten hat, obwohl er mit Band eins gerade erst begonnen hat.

»Askas Minimuffins haben fast genauso geschmeckt wie deine Madeleines.« Ich gebe Oma den Umschlag, in dem das Rezept steckt. »Sie hat auch gebräunte Butter genommen. Was meinst du, vielleicht hat Jan das Rezept ja weitergegeben?«

»Das kann natürlich sein«, sagt Oma. »Oder Beeke war es. Sie hat sie auch hin und wieder gebacken. Sie hat auch für ihre Friesenkekse die Butter vorher angebräunt, ungewöhnlich ist das also nicht.«

»Und wenn sie miteinander verwandt sind? Vielleicht hat Beeke einen Fisser geheiratet?«, überlege ich.

»Das wäre natürlich ein Ding!« Oma schüttelt den Kopf. »Dann wäre dein Mattes Jans' Neffe. Vielleicht sind sie aber auch anderweitig verwandt. Edda hatte einen Bruder … wie hieß er noch gleich?« Sie schüttelt den Kopf. »Da komme ich jetzt nicht drauf. Es gibt auf jeden Fall einige Fissers auf Juist, der Name ist hier und auf anderen Inseln so geläufig wie Müller.«

»Warten wir mal ab«, sage ich schnell und ärgere mich darüber, dass ich den Gedanken laut ausgesprochen habe.

»Schade, dass ich Jan nie kennenlernen konnte«, sage ich. Dass die beiden miteinander verwandt sein könnten, gefällt mir nicht. Ich weiß nicht, warum, aber irgendwie fühlt es sich nicht richtig an. Deswegen lenke ich das Gespräch schnell in eine andere Richtung. »Sag mal, dieses butterblumengelbe Kleid, von dem er mehrfach geschrieben hat, gibt es das noch? Du scheinst ihm darin ja ganz schön den Kopf verdreht zu haben. Und jetzt bin ich natürlich neugierig.«

Oma lacht. »Das Kleid habe ich nicht mehr. Irgendwann bin ich leider rausgewachsen«, sagt sie und streicht sich über den Bauch. »Aber es hat ungefähr die Farbe des Kleides mit den Blüten, das ich mir hier auf der Insel gekauft habe.«

»Ich verstehe, warum du Jan in dem Kleid aufgefallen bist. Die Farbe steht dir wirklich gut, Oma.«

»Danke, Liebes! Das Kleid hat mich ehrlich gesagt auch ein bisschen an früher erinnert. Wahrscheinlich habe ich es deswegen gekauft. Diese ganze Reise nach Juist … Es ist wie ein Blick in die Vergangenheit, den ich viel zu lange hinausgezögert habe.«

»Aber jetzt bist du hier, sind wir hier, und das ist wichtig. Wollen wir uns vielleicht auf den Weg zum Friedhof machen?«

»Ja, das ist eine gute Idee.«

* * *

»Wir schaffen das, Oma!«, sage ich und greife nach ihrer Hand. Sie ist kalt und ein bisschen feucht.

»Danke, dass du mich begleitest, Liebes«, sagt sie und drückt noch ein wenig fester zu.

Es fühlt sich an, als würde sich Oma an mir festhalten. Das Gefühl, etwas zurückzugeben, ist schön. Wir stehen das gemeinsam durch. Ich schließe das gusseiserne Tor hinter uns. Hand in Hand folgen wir dem Weg, direkt auf die Kapelle zu. »Welches Grab ist es?«

Oma zeigt auf die linke Seite. »In der zweiten Reihe von vorn. Da hat Beeke gestanden.«

Wir bleiben einen Moment stehen, bis Oma die Initiative ergreift. Langsam gehen wir bis zu dem Grab.

»Hier muss es sein«, sagt Oma.

Es ist ein schönes Grab, gepflegt, jemand kümmert sich mit Hingabe darum. Auf Steinplatten stehen Keramiktöpfe, passend zur Jahreszeit mit Stiefmütterchen bepflanzt. Es gibt nur eine Sache, die nicht passt, und das scheint auch Oma gerade zu realisieren.

»Hier liegt Edda bei ihrem Mann Okke«, sagt sie und schaut fassungslos auf den Grabstein. »Natürlich, hier bin ich doch damals schon mit ihr gewesen. Sie hat sich zu ihm legen lassen.«

»Der Friedhof ist nicht groß.« Ich sehe mich um. »Bist du dir sicher, dass Jan hier auch begraben wurde? Es ist ein katholischer Friedhof, oder?«

»Ein kommunaler, als Christ kannst du überall begraben werden«, erklärt Oma. »Die beiden liegen hier. Ich bin mir sicher, dass wir Jan auch hier finden.«

Sie geht ein Grab weiter. Und noch eins und noch eins.

Wir laufen die nächsten zwei Grabreihen ab, als Oma plötzlich stehen bleibt. »Das gibt es doch nicht. Eske Tütken. Sie ist auch schon gestorben. Meine Güte, wie schrecklich.«

»Kanntet ihr euch gut?«, frage ich.

»Sie war eine Nachbarin und sehr nett, allerdings vier Jahre jünger. Befreundet waren wir nicht. Die Zeit verwächst sich, aber damals war sie einfach noch zu sehr Kind, während ich schon verlobt und eine erwachsene Frau war.«

Zwei Gräber weiter stoßen wir auf Bonno Hoferland, einen Freund von Jan. Und schließlich auf Tamme und Tritje Duhm.

Oma schluckt. »Tamme und Tritje … Die beiden waren nun wirklich Freunde von uns. Sie gehörten zu den wenigen Insulanern, die mich von Anfang an herzlich empfangen haben.«

»Was haben die Leute denn gegen Menschen vom Festland?«

»Ach, im Grunde brauchen sie einfach eine gewisse Zeit, um mit dir warm zu werden. Aus dem Ruhrgebiet sind wir es anders gewohnt. Auf der Insel herrscht eine völlig andere Mentalität. Die Menschen sind eher distanziert, wirken fast misstrauisch. Man fühlt sich, als wolle man Eiswürfel an einen Eisbären verkaufen.«

»Das klingt wirklich nach keinem leichten Start, Oma.«

»Nein, das war es weiß Gott nicht.«

Wir suchen weiter, werden aber nicht fündig.

»Was machen wir jetzt?«, frage ich. Da fällt mir ein Mann auf, der aus der Kapelle in Richtung Ausgang läuft. »Guck mal, da ist ein Pastor. Komm, Oma …«

»Entschuldigung«, sage ich, als wir den Mann eingeholt haben.

»Ja?« Er hat braunes Haar, ist groß, schlank und trägt eine Brille mit etwas zu kleinen runden Gläsern. »Meine Oma und ich, wir suchen nach einem Verstorbenen. Können Sie uns helfen?«

»Das kommt drauf an.« Er lächelt freundlich. »Worum geht es denn?«

»Können Sie uns sagen, wo Jan Petersen liegt?«, fragt Oma.

Einen kurzen Moment überlegt er – mit einem Lächeln auf dem Gesicht. »Höchstwahrscheinlich in seinem Bett«, sagt er. »Das hoffe ich zumindest. Und wenn er dort nicht liegt, dann sicher im Garten oder am Strand. Hier werden Sie Jan zum Glück nicht finden. Seine Mutter Edda schon, sie liegt dort vorn.« Er zeigt auf die zweite Grabreihe.

Oma wird kreidebleich.

Das erkennt auch der Pastor. »Ist Ihnen nicht gut? Kommen Sie, hier vorn ist eine Bank. Setzen Sie sich. Ich hole Ihnen einen Schluck Wasser aus der Kapelle.«

»Das kann nicht sein«, flüstert Oma und schüttelt den Kopf.

Und was, wenn doch? Ich greife nach Omas Hand. »Es wird sich sicher gleich alles aufklären.«

Kurz darauf kommt der Pastor mit einem Glas und einer Flasche Wasser zurück. »Hier, trinken Sie, das wird Ihnen guttun.«

»Danke«, sagt Oma. Sie ist noch immer blass um die Nase.

»Es tut mir leid, wenn das, was ich gesagt habe, Sie anscheinend erschreckt hat.« Der Pastor setzt sich neben Oma auf die Bank. »Aber wir sprechen doch über Jan Petersen, sechsundsiebzig Jahre alt, Sohn von Edda Petersen?«

Oma nickt.

»Den habe ich gestern erst gesehen, quicklebendig.«

»Das gibt es doch nicht …« Sie hält dem Pastor ihr Glas hin. »Kann ich bitte noch etwas Wasser haben?«

»Aber natürlich.« Er schenkt nach. »Bitte entschuldigen Sie meine Neugierde, aber es kommt mir etwas ungewöhnlich vor, dass Sie ihn für verstorben hielten. Möchten Sie mir sagen, wie Sie darauf kommen?« Er sieht nach oben in den Himmel und wieder zu Oma. »Sie wissen, dass ich darüber schweigen werde.«

Wie ein Grab, schießt es mir durch den Kopf.

»Seine Mutter hat es mir damals mitgeteilt«, sagt Oma. »Sie hat mir gesagt, dass Jan hier auf dem Dünenfriedhof beigesetzt werden wird.«

»Das wird wohl auch so sein, wenn er denn die letzte Reise antritt. Aber wie gesagt, noch ist es nicht so weit.« Er schüttelt den Kopf. »Irgendwas ist da wohl gewaltig schiefgelaufen, da haben Sie sich bestimmt verhört.«

Eine steile Falte bildet sich auf Omas Stirn, ihre Gesichtszüge verhärten sich. »Nein, Herr Pastor«, sagt sie. »Das habe ich nicht, das weiß ich ganz genau. Noch immer habe ich jedes einzelne Wort in den Ohren, das sie damals zu mir gesagt hat.«

»Und darf ich fragen, wann das war?«

»1965.«

»Das ist lange her.«

»Ein ganzes verpasstes Leben«, sagt Oma.

Der Pastor schweigt einen Moment. Ich bin mir sicher, dass er die Tragweite dessen, was Oma gerade gesagt hat, verstanden hat und nun nach den richtigen Worten sucht. »Die Steine, die uns in den Weg gelegt werden, sind dafür da, unser Fundament zu stärken«, sagt er schließlich. »Ich kann nicht ermessen, was Sie verpasst haben, aber ich bin ein guter Beobachter. Sie sind mit Ihrer Enkeltochter hier, zu der sie eine intensive Beziehung zu haben scheinen. Da ist also viel Gutes in Ihrem Leben entstanden.«

Oma atmet tief durch. Und ich blinzele verstohlen die Tränen weg, die sich in meinen Augen sammeln. »Damit haben Sie verdammt recht, Herr Pastor«, sagt sie mit fester Stimme.

Er lacht leise. »Aber die Verdammnis lassen wir besser aus dem Spiel.«

»Abgemacht«, sagt Oma.

»Er wohnt übrigens wieder in seinem Elternhaus, oben im Loog. Zwischenzeitlich war er wohl mal länger weg. Aber das wird er Ihnen sicher gern selbst erzählen, wenn Sie ihn besuchen.«

»Ja, haben Sie vielen Dank!«

Oma ist etwas wacklig auf den Beinen, als wir vom Friedhof gehen. Ich hake mich bei ihr unter.

»Edda hat mich angelogen!«, sagt sie.

24.

»Sie hat gelogen«, sagt Oma noch einmal. »Edda war gegen unsere Hochzeit, aber sie hat es zähneknirschend akzeptiert. Das dachte ich zumindest. Ich erinnere mich noch genau an eine Nacht, in der ich aufwachte, weil ich aufgebrachte Stimmen hörte. Ich schlich mich leise zum Treppenabsatz. In der Küche brannte Licht. Ich sah die Schatten von Jan und Edda. Eigentlich war das nicht meine Art, aber ich hatte da so eine Ahnung, also hockte ich mich angelehnt an das Geländer auf den Boden und hörte zu. Edda hat von ihm verlangt, dass er mich verlässt. Er sollte mich nicht heiraten. Stattdessen sollte er eine Frau von der Insel nehmen. Aber Jan stand zu mir, sie stritten sich. Ich legte mich zurück ins Bett und stellte mich schlafend. Da ich Jan nicht in unnötige Konflikte verwickeln wollte, verlor ich nie ein Wort über die Geschehnisse der Nacht. Ich behielt für mich, dass ich alles gehört hatte. Aber ich wusste, dass ich mit einer Frau unter einem Dach lebte, die mich zum Teufel wünschte. Ich war nicht nur vom Festland, ich war nicht nur Fremdschiet, ich war auch Irin, wenn auch nur zur Hälfte. Eddas Mann, Jans Vater, war krank und geschwächt aus einem Kriegsgefangenenlager irgendwo auf den Britischen Inseln zurückgekommen und nur wenige Wochen danach gestorben.

Edda hatte gehört, dass es trotz Irlands Neutralität irische Soldaten gegeben habe, die gemeinsam mit den Engländern gegen die Deutschen kämpften. Sie wollte mich loswerden, weil mein Vater Ire war. Dass sie so weit gehen würde, den Tod ihres Sohnes vorzutäuschen, ist unfassbar. Aber was mich noch mehr beschäftigt, ist die Tatsache, dass Jan sich nie bei mir gemeldet hat, um es richtigzustellen.«

»Du weißt schon, dass es eine einfache Methode gibt, um herauszufinden, was damals passiert und schiefgelaufen ist, Oma«, sage ich. »Frag ihn.«

Oma wischt mit der Hand durch die Luft. »Kommt gar nicht in die Tüte. Er hatte sein Leben lang Zeit, Kontakt zu mir aufzunehmen, und wird seine Gründe haben, dass er es nicht getan hat. Er hat mich einfach in dem Glauben gelassen, er sei tot. Vielleicht ist er verheiratet. Bestimmt sogar, er war ein sehr gut aussehender Mann mit großer Ausstrahlung. Blond, schöne Augen …«

»Das hört sich nach Mattes an«, sage ich und ärgere mich im nächsten Moment über mich selbst. Was, wenn die beiden doch miteinander verwandt sind?

Ich stupse Oma in die Seite. »Jetzt freu dich endlich, dass dein geliebter Jan noch lebt. Auch wenn er schon zum zehnten Mal verheiratet ist und fünfundzwanzig Kinder mit irgendwelchen Frauen gezeugt hat, ist es doch gut, dass er nicht auf dem Friedhof liegt.«

»Da hast du auch wieder recht«, sagt Oma.

»Und falls er doch Single ist …« Ich lege eine kleine bedeutungsvolle Pause ein. »Du hast Opa verlassen. Und du sagst doch selbst immer, dass alles im Leben einen Sinn hat.«

»Auch damit hast du recht, Schatz«, sagt Oma und ich freue mich über das schelmische Funkeln in ihren Augen. »Aber Gerda freut sich schon auf unsere Frauen-WG und das Letzte, was ich jetzt brauche, ist wieder ein Mann, den ich versorgen und um den ich mich kümmern muss.«

Hilde schleicht sich in meine Gedanken, die erst vor Kurzem Ähnliches zu mir gesagt hat. Sie würde perfekt zu Oma und Gerda passen. »Also, wenn ihr noch eine Dritte im Bunde für eure Frauenvilla sucht, ich wüsste da jemanden. Sie ist sehr nett.«

»Du kannst jederzeit bei uns einziehen, Schatz«, sagt Oma. »Nur denke ich mal, dass wir alten Schachteln dir auf Dauer zu anstrengend werden.«

So hatte ich es nicht gemeint, doch das behalte ich für mich. Es freut mich, dass Oma sich mich als potenzielle WG-Mitbewohnerin vorstellen kann. »Du, Gerda und ich.« Ich muss schon wieder lachen.

Oma nickt. »Das wär doch was!«

»Macht ihr mal. Ich komme euch ganz oft besuchen«, sage ich. »Allerdings muss ich erst mein Leben in Mülheim auf die Reihe kriegen und mich vor allem irgendwie mit Tobi einigen. So wie es aussieht, will Britt zu ihm ziehen. Aber die Hälfte der Möbel gehört nun mal mir und noch bin ich nicht offiziell ausgezogen.«

»Da sagst du was!« Oma zieht die Stirn kraus. »Das steht mir auch noch bevor.« Sie schlägt sich auf den Oberschenkel. »Sag mal, was hältst du davon, wenn du in das Haus ziehst?«

»Mit Opa?« Ich schüttle rigoros den Kopf.

»Der will ja auf große Reise gehen«, sagt Oma und wird plötzlich ernst. »Über das Haus sollten wir uns in Ruhe unterhalten. Die Idee an sich finde ich nicht schlecht. Doch zurück zur gegenwärtigen Situation. Du hast recht. Es wird Zeit, dass ich mich endlich wieder wie eine erwachsene Frau verhalte.« Sie lächelt sanft. »Jan lebt. Und ich will mich gern selbst davon überzeugen, dass das auch wirklich wahr ist. Ich möchte ihn sehen. Und ich möchte wissen, was damals wirklich passiert ist.

Wie sieht es aus? Darf deine Oma dich gleich auf deinem Weg ins Loog begleiten?«

* * *

Gestern bin ich mit Mattes hier entlanggefahren, heute radle ich neben Oma. Obwohl es erst das zweite Mal ist, kommt der Weg mir vertraut vor. Die ganze Insel kommt mir vertraut vor. Damals wäre Juist fast zu Omas Heimat geworden. Und jetzt plant sie erneut, hier an der Nordsee sesshaft zu werden. Der Gedanke gefällt mir.

Im Loog angekommen steigen wir von den Rädern und schieben sie. Viele der schmucken Einfamilienhäuser sehen sich ähnlich. Gepflegte Vorgärten, karminrote Dachziegel, weiße Gardinen in den Fenstern. Am besten gefallen mir die Häuser, die am Watt oder zur Meerseite mit Blick auf die Dünen liegen. Auf Juist wohnt man überall in Wassernähe. Auch dieser Gedanke gefällt mir.

An einer Weggabelung gehen wir links entlang. Oma sagt nichts, sie ist verdächtig ruhig geworden. Und ich tue es ihr gleich, bis sie plötzlich deutlich langsamer geht und stehen bleibt.

»Da vorn ist es.« Oma stellt ihr Fahrrad neben einer Straßenlaterne ab. »Das vorletzte Haus in der Reihe.«

Es ist eins der Backsteinhäuser mit karminroten Ziegeln. Der Vorgarten ist durch einen kniehoch gemauerten Zaun abgegrenzt.

»Das Haus hat sich verändert«, sagt Oma. »Schau, der Anbau, den gab es früher nicht. Und der Schuppen ist auch neu. Die Fenster waren früher blau gestrichen und die Tür auch. Nun sind sie grün. Die alte gusseiserne Bank unter dem Küchenfenster dagegen sieht immer noch aus wie die von damals. Allerdings waren die Polster nicht so hübsch. Ich habe oft darauf gesessen, habe gelesen, Kartoffeln geschält, genäht oder einfach nur gewartet. Fünfundfünfzig Jahre ist es jetzt her …«

»Und nun bist du wieder hier«, sage ich. »Bist du bereit?«

»Ja.« Oma umarmt mich, bevor sie die Schultern strafft und auf direktem Weg auf das Haus zugeht.

Ich schiebe das Rad in die andere Richtung, biege in eine kleine Seitenstraße ein, komme an der Jugendherberge vorbei, wie Aska beschrieben hat, biege rechts ab, lasse den Kaufmann linker Hand liegen und gehe weiter geradeaus. Dann stehe ich vor dem Haus, in dem der Mann lebt, in den ich mich verliebt habe. Ich lehne mein Rad an den Zaun und gehe den schmalen gepflasterten Weg entlang bis zum Haus. Die Tür ist grün, wie die von Omas Jan. Mein Herz klopft mal wieder etwas schneller, als ich die Klingel betätige und warte. Aber Mattes macht nicht auf. Unschlüssig sehe ich mich um, dann hänge ich die Tüte an die Klinke und gehe zurück zu meinem Rad. Ich hoffe, dass Oma mehr Glück hat und sie Jan zu Hause angetroffen hat.

Was jetzt, überlege ich. Da fällt mir ein, dass ich bisher noch nicht in dem Wäldchen war, von dem Mattes erzählt hat. Kurz entschlossen hole ich einen Stift aus meiner Tasche, gehe noch mal zur Tür und schreibe »Fee war hier« auf die Tüte. »Du findest mich im Zauberwald.«

Ich fahre bis zur Kreuzung, die rechts zu dem Dünenaufgang führt, an dem Mattes und ich gestern die Räder abgestellt haben. Links davon liegt das Watt, geradeaus der Hammersee und das Wäldchen. Ich stelle das Rad ab und gehe zu Fuß weiter.

Vor dem Wäldchen halte ich kurz inne und atme durch. So hat es mich mein Urgroßvater gelehrt, als wir bei einem unserer Urlaube in Irland durch die hügelige Landschaft gestreift sind. »Du darfst sie nicht erschrecken, Fee«, hat er gesagt. »Bleib kurz stehen und zeig ihnen, dass du sie achtest und ihnen wohlgesonnen bist.« Damals war ich neun, das weiß ich noch so genau, weil ich nach den Sommerferien von der Grundschule auf die Gesamtschule gewechselt habe. Das Schulmäppchen dafür hatte mir Uropa Liam geschenkt. Es war grau und darauf glitzerte der Shamrock, ein grünes dreiblättriges Kleeblatt. Er hat mir gesagt, die Zahl Drei sei eine magische Zahl und die Pflanze bringe Glück. Ich habe das Mäppchen geliebt. Es hat mich an den wundervollen Sommer mit meinen Urgroßeltern, meinen Großeltern und meinen Eltern erinnert, den wir alle gemeinsam verbracht haben. Vor allem aber an Uropa Liam, der damals behauptete, ein Gnom gehe die ganze Zeit neben uns und ziehe Grimassen, um ihn zum Lachen zu bringen. Ich war mir sicher, dass er flunkerte, bis er irgendwann aus heiterem Himmel laut losprustete und ihm vor Lachen sogar die Tränen liefen, weil der Gnom seiner Aussage nach auf einem Baumstamm Ballett tanze. Obwohl es windstill war an dem Tag, raschelten plötzlich die Blätter des Weißdornbusches hinter dem Stamm. »Und schon ist er weg«, sagte Uropa und erklärte mir, der Busch sei der Eingang zur Elfenwelt.

Ich stehe nun neben einer Stechpalme, streiche sanft mit der Handfläche über die Blätter und spüre, wie sich eine leichte, wohlige Gänsehaut auf meinem ganzen Körper ausbreitet.

»Hallo, kleines Volk«, sage ich und betrete den Wald. Ich gehe achtsam und versuche, jeden Schritt besonders behutsam aufzusetzen. Vor einer knorrigen alten Eiche, die in sich verästelt, aber nicht sehr hoch ist, bleibe ich stehen. Sofort erkenne ich das Gesicht, bestehend aus zwei Astlöchern für die Augen, dem abgebrochenen Ast darunter für die dicke Nase und dem größeren Astloch für einen offenen Mund. Es sieht freundlich aus und ein wenig so, als würde es staunen. Es heißt, in jedem Baum wohne ein Baumgeist. Und dass man freundlich sein soll zu allen Pflanzen und Lebewesen. Lächelnd gehe ich weiter, komme an blühenden Heckenrosen vorbei, solchen wie die, aus denen Uroma leckeres Gelee gekocht hat, ebenso wie aus Holunderblüten, die hier ihren süßen Duft verströmen. Ein Gnom, eine Elfe oder andere Elementarwesen bekomme ich nicht zu Gesicht, aber ich spüre, dass hier mehr ist. Das Wäldchen wird zu Recht Zauberwald genannt.

Ich gehe weiter auf schmalen verschlungenen Pfaden zwischen dunklen Kiefern, Eichen, Erlen und Birken, in den Kronen buschige Hexenbesen. Begleitet werde ich vom Zwitschern aufgeregter Meisen. An einer etwas kahleren Stelle erhasche ich einen Blick auf den dahinter liegenden Hammersee. Das dunkle Wasser glänzt in der Abendsonne. Ein paar Enten schnattern laut um die Wette. Dann lichtet sich das Wäldchen, ich bin an der Nordseite angekommen. Vor mir die Dünen, dahinter das Meer. Ich gehe weiter um den See herum.

Etwa eine Stunde bin ich unterwegs und ich spüre, wie ich immer ruhiger und gelassener werde. Als ich wieder an meinem Rad ankomme, geht es mir gut. Es wird sich alles finden, denke ich, atme noch einmal tief ein und fahre los. Im Loog mache ich einen Schlenker an Jans Haus vorbei. Omas Rad steht noch immer vor seiner Haustür. Ich freue mich für sie und bin gespannt darauf, was sie mir später erzählen wird. Kurz überlege ich, ob ich zurück ins Hotel gehe, entscheide mich aber spontan dazu, noch einmal bei Mattes vorbeizufahren.

Die Tüte hängt noch immer an der Haustür. Er ist also noch nicht zu Hause. Es soll nicht sein, denke ich, da sehe ich ihn die Straße entlangkommen, in weißem Shirt und Badehose. Er war schwimmen.

»Moin.« Er schaut mich überrascht an.

»Moin.« Ich zeige auf die braune Tüte. »Deine Schwester schickt mich mit Bücherpost.«

Er runzelt die Stirn. »Ich habe zwar nichts bestellt, aber danke. Aska wird sich schon was dabei gedacht haben.«

»Sie wollte, dass wir uns kennenlernen«, sage ich. »Ich habe sie auf dem Flug nach Juist kennengelernt und heute zufällig in der Buchhandlung wiedergetroffen.«

»Meine Schwester versucht also, Schicksal zu spielen.« Mattes lächelt, aber es wirkt gezwungen.

Ich halte die Situation nicht mehr aus und frage ganz direkt: »Sagst du mir, warum du dich nicht mehr gemeldet hast?«

»Selbstschutz«, sagt er. »Ich mag dich zu gern. Und du hast nicht nur einmal betont, dass du die Insel morgen wieder verlassen wirst.«

»Und du hast gesagt, dass du darüber nachdenkst, für längere Zeit zur See zu fahren. Und ich bin trotzdem hier«, kontere ich.

»Oh Mann, Fee …«

»Ich war gerade im Zauberwald.«

»Und, hast du einen Gnom oder eine Elfe getroffen?«

»Nur eine Fee. Sie hat mir ins Ohr geflüstert, dass sich alles finden wird. Und sie hat mich direkt zu dir geführt. Ich weiß, das kommt alles sehr plötzlich und irgendwie viel zu schnell. Du wirst vielleicht bald irgendwo auf hoher See unterwegs sein und ich vielleicht in die Eifel ziehen.« Ich zucke etwas hilflos mit den Schultern. »Aber was, wenn nicht? Oder wenn du nur ein paar Wochen weg bist und ich auch und wir dann beide wiederkommen. Oder wenn wir uns in Honolulu treffen, im Nimmerland, im Taka-Tuka-Land oder … oder auf Norderney?«

Mattes fängt schallend laut an zu lachen. »Überall, aber bestimmt nicht auf Ney!«

»Schön, dein Lachen zu hören.«

»Schön, dass du hier bist.«

»Ich muss die Insel verlassen, das stimmt. Da gibt es einiges, das ich klären muss. Aber ich könnte zurückkommen – nach Juist. Wenn du da wärst.«

Er reibt sich das Kinn, betrachtet mich nachdenklich. »Du bist die erste Fee, die ich sehen kann«, sagt er schließlich. »Habe ich einen Wunsch frei, wenn ich dich küsse?«

»Nein, das ist das Märchen mit dem Frosch. Und es funktioniert genau andersrum. Sie küsst das kleine grüne Tier und plötzlich steht ein Prinz vor ihr«, erkläre ich. »Feen erfüllen Wünsche in der Regel nur bei gutem Verhalten. Manchmal machen sie auch kleine Geschenke.«

Mattes grinst breit. »Mein Verhalten ist jetzt gerade nicht sehr vorbildlich, oder? Da steht eine wunderschöne Frau vor mir und bezirzt mich, aber anstatt sie in mein Haus zu bitten, lasse ich sie vor der Tür stehen.«

»Ich bezirze dich?« Jetzt bin ich diejenige, die grinst. »Du weißt schon, dass Circe der Sage nach Seeleute in Schweine verwandelt hat, die daraufhin ihre Reisepläne vergaßen.«

Mattes sieht mich einen Moment sprachlos an. »Ernsthaft?«, fragt er schließlich.

Ich nicke. »Sie war die Tochter des Sonnengottes Helios und der Meeresnymphe Perse oder der Göttin Hekate – darüber streiten die Götter und die Etymologen. Sie lebte auf der Insel Aiaia. Sie hat auch ihre Gefährten in Tiere verwandelt, in zahme Löwen und Wölfe. Aber keine Angst, es soll da ein Kraut geben, das gegen sie immun macht. Odysseus hat es eingenommen. Ihm hat sie schließlich sogar geholfen und am Ende noch günstige Winde für die Heimfahrt gesendet.«

»Als Fee bist du mir lieber«, sagt Mattes und geht an mir vorbei auf das Haus zu. »Worauf wartest du?«, fragt er. »Komm …«

* * *

Mattes schmeckt nach Meer – salzig, aufregend und gleichzeitig vertraut. Wir haben uns auf die Couch gesetzt, um Tee zu trinken, doch ein tiefer Blick in seine sehnsuchtsvollen Augen und es war um mich geschehen.

»Fee«, sagt er, nachdem er sich atemlos von meinen Lippen gelöst hat. Seine Stimme klingt einen Hauch dunkler, erregt … Er zieht mich auf seinen Schoß, streichelt mein Gesicht, meine Schultern, meinen Rücken, meinen Po. Es ist, als könnte er nicht genug von mir kriegen.

Ich habe die Augen geschlossen. Denke nicht daran, was morgen wird, fühle einfach nur, spüre seinen Körper an mir. Als er mich etwas näher an sich drückt, spüre ich seine Erregung, die hart gegen meine Mitte drückt, und stöhne wohlig auf. Mein Bauch zieht sich zusammen.

»Ich will dich«, sagt Mattes.

Und ich will ihn auch …

* * *

Eine kleine Ewigkeit später liege ich erschöpft in seinen Armen.

»Das war sehr schön«, sagt er.

»Das finde ich auch.«

Wir sehen uns an.

»Wenn ich einen Wunsch frei hätte, dann wäre es, dass wir einen Weg finden, um zusammen sein zu können«, sagt er.

»Wer oder was könnte uns daran hindern?«, frage ich, lege mich auf den Rücken, kreuze die Arme hinter dem Kopf. Mattes fährt mit den Fingerspitzen in kreisenden Bewegungen über meinen Bauch, der sich sofort zusammenzieht. »Es gibt Schiffe, die Passagiere vom Festland auf Inseln bringen«, sage ich. »Und ich habe auch von kleinen Flugzeugen gehört, die täglich mehrmals über das Wasser fliegen.«

»Davon habe ich auch schon gehört.« Mattes streicht über meine Brust. »Du meinst es ernst? Wir kennen uns kaum …«

»Das sollten wir ändern.«

»Das ist ein guter Plan.«

Ich schmiege mich eng an ihn. Er hält mich fest. Und ich schlafe in seinen Armen ein …

* * *

Am nächsten Morgen weckt Mattes mich mit einem Frühstück im Bett. Ich habe so tief und fest geschlafen, dass ich nicht aufgewacht bin, als er aufgestanden ist. Ich setze mich auf und schaue auf das Tablett, das er zwischen uns stellt. Darauf stehen zwei große Becher mit Kaffee und ein Teller mit Madeleines in der für sie typischen muschelähnlichen Form.

Jan fällt mir ein, Beeke … »Du bist nicht zufällig verwandt mit Jan Petersen?«, frage ich.

Mattes sieht mich überrascht an. »Nein, er ist ein Nachbar, wohnt an der Wattseite. Als du mir vorgestern von den Madeleines erzählt hast, habe ich mich daran erinnert, dass er sie früher häufiger mal gebacken hat. Ich habe ihn nach dem Rezept gefragt. Er hat es mir gegeben und gestern Mittag stand er plötzlich mit dem fertigen Gebäck vor der Tür. Ich habe ihn zu einer Tasse Kaffee eingeladen. Er hat mir erzählt, dass das Gebäck eine besondere Bedeutung für ihn hat. Er hat das Rezept einer Frau, die ihm sehr viel bedeutet hat, von einer Fahrt nach Frankreich mitgebracht. Sie hat ihn verlassen, aber er hat sie nie vergessen.«

»Das stimmt doch gar nicht«, erwidere ich aufgebracht. »Sie hat ihn nicht verlassen. Seine Mutter hat ihr weisgemacht, dass er im Sturm ums Leben gekommen ist.«

»Was meinst du?«, fragt Mattes. »Ich verstehe nicht ganz …«

»Die Frau, von der du sprichst, ist meine Oma. Sie ist auf die Insel gekommen, um Jans Grab zu besuchen. Und der Pastor hat ihr gestern erzählt, dass die große Liebe ihres Lebens gar nicht auf dem Friedhof, sondern wahrscheinlich putzmunter im Bett lag.«

Mattes lacht laut auf. »Das passt zu unserem Pastor.«

»Aber komisch ist das nicht«, sage ich und finde, ich höre mich schon an wie Oma.

»Du hast recht, tragisch trifft es wohl besser.«

»Sie war gestern bei ihm.« Ich greife nach meinem Handy, das auf dem Nachttisch liegt. »Ich bin zu dir, sie ist zu ihm. Und ich weiß noch gar nicht, wie die Sache zwischen den beiden ausgegangen ist. Vielleicht hat sie mir geschrieben.«

Liebes, ich bin wieder im Hotel. Mir geht es gut. Und Jan auch. Alles andere später. Genieß die Zeit mit Mattes. Hab dich sehr lieb, Oma

»Warte einen Moment.« Mattes steht auf und kommt kurz darauf mit einem gerahmten Foto zurück. Ihn erkenne ich sofort. Das blonde Haar, die hellen, ausdrucksstarken Augen. Den Mann neben ihm habe ich noch nie gesehen, aber ich habe eine Ahnung, wer es ist. Er hat graues Haar und Vollbart. Er trägt eine Kapitänsmütze und Uniform – so wie Mattes.

»Jan hat die letzten zehn Jahre vor seiner Rente die *Frisia* gefahren. Ich bin in seine Fußstapfen getreten, habe ihn abgelöst.«

»Ist er verheiratet?«, frage ich.

»Geschieden«, antwortet Mattes.

»Und du?«

»Ich bin Single.« Ich räuspere mich und er grinst. »Das heißt, frisch verliebt. Meine letzte Beziehung ist an der Freundschaft zu Wiebke gescheitert. Kirsten kam nicht damit klar, dass wir eine solch enge Bindung hatten. Im Nachhinein kann ich es verstehen. Mir ist leider erst nach Wiebkes Tod klar geworden, wie viel sie mir bedeutet hat.«

»Ihr wart gar kein Paar?«

»Nein. Dazu ist es nie gekommen. Trotzdem haben wir uns geliebt, wenn auch nur platonisch. Mehr wollte sie nicht. Sie hat immer gesagt, dass sie nicht lange genug auf dieser Welt sein wird, um mich glücklich zu machen.«

»Oh, das ist traurig«, sage ich.

Doch Mattes schüttelt den Kopf. »Es war richtig so. Das, was wir hatten, war etwas Besonderes.« Er streicht eine Haarsträhne hinter mein Ohr. »Sie wollte, dass ich eine Frau wie dich finde. Ich bin mir sicher, dass sie gerade jede Menge Spaß da oben hat, wenn sie sieht, wie gut es mir mit dir geht. Sich gegenseitig guttun, das ist es, worauf es ankommt im Leben, hat sie immer gesagt. Ich denke, dass uns beiden das gelingen wird.«

»Das denke ich auch.« Ich beuge mich zu Mattes und küsse ihn sanft. »Ich freue mich darauf.«

Hanni

25.

30. November 1967

Liebste Hanni,
lange habe ich darüber nachgedacht, warum Du mich verlassen hast. Ich blicke schmerzlich auf die vergangene Zeit zurück. Voller Freude kam ich, nachdem ich mich nach dem schrecklichen Unwetter von meinen Verletzungen auskuriert habe, mit dem benötigten Geldbetrag für unsere Hochzeit zurück. Doch Du warst nicht mehr da. Einfach weg, ohne eine Nachricht, ohne mir persönlich zu erklären, warum Du Dich so entschieden hast. Für mich brach eine Welt zusammen. Meine Welt. Unsere Welt. Ich konnte mir nicht vorstellen, mein Leben ohne Dich zu verbringen. Jede Faser meines Körpers sehnte sich nach Dir, vermisste Dich. Es war ein anderes Vermissen. Dem Gefühl, das ich auf hoher See hatte, überhaupt nicht ähnlich. Es fühlte sich an, als hätte mir jemand das Herz aus der Brust gerissen. Ich brauchte eine Zeit, um zu verstehen,

was geschah. Vielleicht wollte ich es auch nicht verstehen, glaubte es nicht, habe die Augen davor verschlossen, obwohl es irgendwann so eindeutig war. Aber ich hätte es sehen müssen, hätte etwas machen müssen. Meine Mutter hat Dich von Anfang an abgelehnt. Und sie hat es Dich spüren lassen. Als Beeke mir schließlich vor Kurzem erzählt hat, dass Du gegangen bist wegen meiner Mutter, nicht wegen mir, habe ich mich geschämt. Geschämt, weil ich Dich alleingelassen habe. Auf See gefahren bin, obwohl Du Dich so unwohl fühltest. Hanni, wenn ich könnte, würde ich die Zeit zurückdrehen. Würde mit Dir in eine kleine Wohnung ziehen, die nur uns gehört. Ich würde bei Dir bleiben. Warum sollte die Hochzeit eigentlich so groß gefeiert werden? Dir war es nicht wichtig. Aber ich wollte ein Zeichen setzen – für uns. Meine geliebte Hanni, ich wünsche mir noch immer nichts sehnlicher, als Dich irgendwann meine Frau nennen zu dürfen.

Ich liebe Dich, für immer
Dein Jan

Ich falte den Brief zusammen und stecke ihn samt Foto zurück in den Umschlag, auf dem die garstigen Worte »Zurück an Absender« stehen. Sigfrieds Schrift mit den auffälligen Überlängen habe ich sofort erkannt. Noch immer bin ich fassungslos. Ich greife nach meinem Handy und rufe ihn an, meinen Noch-Mann.

»Du hast es gewusst«, sage ich. »Du hast es gewusst und mir nichts davon erzählt. Stattdessen hast du ein Foto von mir und unserem Sohn mit in den Umschlag gesteckt und den Brief an Jan zurückgeschickt.«

»Du hast den Mann also gefunden.«

»Warum, Sigfried?«, frage ich fassungslos. In mir ist nichts als Leere.

»Weil du immer nur ihn geliebt hast. Und weil ich mir nicht sicher war, ob du mich eines Tages wegen ihm verlassen würdest.«

»Das hätte ich niemals gemacht«, erwidere ich. »Immerhin hatten wir ein gemeinsames Kind. Das hat uns zusammengeschweißt.«

»Da hast du vielleicht sogar recht. Aber du hättest es dir gewünscht.«

»Das mag sein …« Ich stehe auf und gehe durch das Zimmer zum Fenster, schaue hinaus auf das Watt.

»Du hast Mariannes Brief auch gelesen«, sagt Sigfried.

»Ja, ich habe den Brief aber nur gefunden, weil ich deine Jacke in die Reinigung bringen wollte. Das war eine völlig andere Situation«, erwidere ich.

»Lore, ich habe dich geliebt, damals, als der Brief kam. Wir waren gerade erst Eltern geworden. Du hast dein Glück in der Mutterschaft gefunden, hast den Mann endlich vergessen. Ich hatte gar keine andere Wahl.«

»Doch, die hattest du, Sigfried. Du hattest die Wahl, das Richtige zu tun.«

Er schweigt.

»Deinen Fehltritt habe ich dir verziehen. Ob ich das verzeihen kann, weiß ich nicht«, sage ich.

»Spielt es denn noch eine Rolle?«, fragt er.

»Für dich nicht«, antworte ich. »Für mich schon. Damit ich meinen Frieden finde.«

»Dann wünsche ich dir viel Erfolg dabei.«

»Den ironischen Unterton kannst du dir sparen.« Ein Seufzer entfährt mir. »Habe ich nicht alles dafür getan, um es dir recht zu machen?«

»Das hast du«, sagt Sigfried. »Genau das war ja das Problem. Aber letztendlich hast du dich nur mit deinem Schicksal abgefunden, mit mir.«

Er hat nicht ganz unrecht, schießt es mir durch den Kopf, aber im nächsten Moment ärgere ich mich darüber. »Ich habe dich geliebt, Sigfried«, erkläre ich. »Dich und unsere kleine Familie. Du hast mir Halt gegeben. Die Liebe hat viele Gesichter. Wir haben es nur nicht geschafft, sie uns zu erhalten.«

»Wir hatten auch gute Zeiten«, sagt er. Seine Stimme klingt nun weicher.

»Ja, die hatten wir.« Ich atme tief durch. »Und daran will ich festhalten.«

»Wir haben einen guten Sohn und eine wundervolle Enkeltochter.« Er schweigt einen Moment. »Dank dir.«

Da hat er allerdings recht, denke ich, aber ich sage: »Dank uns, Sigfried.«

Ein kleines leises Lachen ertönt. »Das ist dein Verdienst, Lore, und das weißt du auch.«

»Allerdings«, sage ich.

»Und nun?«, fragt er. »Bleibt es bei deinen Plänen?«

»Ja«, sage ich. »Und bei dir?«

»Ich schaue mir morgen einen Campingbus an.«

»Gut! Dann viel Erfolg damit. Bis bald …« Die Frage danach, ob er allein losfahren will, verkneife ich mir. Auch wenn es mich interessiert, geht es mich nichts mehr an.

»Lore? Warte kurz.«

»Ja?«

»Es tut mir leid«, sagt er.

»Mir auch, Sigfried. Alles Gute für dich.«

Einen Moment bleibe ich noch am Fenster stehen. Ich habe Sigfried nicht widersprochen, aber ich habe ihn verlassen, denke ich. Und zwar nicht wegen Jan, sondern weil es einfach an der Zeit war, endlich meinen eigenen Weg zu gehen.

Ich stecke Jans Brief zu den anderen in der Mappe und lege sie in den Schrank, als mich lautes Türklopfen zusammenzucken lässt.

»Oma, ich bin es, Fee!«

Lächelnd öffne ich die Tür. »Da bist du ja endlich.« Ich mustere sie. Ihre Augen glänzen, die Wangen sind gerötet. »Und du siehst sehr zufrieden aus.«

»Bin ich auch!« Sie lässt sich rücklings aufs Bett fallen. »Aber erzähl du zuerst. Wie war es mit Jan? Was sagt er? Wie war es für dich, ihn nach all den Jahren wiederzusehen? Wie war es für ihn? Hat er dich gleich erkannt? Und du ihn? Er sieht gut aus, Mattes hat mir ein Foto gezeigt.« Sie seufzt. »Tut mir leid. Ich rede zu viel. Erzähl!«

Ich setze mich zu ihr auf das Bett. »Das waren gefühlt tausend Fragen auf einmal. Womit soll ich anfangen?«

»Erzähl einfach, Oma!«

»Na gut.« Ich hole tief Luft. »Ehrlich gesagt, bin ich nicht gleich zum Haus gegangen. Ich habe bestimmt noch eine Viertelstunde mit mir gekämpft, bevor ich mich getraut habe, hinzugehen und an die Tür zu klopfen. Als er dann vor mir stand, war meine Aufregung auf einmal verschwunden. Ich war ganz ruhig. Erkannt habe ich ihn sofort. Er sieht aus wie früher, nur eben älter. Und er hat mich auch erkannt …«

»Und dann, Oma? Spann mich doch nicht so auf die Folter.« Fee stützt sich auf den Ellbogen und sieht zu mir hoch. »Weinst du, Oma?« Sie setzt sich auf und umarmt mich.

Ich schiebe sie sanft von mir. »Das sind Freudentränen, Liebes. Jan hat mich angesehen, so wie früher. Und dann hat er mit seiner schönen tiefen Stimme gesagt: »Komm in meine Arme, Honey.«

»Oh, wie schön!«

»Ja«, sage ich. »Das war es. Wir haben uns einen Moment festgehalten und dann hat er mich hineingebeten. Im Haus hat sich alles verändert. Es ist freundlicher geworden, heller. Wir sind in die Küche gegangen und dann haben wir erst einmal einen Schnaps auf den Schrecken getrunken. Und dann noch einen. Und dann haben wir geredet. Ich habe ihm erzählt, dass ich mit dir auf dem Friedhof war, um nach ihm zu suchen. Er war entsetzt. Er wusste, dass seine Mutter mich hinausgeworfen hatte, das hatte Beeke ihm erzählt. Er wusste aber nicht, dass sie mir erzählt hat, er wäre tot.«

»So ein Miststück!«

»Nicht ganz. Als sie mir von Jans Tod erzählt hat, ist sie wirklich davon ausgegangen, dass er im Sturm umgekommen ist. Aber das war ein Irrtum, schlicht eine Verwechslung. Jan war verletzt, hat es aber geschafft, ist wieder gesund geworden. Er kam mit einem guten Monat Verspätung nach Hause und die Frau, die er geliebt hat und heiraten wollte, war nicht mehr da. Das war der Moment, in dem Edda die Wahrheit hätte erzählen müssen. Aber stattdessen hat sie behauptet, ich hätte kalte Füße bekommen und hätte die Insel still und heimlich verlassen.«

»Und das hat er geglaubt?«

»Nein, er wollte mir hinterherreisen, aber seine Verletzungen waren noch nicht ausgeheilt, er konnte nicht. Er hatte mehrere Knochenbrüche erlitten, musste sich schonen, erst wieder zu Kräften kommen. Also hat er mir geschrieben. Allerdings an die alte Adresse nach Bad Homburg. Der Brief ist nie bei mir angekommen, meine Eltern waren ja mittlerweile nach Mülheim gezogen. Er hat also nie eine Antwort von mir erhalten. Edda hatte in der Zwischenzeit dafür gesorgt, dass auch andere Insulaner meine Flucht vor der Hochzeit bestätigt haben. Sie war gut darin, Gerüchte zu streuen. Sogar Beeke hat die Geschichte bestätigt, ich vermute aus Angst vor der Mutter. Doch irgendwann konnte sie nicht mehr zusehen, wie Jan litt, wie die Selbstzweifel ihn zerfraßen. So hat sie ihm nach fast zwei Jahren dann erzählt, dass Edda mich vor die Tür gesetzt hat. Da hat Jan alle Hebel in Bewegung gesetzt. Er hat rausgefunden, dass meine Eltern eine Firma in Mülheim gegründet hatten, und hat mir noch einen Brief geschrieben. Damals wohnten wir noch mit meinen Eltern in einem Zweifamilienhaus.«

»Zu dem Zeitpunkt warst du schon mit Opa verheiratet«, sagt Fee.

Ich nicke. »Nicht nur das, ich war bereits Mutter eines Sohnes.«

»Und der Brief?«, fragt Fee.

Ich zögere einen Moment, beschließe dann aber doch, ehrlich zu sein. »Der ist zurück an den Absender gegangen«, antworte ich. »Dein Großvater hat ihn an Jan zurückgeschickt.«

»Nein!« Fee setzt sich auf in den Schneidersitz.

»Doch, Jan hat mir den Brief gegeben. Und auch das Foto von mir und deinem Vater, das dein Opa beigelegt hat.«

Meine Enkeltochter sieht mich nachdenklich an. »Opa hatte Angst, dich zu verlieren.«

»Ja.« Ich seufze. »Gewissermaßen kann ich sein Handeln sogar verstehen.«

»Was es nicht besser macht«, stellt Fee fest.

»Das stimmt. Aber weißt du, was das Schöne an der ganzen Sache ist? Jan lebt! Wir haben uns nach all den Jahren wiedergefunden. Und er hat sich mindestens so sehr darüber gefreut wie ich.«

»Das ist schön, Oma.« Meine Enkeltochter lässt ihren Kopf gegen meine Schulter sinken. »Ich freue mich auch für euch – Oma Hanni.«

»Honey«, sage ich. »Jan hat mich Honey genannt, der Name steht auf dem Bonbonpapier, das er all die Jahre aufgehoben hat.«

»Wie romantisch!« Fee seufzt, dann lächelt sie. »Oma Honig. Vielleicht solltet ihr euch doch Bienen anschaffen, Gerda und du. Es bleibt doch bei eurem Plan, zusammenzuziehen?«

»Natürlich! Wir haben da auch schon was in Aussicht. Ein Haus hier auf der Insel, an der Wattseite gelegen, wenn du aus dem Dorf in Richtung Osten gehst. Gerda kommt Anfang der Woche und wenn es ihr gefällt …«

»Finde ich gut.« Meine Enkeltochter lächelt selig. »Dann bist du in meiner Nähe, falls ich irgendwann entscheiden sollte, auch hier auf der Insel zu bleiben.«

»Erzähl!«, sage ich. »Wie war es bei Mattes?«

»Sehr schön, Oma …«

* * *

Zwei Stunden später sitzen wir in der Kutsche, die uns zum Flughafen bringt. Lara und Lilly begleiten uns, natürlich ist auch Samson mit von der Partie.

Im Schneckentempo rollen wir gen Osten der Insel. Jan kommt mir in den Sinn und dass er mich für heute Abend zum Essen eingeladen hat. Als ich gestern vor ihm stand, bin ich erstaunlich ruhig geblieben. Aber nun lässt der Gedanke an ihn mein Herz etwas schneller schlagen. Das auf meine alten Tage, denke ich.

Prompt werde ich von meiner Enkeltochter ertappt. »Du lächelst, Oma«, sagt sie. »Verrätst du mir, was du gerade denkst?«

»Nein«, sage ich.

Sie lacht. »Muss auf jeden Fall was Gutes sein.«

Ich nicke und hülle mich weiter in Schweigen.

Am Flugplatz werden wir von Aska und Brianna in Empfang genommen. Nur Mattes ist nicht da, um sich von Fee zu verabschieden. Er hat Dienst auf seinem Schiff.

Gemeinsam gehen wir bis zum Flieger. Skeptisch betrachte ich das kleine Ding, in das meine Enkeltochter gleich steigen wird, um die Insel zu verlassen. Eine Frau mit langem blondem Haar kommt auf uns zu – die Pilotin, wie sich herausstellt. Sie begrüßt uns, ein paar Minuten später steigt Fee in den Flieger. Sie klettert über den Sitz der Pilotin in das Cockpit. Die Pilotin setzt sich daneben, kurz darauf dröhnen die Motoren des kleinen Flugzeugs auf, es rollt über die Startbahn – dreht und kommt wieder zurück. Die Pilotin steigt aus und nach ihr Fee.

»Jetzt hat sie doch Angst gekriegt«, sagt Lilly.

Aber ich weiß, dass es anders ist.

Wir stehen da und warten, bis meine Enkeltochter bei uns ist.

»Ich habe es mir anders überlegt«, sagt sie. »Ich bleibe hier. Mülheim muss warten.«

»Gute Entscheidung«, sagt Aska. »Ich kenne da jemanden, der sich ganz bestimmt darüber freuen wird.«

»Ich«, sagt Lilly.

»Ich mich auch«, sagt Lara.

»Und ich erst!«, sage ich.

»Was ist mit deinem Koffer, Fee?«, fragt Lara.

Meine Enkeltochter sieht in den Himmel. Die Cessna fliegt schon über dem Watt. »Habe ich ganz vergessen. Aber der Flieger kommt ja wieder zurück.«

»Ich sage Ina, dass sie den Koffer mit der Kutsche zu Mattes bringen soll«, sagt Aska.

Doch Fee schüttelt den Kopf. »Kann ich heute Nacht bei dir schlafen, Oma?«, fragt sie. »Du hast doch ein Doppelzimmer für dich allein. Ich will Mattes nicht einfach so vor vollendete

Tatsachen stellen. Außerdem weiß ich gar nicht, ob er nicht vielleicht was vorhat.«

»Du kannst gern bei mir übernachten«, antworte ich. »Allerdings habe ich heute Abend schon eine Verabredung.« Ich merke, wie mein Gesicht etwas Farbe annimmt. »Und ich weiß nicht, wann ich zurück sein werde.«

»Oma!«, sagt Fee und stupst mich in die Seite. »Viel Spaß. Ich weiß ja, wo du bist, und muss mir keine Sorgen machen, wenn du heute Nacht nicht ins Hotel kommst.«

»Na!« Ich stupse sie zurück. »Nicht so frech, Frau Bergmann.«

Sie hakt sich bei mir unter. »Hab ich dir schon gesagt, dass ich dich sehr lieb habe?«

Ein Glücksgefühl erfasst mich. Du hast alles richtig gemacht, Honey McGuinness, denke ich und schaue auf das kleine blaue Armband mit dem Liebesknoten, das an meinem Handgelenk baumelt.

Fee

Epilog

Drei Monate später

Ich stehe am Flugplatz, lege meinen Kopf in den Nacken und blinzle der Sonne entgegen. Es ist Ende August. Der Sommer zeigt sich heute in voller Schönheit. Er hat die Insel eingehüllt wie eine warme Bettdecke. Aktuell sind viele Urlauber vor Ort und genießen die Ruhe auf Juist. Als ich die Cessna am Himmel erspähe, die sich mit lautem Radau ankündigt, hüpft mein Herz vor Freude. Endlich! Ich beobachte die Passagiere, die nach und nach aus der kleinen Maschine klettern. Meine beste Freundin ist die letzte. Carla ist da. Und sie scheint sich den besten Platz vorn neben Ina gesichert zu haben. Ich muss grinsen, damit hatte ich gerechnet. Ina steht neben Carla, die beiden unterhalten sich noch einen Moment. Carla zeigt auf mich und Ina winkt mir zu.

»Fee«, ruft Carla, breitet die Arme aus und läuft auf mich zu.

»Du bist da!« Meine beste Freundin hier bei mir zu haben, fühlt sich unfassbar gut an. Ich habe sie sehr vermisst, das merke ich jetzt. Nachdem ich meinen letzten Juistaufenthalt um zwei Wochen verlängert hatte, bin ich noch einmal zu ihr in die Eifel gefahren. Gleich am nächsten Tag haben wir meine persönlichen Sachen aus der Wohnung geholt, in der Tobi nun tatsächlich mit Britt wohnt. Dass er sich letztendlich doch darauf eingelassen hat, mich auszuzahlen, kam mir sehr gelegen, zumal er sich sehr fair verhalten hat. Das ist jetzt zweieinhalb Monate her. Seitdem habe ich Carla nicht mehr gesehen.

Sie löst sich aus meiner Umarmung, hält mich an den Schultern fest und strahlt mich an. »Du siehst so schön aus, Fee. Die Insel steht dir. Und die Liebe auch.«

»Danke«, sage ich und lache. »Du wirst es hier mögen, Juist ist wunderschön. Wie war der Flug?«

»Genial! Ich hätte noch ewig da oben neben Ina sitzen können. Sie ist übrigens sehr nett, auf dem Rückweg fliege ich auch wieder mit ihr, das habe ich direkt abgecheckt.«

»So ging es mir auch, als ich das erste Mal geflogen bin. Erst hatte ich Angst, wie du ja weißt.« Ich lächle. »Aber mit der Fähre übersetzen ist natürlich auch sehr schön. Wenn ich mal was auf dem Festland zu erledigen habe, Shoppen, einen Arztbesuch, fahre ich mit Mattes, sofern er Dienst hat.«

»Mit deinem Kapitän.« Sie seufzt. »Ich freu mich so für dich! Bekomme ich ihn heute in seiner Uniform zu sehen?«

Ich muss lachen. »Nur, wenn er sie extra für dich anzieht. Und das kann ich mir nicht vorstellen. Aber du bist bestimmt nicht das letzte Mal hier.«

»Aber zum ersten Mal.« Sie sieht sich um. »Wie kommen wir jetzt hier weg? Fahren wir echt mit der Kutsche?«

»Ja. Und wir sollten uns beeilen, die anderen Leute warten schon auf uns.« Schnell laufen wir zum Halteplatz und steigen ein. Wir blicken in lauter gut gelaunte Gesichter. »Jetzt beginnt die Entschleunigung«, sage ich, als sich die kräftigen Vierbeiner in Bewegung setzen.

Carla lächelt. »Ich komme mir vor wie mindestens ein Jahrhundert zurückversetzt.«

Ich bin glücklich darüber, dass sie hier bei mir ist. Wir fahren die Flugplatzstraße entlang an den Dünen vorbei. Und ich platze fast vor Stolz, weil ich das Gefühl habe, dass all das auch ein Stück von mir ist, dass Juist ein Teil von mir geworden ist.

Im Ort zeige ich Carla, wo die neben Mattes wichtigste Person für mich auf der Insel wohnt. »Schau mal, hier vorn in der kleinen Straße wohnen Oma und Gerda. Sie haben es sich in einem richtig schönen, großen Haus mit viel Platz gemütlich gemacht. Oma war schon lang nicht mehr so glücklich. Sie sieht so vital aus, du wirst sie kaum wiedererkennen.«

»Ich freue mich so für euch, Fee! Und Gerda ist einfach mit ihr hergekommen?«

»Ja, die beiden hecken wohl schon länger Pläne aus. Und weißt du was? Hilde zieht auch ein. In zwei Monaten kommt sie auf die Insel.«

Carla lacht. Und ich muss schmunzeln. Wenn sie etwas richtig komisch findet, gluckst sie ein klein bisschen beim Lachen. Das habe ich vermisst.

»Ich fasse es nicht. Da gründen die drei alten Ladys echt eine Frauen-WG.«

»Du sagst es.«

»Und Otto?«

»Der ist natürlich zu Tode betrübt. Aber ich habe ihm erzählt, dass nach der Saison jede Menge Handwerker auf der Insel benötigt werden. Und wie sehr die Inselfrauen sich darüber freuen werden, einen so netten und gut aussehenden Mann kennenzulernen. Ich schätze mal, spätestens Ende Oktober wird er sein Werkzeug zusammenpacken und hier eintrudeln.« Ich rolle mit den Augen. »Das wird was geben!«

»Und dein Opa, wie geht es ihm?«, fragt Carla. »Hast du mal wieder was von ihm gehört?«

»Letzte Woche ist eine Karte aus Rom von ihm eingetroffen«, erzähle ich. »Darauf stand, dass die nächste Station Neapel sein wird. Ihm geht es gut. Er genügt sich selbst, wie er mir bei unserem letzten Telefonat gesagt hat. Eine neue Frau will er vorerst nicht, schon gar nicht Marianne. Die sei ihm schon immer viel zu anstrengend gewesen. Er hat inzwischen sogar gelernt Kaffee, Eier und Nudeln zu kochen.«

»Hört sich alles gut an«, sagt Carla.

»Finde ich auch.«

Ein paar Minuten später rollen wir die Billstraße entlang.

»Jetzt geht es in Richtung Westen der Insel«, sage ich. »Ich habe dir schon ein Rad besorgt. Morgen fahren wir auf jeden Fall zuerst in die Domäne Bill. Und dann musst du dir unbedingt das Billriff anschauen. Und den Hammersee. Und natürlich das Wäldchen.« Ich seufze. »Die Insel ist so klein und doch gibt es so viel darauf zu entdecken. Aber heute bleiben wir im Loog. Wir sind da«, sage ich. »Schau mal, hier vorn links, da wohnt Jan.« Ich grinse. »Er versucht immer noch, Oma zu überreden, bei ihm einzuziehen. Aber Oma liebt ihre Frauenvilla. Die beiden sind ansonsten aber sehr glücklich miteinander. Ich bin so froh, dass sie sich wiedergefunden haben. Stell dir mal vor, Oma wäre nicht zurück nach Juist gekommen. Dann hätte sie den Rest ihres Lebens mit dem Gedanken gelebt, dass Jan auf See gestorben ist.«

»Und du hättest Mattes nicht kennengelernt.«

»Das stimmt.«

Die Kutsche hält, wir steigen aus und gehen die letzten Meter zu Fuß. Als die Tür aufgeht und Mattes heraustritt, läuft mein Herz über. Wie sehr ich diesen Mann doch liebe, denke ich.

Er breitet die Arme aus. »Moin, Carla.«

Sie lässt sich von ihm umarmen. »Schön, dich kennenzulernen.«

Als wir im Haus sind und Mattes ihren Koffer ins Gästezimmer trägt, sagt sie: »Du hast recht, ganz mein Typ. Hast du gut ausgesucht, Fee!«

Beim Kaffeetrinken fällt mein Blick auf das Foto von Jan und Oma, das auf der Anrichte neben dem Kamin steht. Es ist schön, dass die beiden sich nach so langer Zeit nun doch noch lieben dürfen. Es findet sich eben doch, was zusammengehört.

Quelle

Christian Morgenstern – Gedicht »Butterblumengelbe Wiesen«, in: »Gesammelte Werke in einem Band«, Piper Verlag, München 2008

Folge der Autorin auf Amazon

Wenn dir dieses Buch gefallen hat, folge Merle Martens auf Amazon. Dann erhältst du eine Benachrichtigung, wenn die Autorin ihr nächstes Buch veröffentlicht. Um der Autorin zu folgen, gehe bitte folgendermaßen vor:

Desktop:

1) Suche auf Amazon.de oder in der Amazon App nach dem Namen der Autorin.
2) Klicke auf den Namen der Autorin, um auf die Autorenseite zu gelangen.
3) Klicke auf den »Folgen«-Button.

Smartphone und Tablet:

1) Suche auf Amazon.de oder in der Amazon App nach dem Namen der Autorin.
2) Klicke auf einen Titel der Autorin.
3) Klicke auf den Namen der Autorin, um auf die Autorenseite zu gelangen.
4) Klicke auf den »Folgen«-Button.

Kindle eReader und Kindle App:

Wenn du dieses Buch auf einem Kindle eReader oder in der Kindle App liest, wird dir automatisch angeboten, der Autorin zu folgen, nachdem du die letzte Seite des Buches gelesen hast.

Made in the USA
Columbia, SC
23 April 2023

15557146R00164